蕪村

俳と絵に燃えつきた生涯

稲垣麦男

文學の森

蕪村　――俳と絵に燃えつきた生涯――／目次

装丁　井筒事務所

蕪村

――俳と絵に燃えつきた生涯――

近代への曙光

眺望

更衣《ころもがへ》野路の人はつかに白し

蕪村作品の特質については、人によって多少の違いがあるにしても、ほぼ次のようなものが挙げられている。

叙情性、物語性、古典性、浪漫性、郷愁性、想像性など。

さらにつけ加えれば、対象に向かう興趣の幅がきわめて広いという特徴がある。さて、この句について熟視してみると、右に挙げた蕪村らしい特質が何一つないことに気づく。清水孝之氏は『与謝蕪村の鑑賞と批評』の中で、緑の中の白は、調和的色感である。一点を注視している場合とすべきであろう。「更衣」で大きく季感を出し、その清爽感を白一点に、焦点をしぼった。印象鮮明な絵画的作風である……。

と評している。

また萩原朔太郎は『郷愁の詩人 與謝蕪村』に、

遠く点々とした行路の人の姿を見るのは、とりわけ心の旅愁を呼びおこして、何かの縹渺《へうべう》たるあこがれを感じさせる。「眺望」といふこの句の題が、またよくさうした情愁を表象して居り、如何にも詩情に富んだ俳句である。かうした詩境は、西洋の詩や近代の詩には普通であるが、昔の日本の詩歌には珍しく、特に江戸時代の文学には全くなかつたところである。前出の〈愁ひつつ丘に登れば花茨〉や、春の句の〈陽炎や名も知らぬ蟲の白き飛ぶ〉等と共に、西欧詩の香気を強く持つた蕪村独特の句の一つである。

と述べている。が、私が注視したいのは、この句の中に時間の永遠性が秘められているというところにある。

菜の花や和泉《いづみ》河内《かはち》へ小商《こあきなひ》
夏山や通ひなれたる若狭人《わかさびと》
旅人よ笠嶋《かさしま》かたれ雨の月
旅人の火を打《うち》こぼす萩の露
巡礼の鼻血こぼし行《ゆく》夏野哉
河内路や東風吹送る巫女《みこ》の袖
むら紅葉會津商人なつかしき

旅行く人をテーマにしたこれらの蕪村の句と違い、この眺望の句には、これという具象性がない。「和泉河内」「笠嶋」「火を打こぼす」「巡礼の鼻血」「巫女の袖」「會津商人」のような具体的な景象に乏しく、抽象性の勝った句であることは否めない。

この句には、芭蕉を読む多くの人が諳んじていると思われる『奥の細道』冒頭の、

月日は百代の過客にして行かふ年も又旅人也。舟の上に生涯をうかべ、馬の口とらへて老いをむかふる物は、日々旅にして旅を栖《すみか》とす。古人も多く旅に死せるあり。予もいづれの年よりか、片雲の風にさそはれて、漂泊の思ひやまず……。

の人生観を一句に凝縮したような象徴性がある。

芭蕉を生涯崇敬し、蕉風復興運動の一方の旗頭であった蕪村だが、冒頭のこの箇所は、

更衣野路の人はつかに白し

の長い前書のように私には見える。蕪村が意識していたかどうかは分からないが、「はつかに（わずかに）白」く見える旅人は蕪村自身に他ならないのだ。遠い時の彼方から来て、永遠の未来へと旅していく命の悠久性を詠んだものであり、この句には明らかに近代へと脈絡する西欧象徴主義の萌芽がすでに芽生えているのである。

同じように近代的感性を象徴するものに

枕する春の流れやみだれ髪

の句がある。作者名を隠し芭蕉・蕪村・一茶に加えて、近代の歌人の中から、晶子・啄木・光太郎を挙げて、文学を趣味の一部とする初歩的な愛好者に、だれの作品か当てさせてみたい遊び心が前からあったが、そんなチャンスが巡ってくるようなことは一度もなかった。もしそのような機会があったとしたら、十人中十人、少なくとも八、九人は晶子を選んだのではないかと思う。それほど、この句には近代的感性が濃厚に発散しているのである。

その子二十櫛《はたちくし》にながるる黒髪のおごりの春のうつくしきかな　晶子

『みだれ髪』の中でも、よく知られている歌である。

蕪村の「枕する」は「漱石枕流」に拠った言葉で、晋の孫楚が「枕石漱流」を、うっかりして逆に言ってしまい、漱石とは歯をみがくことで、枕流とは耳を洗うことだ、とこじつけた故事に由来している。「枕する」の詩語は「春の流れやみだれ髪」を引き出すための枕詞として置かれたもので、あまり意味はない。しかし一句を整える詩語として重要な役割を果たしていることは言うまでもない。「枕する」の一語により句に風趣が生まれ、時代を超えて秀句の座を保ちつづけているのは、蕪村の天分と感性に負うものが大きいと思う。しかし、どんな秀句もある日突然啓示がひらめき、日ごろの修練や努力とは係わりなく生まれてくるように思われがちだがそんなことはない。たとい天分や感性がそなわっていても、人知れぬ苦悩や努力がなければ、後世に評価される芸術作品は創られることはない。

芭蕉の代表句として名高い〈古池や蛙飛《とび》こむ水のをと（お）〉も、はじめ宝井其角の冠した「山吹や」の詩語を芭蕉が採らなかった、ということが各務支考の『葛の松原』の中に書かれているという。其角は芭蕉の心の奥に醸されている情趣に思い至らなかったのだが、「古池や」の句は、いまの時点から見れば何とも古めかしい発句である。

芳賀徹氏は『みだれ髪の系譜』に、

黒髪のみだれもしらずうちふせばまづかきやりし人ぞ恋しき　和泉式部

黒髪のわかれを惜みきりぎりす枕のしたに乱れ鳴くかな　待賢門院堀河

らを挙げ、

蕪村の「みだれ髪」が、このように女と水の映像として鮮明になると、それはたしかに一方では王朝古典の歌につらなりながらも、実はそれ以上に約一世紀後の与謝野晶子の『みだれ髪』（明治三十四年）や、その周辺のいわゆる「世紀末芸術」の世界に近いところにこそ立つことになったのではなかろうか。

と、蕪村の斬新《ざんしん》な近代的感性を的確に見定めている。

青春を高らかに謳歌した晶子の『みだれ髪』並びに『舞姫』は、時代の一つの姿態であり表現であった。そして、それは蕪村の〈枕する春の流れやみだれ髪〉の芸術的血筋を完全に引き継いだものであり、官能の世界への挑戦でもあったのだ。

髪五尺ときなば水にやはらかき少女《をとめ》ごころは秘めて放たじ　晶子

雲ぞ青き来し夏姫が朝の髪うつくしいかな水に流るる
みなぞこにけぶる黒髪ぬしや誰れ緋鯉のせなに梅の花ちる
くろ髪の千すぢの髪のみだれ髪かつおもひみだれおもひみだるる
罪おほき男こらせと肌きよく黒髪ながくつくられし我れ

黒髪と水の流れが綾なす曲線の美学は、新しい芸術の誕生を意味していたのである。これらの歌は過去の因習や禁忌と潔く決別して、新世界の美学を創出しようとした果敢な試みであり、また女性を旧世界の桎梏《しっこく》から解放する宣言の歌でもあった。『みだれ髪』と世紀末芸術の多様な混沌《こんとん》の中から、私たちの視覚にまっ先に飛び込んでくるのは、ジョン・エヴァレット・ミレーの代表作、狂死して豊かな髪を小川に漂わせる「オフィーリア」の映像である。

蕪村の長詩を含む作品が、同時代の西欧と何の係わりを持たぬまま、同じ近代的感性の流れの中にあったのは、実に驚くべきことなのだ。年代では蕪村の方がミレーよりほぼ一世紀先んじていたし、絵画の方でもアールヌーボーの一世紀以上も前の享保〜天明期に、エネルギッシュな曲線と装飾の美術の萌芽がすでに現れ始めていたのである。

蕪村の生い立ち

蕪村は、享保元年（一七一六）摂津国東成郡毛馬村《せつつのくにひがしなりぐんけまむら》（大阪市都島区毛馬町）に生まれた。出生地については、いくつか異説があって、正木瓜村氏の『蕪村と毛馬』には、他に（一）摂津国天王寺村説（二）丹後国与謝説（三）摂津国天王寺庄説などが挙げられている。このうち（三）の天王寺庄は現在の地図には記載がなく『蕪村と毛馬』には堀河帝の時代に画かれた「大阪之古図」の写真を載せていて、それを見ると毛馬の対岸にその名前が見える。およそ九百年ほど前のもので、毛馬の周辺は広大なデルタ地帯として描かれている。毛馬はこの古図には毛志馬と書かれていて、友渕や葱生の島にはさまれた小さな島で、この一帯は「山城近江流水」と毛筆で太く記されている。天王寺庄説は、乾猷平《いぬいゆうへい》が『蕪村の新研究』の中で唱えたもので、次のようなものである。

「蕪村は毛馬の人だといふけれど、実際の生れは天王寺庄だ」といふ様なことから天王寺庄が省略されて天王寺になつてしまひ、遂に四天王寺の天王寺村になり、蕪村の蕪から天王寺蕪菁にひつかかつて今日行はれる天王寺村説を形成したわけに落ついたのかも知れません。

近年では天王寺庄説は淘汰《とうた》され、だれも取り上げるものがいない。すると天王寺庄説から派生した天王寺説もはなはだ疑わしいものになる。さらに乾猷平は「蕪村は、大阪阿弥陀池（堀江とも言ふ）北国屋吉兵衛の妾腹《しょうふく》の子であり、のち天王寺村に移り住んだ」と記しているが、これを裏付ける根拠はない。

天王寺説は全く消えてしまった訳ではないが、可能性は限りなく少ないと思う。

次に母親の丹後出生説だが、これは蕪村門人寺村百池の孫百僊《ひゃくせん》が、洛東金福寺に建立した「蕪村翁碑」に書かれたものが拠り所になっている。（原文は漢文）

翁本姓谷口、宰鳥と称す、一名長庚、後寅《いん》と改む、字《あざな》は春星、号は落日庵、三果堂、紫狐庵、碧雲洞、白雪堂、四明、東成、皆其《そ》の別号也、摂津の人、既にして其の生ずる之地は天王寺村に属す、村名は蕪菁《ぶせい》よりす、乃《すなわ》ち蕪村と号す、幼にして母氏の生家に於て養はる、生家は丹後の国与謝郡に在り、因りて姓を謝と更む、長じて江戸に赴き、俳歌を早野巴人に学び、遂に入室して弟子と為《な》る、既にして奥羽諸州を歴遊し、後京都に住み、俳諧宗匠と為り、夜半亭を号す……

この撰文を書いたのは草場船山だが、百僊が祖父である百池の残した資料をまとめ、船山がそのまま書き写したらしい。

村松友次氏の『蕪村集』（鑑賞日本の古典17）の中で、蕪村の姓を谷口とするものは、この碑文の他、『続俳家奇人談』（天保三）に

谷口蕪村は別姓与謝……

とあることを紹介、「今日、京都府与謝郡加悦《かや》町には谷口姓が多く、その中の一軒の家が蕪村の母親の生まれた家であると言われ、その裏畑の一隅に蕪村の母の墓と伝えられるものが残っているが、これなども、あながち妄説と退け去ることは危険であろう」と半ば母親の丹後出生説を首肯、研究者の多くもこの以前からある丹後説を前提にして蕪村の伝記を成している。

これに関して谷口謙氏が母の丹後与謝説を、関係資料を繙くかたわら何度も与謝に足を運

び究明したが伝聞以外に確証を得ることが出来なかったことが、『蕪村の丹後時代』『与謝蕪村覚書』などに記されている。

谷口氏の著書から、巷間《こうかん》に流布していた口碑伝説の跡をたどってみよう。

蕪村の母なる人、げんは大変な美人だったので、摂津の国の毛馬村の丹問屋に奉公していたところ主人の手がつき、妊娠したまま郷里与謝村（現加悦町与謝）に帰り享保元年に蕪村を産んだ。その後蕪村を連れ子にして宮津の畳屋に嫁した。ところが、蕪村は養父と合わず、家を飛び出して、与謝郡滝（現加悦町滝）の真言宗滝山施薬寺の小僧になった。ここの和尚が慈悲深い人で、蕪村は和漢の教養を身につけ十七歳のとき京都に上った、と言う。

その後、ほぼ十五年にわたる関東、奥羽遊歴の時を終えて京都に戻り、宝暦四年から七年までの丹後在住中も、一年間は与謝村の谷口反七方に留まっていたと伝えられている。

丹後を後にするとき土地の女性を妻として連れ帰り、このとき谷口姓を改め与謝姓を名のることになった。

蕪村の女性関係では、府中村（現宮津市府中）に雪なる恋人がいて、足繁く通い、雪の家から天の橋立を画いた「江山清遊の図、倣馬遠筆謝寅於雪堂」と署名した作品が蕪村の墓のある菩提寺の仏日山金福《こんぷく》寺に納めてあると地方史に記されている。が、谷口氏が調べたところ〔江山清遊の図〕という作品は、蕪村研究書に見えないし、この画で用いている謝寅の画号は蕪村後期、正確には六十三歳以後のもので、在丹後時代蕪村はこの落款を用いていない。宮津時代はほとんど四明と朝滄の落款を使っている。また「雪堂」を、恋人雪の家と解するのもいささか強引である。なお、蕪村が京都へ帰る時、妻として連れていった女性が、雪であったか他の女性であったかも口碑伝承には残っていない、とのことである。

　丹後時代の女性関係は模糊としてとらえ所がないが、妻ともが丹後の人であった可能性は高いと思う。

　蕪村の与謝出生の根拠とされるものに、母げんの墓と言われているものがある。現在は与謝野町の与謝の谷口という機業兼業農家の裏山の麓に建っていてかなり古いものらしく「月堂□《不明》禅定尼」と読めるけれど、記録めいたものが何一つ残っていないので、母の墓であるかどうかも判断しようがない。ただしこの戒名は中以上の家柄の仏につけられるものであり、墓も大きく、年季奉公をしたとされる女性の墓としてはふさわしくない。また谷口家が臨済宗なのに、養父と気が合わず蕪村が入った寺、滝山施薬寺が真言宗であること、さらにげんの墓は婚家先になければならないのに生家にあり、山下一海氏も、墓石の形が江戸中期のものと合致しない、と指摘されている、など考え合わせれば、この墓が蕪村の母のものというのは、かなり疑わしくなる。

蕪村と同じように芝居好きで親交のあった大伴大江丸（旧国《ふるくに》）が、蕪村の死後十八年目の享和元年に出した『俳諧袋』には、次のようなことが書かれている。

　蕪村　性《（姓）》は与謝氏、生国摂州東成郡毛馬村の産、谷氏也。丹後の与左の人といひ又天王寺の人といふも別に村が所謂ありといへり。

大江丸は、はっきりと蕪村の生地を毛馬村と言っている。そのすぐあとで「別に村が所謂ありといへり」と付け加えている。蕪村の生地については、毛馬の他にいまではだれも顧みない天王寺庄説とそれから派生した天王寺説、それに可能性がうすらいできている丹後与謝説があるだけで、他は一切口碑にすら伝わっていないので「別に村が所謂ありといへり」というのは、何らかの思惑があってのことだろう。毛馬、天王寺、与謝までも否定して、他に生まれた所が別にある、と言った、というのは、かなり異様な蕪村の心理状態を示すものである。

蕪村には、父母《ちちはは》のことと自分が育った境遇については、どうしても隠蔽《いんぺい》しておかなければならない理由があったのだ。それは幼少期の生活が普通の家庭のものとは違っていたことを意味しており、その秘事を深く心の闇の中に閉じ込め、重い扉で幾重にも覆ってしまったのだ。尋常ではない有様《ありよう》に対する村人のまなざしを、蕪村は強靱《きょうじん》な意志で葬り去ろうとしたのである。しかし、この闇の深みに抑圧されたエネルギーは、わずかな透間を見つけて意識の表層へ現れようとする。この場合、多くの幼少期における記憶は、置き換、圧縮、転換、などによって心の奥深く閉塞《へいそく》されてしまうので、幼少期の抑圧された根源にまで遡《さかのぼ》り、真実を見極めることはかなり難しい。

当時の丹後は貧しく、十年、十五年という身売り同然の長い年季奉公で、京都・大阪方面に出された子は少なくなかったが、蕪村の母が、そのような子女と同じような境遇にあったと証明できるような資料は何もなく、母子《ははこ》の出自が、丹後与謝であることを示す確かな証拠もない。蕪村の作品や手紙などを見ても、与謝については懐郷の思いや母への思慕の情致が伝わってこない。

宝暦六年四月六日、知友三宅嘯山《みやけしょうざん》（享保三〜享和元）にあてた手紙の中に、蕪村は「少々画用相つぎ、且つ例の遊歓に日を費やし……」などと書いている。宮津といえば「二度と行くまい丹後の宮津、縞《しま》の財布がからになる」と歌われるほどの歓楽街であった。

三宅嘯山は医師で青蓮院の侍講になった儒学者。俳諧は炭太祇・与謝蕪村と親しく交わり、天明中興俳壇の有力者の一人に数えられている。

蕪村は「宅（三宅）嘯山ニ寄セ、兼ネテ平安諸子ニ柬《かん》ス」として次の詩を載せた。

江山ノ西ニシテ洛《らく》ヲ望メバ漫々たり／辺音ヲ聞ケバコノ地ヲ愛スルコト難シ／只春雲ノ客意ニ似タル有／夜来雨ト為《な》リテ長安ニ満ツ　（原詩七言絶句）

辺音は土地の言葉のことで、丹後の土俗語を聞いていると、とてもこの地を愛することができない、と言うのである。

※参考文献では与謝村は「（現加悦町）」と記すが、二〇〇六年の町村合併により、現在は与謝野町となる。

歴行十年

蕪村が何故江戸へ出たのか理由はよく分からない。時期もはっきりしないが、享保末年から元文のはじめ頃と推測されている。

享保十七年は、イナゴの虫害による大飢饉《ききん》に見舞われ、近江以西の西国一帯にわたり九十六万人以上の餓死者が出た。この大飢饉で米の値段も跳ね上がったが、逆に関東地方は豊作であったため江戸へ行けば何とか飢えをしのげると思った窮民が、どっと流入してきたのである。しかし、蕪村の江戸への出奔が、この飢饉によるものかどうかは不明である。

江戸に入った蕪村は、浄土宗大本山の増上寺の門をたたき、修行者として僧房での生活を始め、糊口《ここう》をしのいでいたようである。

夜半亭宋阿《やはんていそうあ》門の望月宋屋が京都から東北行脚の途次、結城に止宿し、蕪村を訪ねたが会うことができず、東北からの戻り十一月にも再度訪ねたが会えなかった。宋屋はこのことを『杖の土』（宋屋編）に次のように記している。

　宰鳥が日比《ひごろ》の文通ゆかしきに、結城・下館にてもたづね逢はず。赤鯉《せきり》に聞《きく》に、住所は増上寺のうら門とかや。馬に鞭して、僕《しもべ》ども爰《ここ》かしこ求むるに、終に尋ね得ず。甲斐なく芝神明を拝して品川へ出る。後に蕪村と変名し予が草庵へ尋ね登りて対顔、年を重ねて花洛に遊ぶも因縁なりけらし。

このことから、蕪村が関東歴行時代の途中で一度江戸に帰り増上寺の裏門あたりに住んでいたことが分かる。この増上寺には、修行の場を求めて集まってくる浄土宗の修行僧が、最盛期には二千人余にも及んだという。

蕪村は幼少期に、おそらく浄土宗の寺に稚児として修学していた縁で、芝増上寺の僧房での修行を許されたものと思われる。まずは雨露をしのぎ、日々の食事にもこと欠くことはなかったのだ。しかも、この僧房は一度所化としての資格を得ると、中断があっても再度入房、修行をつづけることが出来たのかも知れない。蕪村に次の句がある。

修《す》行《ぎやう》者《ざ》の径《こみち》にめづる桔《き》梗《きやう》かな

蕪村や蕪村周辺の俳人らと交わりがあった大江丸が書いた『俳諧袋』に、蕪村は内田沾山《せんざん》（?～宝暦八／江戸俳壇の主流の一角であった水間沾徳門人・後継者）の門人であった、と記されている。蕪村は亡母五十回忌の追善のために編まれたと見られる『新花摘』の中に右江渭北がまだ麦天と称していた頃、困窮のどん底にあった彼の世話をした、と書いている。さらにこれを敷衍《ふえん》して『蕪村・一茶』（鑑賞日本古典文学／編者清水孝之・栗山理一）の中には次のように記されている。

同郷人麦天（渭北）を黙斎青峨（春来）の門に属さしめ、巴人（其角、嵐雪門）・吏登（蓼太の師）・蓼和・午寂らの後援を得て宗匠立机の万句を興行させた……。

これらのことから蕪村は一時期沾山の門にあったとされているが、確証はない。蕪村がいつ沾山の門をたたいたかは分からないし、増上寺の僧房に所化として籍をおいたまま沾山の門人になったかも不明である。が、なにしろ全国から二千人もの修学の徒が集まっていたのだから、規則はあってもきつく縛られるようなこともなかったらしく、渭北を連れて俳諧仲間のあいだを小まめに紹介して回ったことは、考えられないことではない。蕪村の生活の様態は、定められた勤行《ごんぎょう》と奉仕をして食事にありつき、あとは頭陀《ずだ》袋を首から下げて托鉢をする修行だが、金銭的なゆとりがあったとは思われない。そんな折り、宋阿と交わりのある俳句仲間の一人が、蕪村を宋阿に紹介したのだと思う。

夜半亭宋阿（早野巴人／延宝四～寛保二）は、下野国烏山に生まれ、江戸に出て俳諧を其角・服部嵐雪に師事、禅を竹道禅師に学んだ。享保十年頃に京で立机、後に蕪村派となる宋屋、高井几圭などを門弟とする。元文二年に江戸に戻り日本橋本石町に夜半亭を構えた。江戸では砂岡雁宕《がんとう》、蕪村らが入門、蕪村は部屋住みの徒弟となる。

蕪村は宋阿の人柄と俳句観について『むかしを今』の中に次のように記している。

師、昔武江《ぶかう》の石町なる鐘楼の高く臨めるほとりに、あやしき舎《やど》りして、市中に閑をあまなひ、霜夜の鐘におどろきて、老いの寝ざめのうき中にも、予とゝもに俳諧をかたりて世のうへのさかごとなどまじらへきこゆれば、耳つぶしておろかなるさまにも見えおはして、いといと高き翁にてぞありける。ある夜危坐《きざ》して予にしめして曰《いは》く、「夫《それ》、俳諧のみちや、かならず師の句法に泥《なづ》むべからず。時に変じ時に化し、忽焉《こつえん》として前後相かへりみざるがごとく有るべし」とぞ。予、此一棒下《いちぼうか》に頓悟《とんご》して、やゝはいかいの自在を知れり。さればば今我が門にしめすところは、阿叟《あそう》の磊落《らいらく》なる語勢にならはず、もはら蕉翁のさび・しをりをしたひ、いにしへにかへさんことをおもふ。是外虚《そと》に背《そむき》て内実《うち》に応ずるなり。これを俳諧禅と云ひ、伝心の法といふ。わきまへざる人は、師の道にそむける罪おそろしなど沙汰し聞ゆ。

師は、昔江戸の石町の鐘楼が高くそびえているかたわらに、質素な住まいを定め、市中で閑寂な暮らしを楽しみ、霜夜の鐘の音に驚いて、老人の寝覚めのつらい思いの中にも、私とともに俳諧について語り合い、その中で世間のつまらない話をすると、耳をふさいで、愚かな様子に見えるようなふりをする大変高潔な翁であった。ある夜、正座して私に次のようにおっしゃられた。「そもそも俳諧の道は、絶対に自分の師の作風にこだわってはならない。そのときどきで変化し、前後とは、はっきり違ったものでなければならない」。私はこの一つの教えのもとに、にわかに目を開かれた思いがして、それによってやや俳諧の自由な境地を知ることができた。だから、自分の門下に教えを示すところは、師である宋阿の大らかな語調にならわず、もっぱら芭蕉のさび、しおりを慕って、俳諧を芭蕉の時代に帰したいということである。これは、表面では師に背くようでも、心の内では、師の教えに従っているのである。これは俳諧禅というもので、（以心）伝心の法ともいうことができる。このことを理解しない人は、師の道がおそろしい、などと評判しているようだ。

蕪村が入門したと思われる元文二年、数え年で二十二歳、宋阿は六十二歳になっていた。当時の世代間の間隔から考えれば、四十年のへだたりは、子と祖父ほどの違いになる。宋阿は生涯独身を通していたので、宋阿に学び真摯《しんし》に教えを受ける蕪村に、実の孫のような慈愛を注ぐことができたのだろう。さらに宋阿を喜ばせたのは、蕪村の人並でない学識の豊かさであっただろう。蕪村にも師宋阿の気持がストレートに伝わってきていたはずである。蕪村は後に「予が孤独なるを拾ひたすけて、枯乳《こにゅう》の慈恵《じけい》ふかかりけるも……」と『西の奥』（宋阿追悼句前書）に書いている。

宋阿は、寛保二年六月六日、六十七歳で俳諧一筋の生涯を閉じた。蕪村が夜半亭に内弟子として入り、寝食を共にしてからわずか五年の歳月であった。しかし蕪村はこの五年の間に、俳諧の世界での貴重な経験を積むことができ、夜半門の要《かなめ》にもなっていたが、一門の規模も小さく若年の蕪村を推そうとする人もいなかったため、夜半亭の結社は自然と立消えになってしまう。

師の没後、蕪村はしばらくの間夜半亭に独居し、『一羽烏《いちわがらす》』という宋阿の遺稿集を編もうとしたが、それをあきらめて関東歴行の生活に移る。この時の経緯を、蕪村は『夜半亭発句帖』の跋文で次のように述べている。

阿師没する後、しばらくかの空室に坐し、遺稿を探りて一羽烏《いちはがらす》といふ文作らんとせしも、いたづらにして歴行《れきかう》する事十年の後、飄々《へうへう》として西に去らんとする時、雁宕《がんたう》が離別の辞に曰《いは》く、再会興宴の月に芋を喰事《くふこと》を期せず、倶《とも》に乾坤《けんこん》を吸《すふ》べきと。

雁宕が離別の言葉として、再び相目見《あいまみえ》る時には、旨い酒を飲み豪奢《ごうしゃ》な料理を食べるよりも、ともに天地（俳諧と人生）について語りあおう、と言うのである。前途に何の保証もない蕪村を、雁宕はこう言って励まし餞《はなむけ》の言葉としたのだった。

砂岡雁宕《いさおかがんとう》（?～安永二）下総国結城《ゆうき》の人。父我尚とともに、はじめ佐保介我門。のち巴人（宋阿）の高弟。巴人没後、蕪村を受け入れて窮状を救った。「いたづらにして歴行する事十年……」について、蕪村は『新花摘』（寛政九）に次のように記している。

いささか故ありて、余は江戸をしりぞきて、しもつふさ結城の雁宕がもとをあるじとして、日夜俳諧に遊び、邂逅《たまさか》にして柳居が筑波までに逢ひてここかしこに席をかさね、或ひは潭北《たんぼく》と上野《かうづけ》に同行して処々にやどりをともにし、松島のうらづたひして好風におもてをはらひ、外の浜の旅寝に合浦《がつぽ》の玉のかへるさをわすれ、とざまかうざまとして既《すで》に三とせあまりの星霜をふりぬ。

田中善信氏は『与謝蕪村』に、蕪村の長途の旅の目的が不明としながらも、森山孝盛の『賤のをだ巻』（享和二）に書かれている「点者（俳諧宗匠）になるには行脚を一度して万句をせざれば、点者入りならずと云ふ事なりし」を挙げて「寛保頃までは行脚と万句興行が点者になる必須《ひっす》の条件であったと考えられる。蕪村は万句を興行した形跡はないが、点者になる通過儀礼としてこの行脚を実行した……。費用は結城や下館の知人がカンパしたとみて誤るまいが、彼らは、蕪村を俳諧宗匠にするための必要経費として、旅費を出してくれたのであろう」とされている。点者になるためには必須の通過儀礼であった、とする見方はその通りであると思う。

芭蕉に「東海道の一すぢもしらぬ人、風雅におぼつかなし」（『韻塞《いんふたぎ》』）の言葉がある。非日常の世界を体験して、常態化して黴《かび》が生えてしまったような感性やマンネリズム化した思考を払拭《ふっしょく》して、新しい風を懐に吹き込み詩心《うたごころ》を斬新なものに蘇《よみがえ》らせようとすることは、卓越した詩人たちのみな試みることである。その時代、宗匠を志すもの、また宗匠になってからも、旅に多くの時間を費やすものは跡を絶たなかった。ところで蕪村の東北行脚の費用は、はたして結城や下館の俳諧仲間のカンパによるものだったのだろうか。先輩、知人らによる多少の餞別はあったかも知れないが、長途の費用を賄うのには程遠い金額だったろう。蕪村は浄土宗をはじめ寺社の門を敲《たた》き一宿の恵みを受けるか、信心の厚い民家の喜捨にたよって露命をつないでいたのだと思う。

山中の小さな部落などでは、寺社がなければ農家に宿を求める他なく、多くは乳飲み子が泣くからとか病人がいるとかで断わられ、軒下とか木の根っ子を枕にして寝るようなこともしばしばあったかも知れない。

高井几董の編した『から檜葉《ひば》』（天明四）の「夜半翁終焉記」には、

野総・奥羽の辺鄙《へんぴ》にありては途《みち》に煩《わづら》ひ、ある時は飢《うゑ》もし、寒暑になやみ、うき旅の数々、命つれなくからきめ見しもあまた、びなりしが……。

と記されている。信心深い民家などで歓待されることも一、二度はあったかも知れないが、「からきめ見しもあまた、び」が、歴行十年の実体だったのである。

頭陀袋には一、二冊の漢詩集などが入っていて、幸い宿に泊れる時には、薄暗い灯《ともし》で自然に瞼《まぶた》が閉じるまで愛唱し諳《そら》んじていたかも知れない。

宿かさぬ燈《ほ》影《かげ》や雪の家つゞき

宿を断られても蕪村は泰然として頭を下げ立ち去って行く。それはいつものことで恨むこともなければ切ないと思うこともなかったに違いない。毛馬にあった時、幼くして心豊かな僧であり、父とも恃《たの》む人から、並々ならぬ薫陶を受けていたからである。辺鄙《へんぴ》な地の農家などでは、断られることの方がずっと多かったはずである。断る方にもそれぞれに止むを得ない事情があり、蕪村はそれを当然なことだと思っていたのだ。

降りはじめた細かな雪の中の、かすかに窓に漏れる燈影が、蕪村はたまらなく好きだった。燈影は、いつも彼を故郷へ、暖かな母の懐へ、楽しかった家族団欒《だんらん》の幼少期へと誘《いざな》うのである。

東北行脚は、寛保三年の春ごろに出立、津軽の外浜まで足をのばし冬に入って結城に戻る。その翌年、雁宕の娘婿である佐藤露鳩《ろきゆう》の後援で、宇都宮で歳旦帖を刊行、紙数九枚の小冊子だが、俳諧宗匠として俳壇への足がかりを作った、この歳旦帖は蕪村の初めてのモニュメントになった。

いぶき山の御燈に古年《ふるとし》の光をのこし、
かも川の水音にやや春を告げたり

鶏《とり》は羽にはつねをうつの宮柱　宰鳥

「巻軸」と前書きを付して自句を掲げ、四句目までを宰鳥の名で載せ

古庭に鶯啼きぬ日もすがら　蕪村

の計五句を載せ終わりの句だけを蕪村号とした。なおこの後に「追加」として江戸俳人の句を載せている。露鳩のために蕪村が代わって編集した、とされているが、巻頭・巻軸を蕪村の句が占めていることから、蕪村自身の歳旦帖であったことは間違いない。

蕪村の号の前が宰鳥で、その前が宰町であったことは、今日の定説である。蕪村の号は、陶淵明の「帰去来兮辞《ききょらいのじ》」の「田園将《まさ》ニ蕪《あ》レナントス胡《なん》ゾ帰ラザル」に拠るとするのが、大方の見方だが、岡田利兵衛氏は『俳画の美』の中で「蕪」とは「草の生い茂る」の意であり、故郷の毛馬にちなんで、蕪村と号したと述べている。

延享二年一月二十八日、早見晋我《はやみしんが》が七十五歳で世を去った。早見家は酒造業を営む結城の

名家で、晋我は私塾を開いて漢学を教えるかたわら俳諧に遊び、長老として結城俳壇をまとめるリーダーでもあった。彼の妻は雁宕の叔母で、雁宕と親しくしていた蕪村は自然に晋我と親密な関係になっていったと思われる。また蕪村を知ってからの晋我も、それまでとは違って、明るく充実した生き甲斐を得ることが出来たのではなかったかと推測される。蕪村の漢詩や古典についての幅広い知識と利発さ、素直で実直な人となりに魅了され、孫ほども年の違う蕪村と俳諧について語り合うことがこの上ない喜びとなったのである。晋我はたぶん、いままでに若くして彼ほどの教養があり、老人の心を解する人間に出合ったことがなかったのだろう。晋我のうきうきとした気分は、そのまま蕪村の心にも反映し、彼もまた師宋阿が名前を変えて蘇ったように思っていたかも知れない。

晋我の死は、蕪村にとってどれほどの痛手であったか計り知れないものがあった。この悲しみが堰《せき》を切ってあふれ出たものが、「北寿老仙をいたむ」と題する前代未聞の自由詩である。この詩の制作年代については三十二年後の「春風馬堤曲」（安永六）と同時期とする異説があるが、悲しみの激情が一気に迸り流れ出る迫真性は、晋我の死の直後でなければ表白できないものである。あとになればなるほど、激情の炎《ほむら》は少しずつ薄らいでいき、臨場感の乏しい記憶だけに過ぎないものになってしまうだろう。また詩の構想、構文の老熟さから見て、延享二年の作成を否定する説も、東西を問わず若年において、すでに生涯の代表作を成す人が歴史上に少なからずいるのを見れば、異説を肯定する理由にはならないだろう。

北寿老仙をいたむ

君あしたに去りぬゆふべのこころ千々に
何ぞはるかなる
君をおもふて岡のべに行きつ遊ぶ
をかのべ何ぞかくかなしき
蒲公《たんぽぽ》の黄に薺《なづな》のしろう咲きたる
見る人ぞなき
雉子《きぎす》のあるかひたなきに鳴くを聞けば
友ありき河をへだてて住みにき
へけのけぶりのはと打ちちれば西吹く風の
はげしくて小竹原《をささはら》真すげはら
のがるべきかたぞなき
友ありき河をへだてて住みにきけふは
ほろろともなかぬ

君あしたに去りぬゆふべのこころ千々に
何ぞはるかなる
我庵のあみだ仏ともし火ものせず
花もまゐらせずすごすごと彳《たたず》める今宵は
ことにたふとき

釈蕪村百拝書

あなたは今朝この世を去ってしまった。この夕べ私の心は千々に乱れているのに、ああ、あなたはどうして、はるかに遠い所にいってしまわれたのか。

あなたを思って、あなたと歩いた楽しい思い出のある岡のべに行き、そぞろ歩く。岡のべはどうしてこんなにかなしいのか。

夕べの淡い光の中で、蒲公は黄に薺は白く咲いているのに、この可憐な花々を見て心を慰めようとする人はここにはもういない。

雉子がどこにいたのか、ひたすらに鳴き出したのを聞くと、妻や子を呼ぶ鳴き声のように聞こえ、それが、あなたが河をへだてて住んでいて、楽しい交わりをしていたことを思いださせ、一層私の心を悲しくさせる。

悄然《しょうぜん》として帰りかけると、どこからか何の煙とも分からない煙が漂ってきて、折りからのはげしい西風にぱっと吹きちり、もっとこの世にいて、楽しい俳諧に係わりたかったであろうあなたの霊のように思われたその煙は、小竹原や真すげはらに逃れても籠《こも》ることができず、空しく消えてしまう。

私は今日《いま》もあなたのことを懐かしく思い出して悲しんでいるのだが、今日は雉子がほろろとも鳴かない。

あなたはこの世を去ってしまった。今日の夕べも私の心は悲しみの淵《ふち》に沈み、千々に乱れているのに、あなたはどうして、はるかに遠い所にいってしまわれたのか。

私の庵の阿彌陀仏《あみだぶつ》に、ともし火を点《とも》さず、花も供えずに、ただしょんぼりとたたずんでいるだけの今宵はことに尊く思われる。

この詩、いつも問題にされるのは、「へけの煙」の「へけ」の意味と、雉子と蕪村との係わりである。まず「へけ」については「へげ」と読み（イ）竈《かまど》の古語（ロ）片器の訛音《かおん》（ハ）木片《こっぱ》など。その煙は（a）火葬の煙（b）妖怪変化に係わるもの（c）仏によって衆生が極楽浄土へ引摂《いんじょう》される時のこの世ならぬ煙（d）猟銃の煙などとされた。が、近年では

「へけ」→「変化《へんげ》」とする説が強くなってきている。一つ注目すべきなのは、山下一海氏が『戯遊の俳人与謝蕪村』の中に紹介している高田衛説（「制外者の歌」『日本文学』）である。以下『戯遊の俳人与謝蕪村』より引く。

「蕪村が外が浜に至る奥羽放浪を経験した漂泊遊民であること、数多くの異言語（方言）の中を、俳言と漢詩文という標準言語を持って通過した人であること」を注意した上で、秋田方言の「へげ」、山形方言の「へげ」「へぐり」、野州（栃木・群馬）方言の「はけ」を検討し、「〝へけ〟とは、水辺に接した傾斜面を持つ台地状の地形の先端部分をいう野州方言である」と結論づける。そして「へけのけぶり」とは「水辺丘陵の夕霞のことである」という。さらに「霞」と「老仙」が古くからの縁語であったことを指摘し、「はと打ちれば西吹風の」について、「それは、たなびく霞を吹はらう風にきびしくさらされる人の〈私〉像の寂《じゃく》寞《まく》感を歌い上げつつ、晋我老人（老仙）の西遷を叙べている。というよりも、老仙の西遷を暗喩する中で、〝のがるべきかたぞなき〟悲傷のうちにとり残された詩人の内面の絶望が表白されている。そして実はここにも錯乱や倒置によって逆に純化する詩想の秘密が隠されている」と説明する。

高田衛氏によるこの説明によって、「はと打ちれば西吹風の」に私（山下）が感じるところは、ほぼ言い尽くされたように思う。だから「はけ」（栃木・群馬方言）の語義についての断定には一抹の留保感があり、また「けぶり」をただちに霞とするところにはやや問題もあろうかと思いつつも、とりあえずはそれを支持したいところである。あるいは「けぶり」は、霞とも野焼の煙ともつかぬ模糊としたものであれば、それでいいのかもしれない。

おおむねは一海氏の説を了とするが、自説を記す。「へけのけぶり」は、極楽浄土への引《いん》摂《じょう》の煙でも野焼の煙でも火葬の煙でも、あまりこだわらなくていいと私も考えている。詩は漠としたイメージと情感とからなる文芸である。

蕪村は、「西吹く風のはげしくて小竹原真すげはらのがるべきかたぞなき」と煙を擬人化している。この詩句は逆説的に、小竹原でも真すげはらでもよいから、そこにこもりたい、もっとこの世に留まり、見果てぬ夢を果たしたいという願望を表しているのだ。才能のある若い友と語り合うことは、晋我にとって無上の喜びだったのである。晋我の心が、痛いほど蕪村には分かっていたので、「へけのけぶり」を晋我の魂魄《こんぱく》として詩に詠み込み弔句に代えたのである。

この詩の末尾に蕪村は「釈蕪村百拝書」と署名している。浄土宗十八檀林の一つである弘経寺に襖絵を画いていることなどから、この時に得度を受けて僧籍に入ったと見られているが、江戸に入る前にすでに僧籍にあったのではないかと私は考えている。

画・俳二道の生涯

蕪村は寛延四年の初秋のころ、関東遊歴に終止符をうち、中山道をたどって翌、宝暦二年の春に信州岩村田にしばらく滞在して初秋のころ京に入る。京に着いた蕪村が、修行僧として一とき止宿していたと思われる浄土宗総本山の知恩院を出てからどこに居を定めたのか、はっきりしていない。『杖の土』(宋屋の陸奥行脚の紀行文)の蕪村の句〈我が庵《いほ》に火箸を角や蝸牛《かたつぶり》〉の前書きに「東山麓に卜居《ぼくきょ》」とあることから、蕪村は洛東東山の知恩院近くの、袋小路に住んでいたと岡田利兵衛氏は推測している。

京に来てから蕪村は、「嚢道人《のうどうじん》」という別号を用いはじめ、宝暦初年の作と思われる「木の葉経句文」に「洛東間人嚢道人釈蕪村」と署名している。嚢は袋で嚢道人は頭陀《ずだ》袋を首から下げて行乞《ぎょうこつ》行脚する僧のことである。また間人の間は閑に通じ、俳諧・絵・その他の芸能に遊ぶ人のことを意味している。したがって「洛東間人嚢道人釈蕪村」は、京の東に住し世間の制約と慣習から離れて、俳諧と絵に遊ぶ無為徒食の局外者の意味である。洛東間人の「間人」については別解がある。小西愛之助氏が『俳諧師蕪村』の中に記したもので、一部を引く。

「間人」については、喜田貞吉博士が「間人とは文字の示すごとく中間の人の義で、大体において良民と賤民との中間に位するということを示している。この名称はすでに大化以前から存在し、近く徳川時代までも継続して、わが社会組織上常に重要なる一階級をなしておったのである」と記され、さらに、「間人の名辞がもと良民、賤民の中間人の義であり、それが主として土師部《はじべ》あるいは駆使部《はせつかべ》の程度の社会的地位を有する階級の者について呼ばれたがゆえに、ハシヒトあるいはハセツカベと言われ、中世には転じてハシタとなり、音読してチュウゲンとなり、あるいは一種の三昧聖の称としてハチまたはハチヤの名を生ずるに至ったり、……しかもなお一方にそのマヒトの転なるマウト（モオト）の名称が、ある低級なる農民の称呼として徳川時代までも各地に残存していたことは、また看過すべからざる興味深い事実である」（間人考）と記されている。

宝暦四年、人体についての既成観念をくつがえすような画期的な事件が起きた。山脇東洋が小杉玄適らと共に、京都の西郊で刑死体を解剖したのである。いままでの人体についての認識の誤りであることが天日にさらされ、宝暦九年にその時の記録を図解し、その他の文章とともに掲載した『蔵志』を刊行した。それは日本における実験的解剖のありのままを記録したもので、まさに西欧近代医学の戦列に伍《ご》した画期的事件であった。

蕪村が京に来てはじめて訪ねたのが毛越《もうおつ》である。毛越ははじめ路通門で、のち巴人（宋阿）門と交わり、上洛前の蕪村とすでに親交があった。毛越を「莫逆《ばくぎゃく》（意気投合した）の友」と呼ぶほど蕪村は彼を信頼していたようだ。編著に『曠野菊』『古今短冊集』などがある。

次に蕪村は、宋阿在世当時から書簡を交わしていた宋屋を訪ねた。初対面である。宝暦二年宋屋は六十五歳で京都俳壇の古参であったが、蕪村を暖かく迎え入れてくれた。

宝暦四年春夏の交、蕪村は丹後宮津へ赴き浄土宗見性寺に寄寓《きぐう》する。

蕪村がどんな理由で丹後に行ったのかは分からないが、『新花摘』に「むかし丹後宮津の見性《けんしょう》寺といへるに、三とせあまりやどりゐにけり」と書いていることから、丹後で親しく交友を結んだ三俳僧の一人、見性寺の住職となった触誉《しょくよ》芳雲《ほううん》和尚こと竹渓《ちくけい》（俳号）との縁が考えられる。見性寺は浄土宗の寺院で、竹渓がまだ京にいたころ、知恩院の何かの行事の際に知り合った可能性は否定出来ない。竹渓は蕪村が俳諧と絵を能《よ》くすることを知って、自分が赴任する風光明媚な丹後へ蕪村を誘ったのではないかと思う。

蕪村はこの頃、三宅嘯山と出合い、二人は生涯の朋友《ほうゆう》となる。嘯山については前にも少し触れたが、京都で質商を営むかたわら、宋屋に俳諧を、慧訓《えくん》和尚に詩を学び、やがて京都俳壇に頭角を現してくる。百池自筆『四季発句集』には「滄浪居士《さうらうこじ》の大人《うし》（嘯山）世に在《いま》す頃は老師蕪村叟《そう》とは錦繡《きんしゅう》の交はりにて常に席を同じうす」と記されている。（田中善信『与謝蕪村』）

「少々画用相つぎ、且つ例の遊歓に日を費やし」ていた蕪村だが、丹後時代に蕪村のオリジナルな画法が、ほぼ完成されたのではないかと思う。蕪村は精力的に屏風絵《びょうぶえ》に取り組み、現存する六曲一双《いっそう》の大作には次のようなものがある。

画名	落款
琴棋書画図《きんきしょがず》	朝滄子図
五百羅漢《らかん》図	（掛幅《かけふく》に改装）無款

山水図	四明朝滄
山水花鳥人物図	四明朝滄
十二神仙図	四明　など
山水図	朝滄子
四季耕作図	四明朝滄写
方士《ほうし》求不死薬《ふしやくをもとむる》図《ず》	四明

他に、六曲屏風四隻、二曲屏風一隻の屏風絵があり、この他に十点ほどの掛幅、〔妖怪図巻〕〔三俳僧図〕など。丹後時代に蕪村自身、絵画をもって身を立てる自信がついたのではないかと思われる。

丹後宮津での俳諧の仲間は、先に記した竹渓の他、鷺十《ろじゅう》（真照寺住職恵乗《えじょう》）、両巴《りょうは》（無縁寺住職輪誉）らで、蕪村はこの三人の戯画化された〔三俳僧図〕を画き戯文を添えている。線香の火で一部文字が消されていて全文を読むことができないが、蕪村を含むこの四人の交わりがいかに親密で楽しいものであったかは、この戯画からもよく伝わってくる。他にも数人の俳句仲間がいたようだが、嘯山への手紙の中に「当地は東花坊（支考）が遺風に化し候ひて、美濃・尾張などの俳風にておもしろからず候」などと記しているので、俳句にはあまり熱が入らなかったようだ。それでも、

夏河を越すうれしさよ手に草履《ざうり》

の秀句を残していることは、俳諧師蕪村としての面目を施していてさすがである。

宝暦七年九月、蕪村は足掛け四年を過ごした与謝を後にして京に帰る。この時、生涯の伴侶となる妻ともを伴って京に戻った可能性が高い。ともの嫁入り先を頼まれていた三俳僧の一人か、村長か、あるいは村の有力者の世話によって、与謝で華燭《かしよく》の典を挙げたものと思われる。この時、蕪村は四十二歳、ともの年齢は分からないが、蕪村の死後は清了尼《せいりように》と称し、三十一年（文化十一年没）も永く生きながらえているので、二十歳ほども離れていたかも知れない。

当時の女子の嫁入りの適齢期は十五～十八歳ごろと思われるので、二十二、三歳は婚期をすでに過ぎている年ごろである。余計な憶測かも知れないが蕪村が与謝で妻を娶《めと》った可能性として、次のようなことが考えられる。女性の方にも婚期を逸したという負い目があるが、歳の離れた蕪村との結婚を決意したのには、蕪村が住職や村の有力者と交わりがあり尊敬が

出来ること、絵を画くことで生計を立てることができたこと。京の都にかねてからあこがれていたことなどから、話が支障なく順調に進んだためであろう。

問題は、ともが果たして与謝出身の女性であったかどうかということである。それは蕪村が、谷ないし谷口の姓を与謝に改名していることで、ともが与謝の女性であったことが証明できるのではないか。男性の側では、結婚して姓が変わるのは、婿養子になる場合に限られ、当時先祖からつづいている姓を自由に変える慣習・制度はなかったと思う。「辺音ヲ聞ケバコノ地ヲ愛スルコト難シ」と嘯山への手紙に書くくらいだから、風光明媚な丹後での生活を記念して姓を変えたのではなく、与謝の女性を娶《めと》った記念として与謝姓に変えたと見る方が妥当だ。

小西愛之助氏は『俳諧師蕪村』の中で、几董の「夜半翁終焉記」に、「谷氏を与謝とはあらため申されし也」と、あることに触れ、

これらは、むしろ蕪村の雅号の一部ではなかったか。……それらは地名であって、便宜上、雅号の一部として使用したのではなかったか。「与謝」も「謝」も明白に地名であり、それは丹後国与謝郡与謝村（母の出生地）の「与謝」或いは「謝」を採用していることは明白である。

と記している。
蕪村の結婚の時期、及び妻とものの出生地についてはいまだに定説がない。谷口謙氏は妻帯の時期を宝暦十二年ごろ、田中善信氏は同十年、潁原《えばら》退蔵氏は同九・十年ごろと推測する。出生地も与謝の他に京の近郷とする説があるが、いずれも確証はない。
宝暦七年宮津を離れる際に〔天の橋立画賛〕を残し、蕪村は次のように記した。

八僊観百川《はつせんくわんひやくせん》、丹青《たんせい》をこのむで明風《みんぷう》を慕ふ。嚢道人《なうどうじん》蕪村、画図《ぐわと》をもてあそむで漢流に擬す。はた俳諧に遊むでともに蕉翁より糸ひきて、彼は蓮二《れんじ》（支考）に出《いで》て蓮二によらず、我は晋子《しんし》（其角）にくみして晋子にならはず。されや竿頭《かんとう》に一歩をすすめて、落《おつ》る処《ところ》はままの川なるべし。又俳諧に名あらむことをもとめざるも同じおもむきなりけり。

彭城《さかき》百川（元禄十〜宝暦二）は尾張名古屋の人。薬種屋土佐屋の養子となったが、その後離縁になったらしい。若年のころより画・俳二道を好み、画は狩野派を学んで法眼になる。文人画・南画の先駆者として大雅堂に先駆け、また俳画風の画績を残した。蕪村と共通するところが多く、先輩格として蕪村は慕ったが、二人は出合ったことがなかったようである。

八僊観百川は、絵画を好んで明風を慕う。僧籍にある私蕪村は、画図に手を染めて漢流を習う。さらに俳諧をたしなんで、ともに芭蕉の跡を継ぎ、百川ははじめ蓮二《れんじ》（支考）に倣《なら》ったが、やがて自分の道を進み、私も晋子《しんし》（其角）の俳風をよしとしたが、晋子に倣わずに自分の道を開拓した。そうであるから、竿頭に一歩をすすめて〈百尺竿頭進一歩〉『無門関』。さとりを求め修行し最後にたどりつく絶対境地だが、ここにも停ってはいけないとの教戒）落ちていく処は、自分の力では如何《いかん》ともしがたい処だろう。また俳諧で名声を求めようとしないのも、百川と私には同じところがあるのである。

ここに言う「竿頭に一歩をすすめて」などの言葉は、当時文人・画家の間に禅宗が広く浸透していたので、日常茶飯に使われていたものと思われる。

京に戻ってきてからは、画業の方も次第に安定してきたようである。宝暦十年、蕪村は雲《うん》裡房《りぼう》から筑紫への旅に誘われたが、画業の方も軌道に乗ってきていたし、再び妻子を家に残して風雲に身を任せる気にはなれなかったようで、

雲裡房《うんりぼう》つくしへ旅だつとて、我に同行をすすめけるに、えゆかざりければ

秋かぜのうごかしてゆく案山子《かがし》哉

の句を餞《はなむけ》として筑紫行きを断った。

渡辺雲裡房青飯（元禄六〜宝暦十一）は支考門。近江国無名庵五世となり境内に幻住庵を再興した。蕪村とは江戸にいたころからの朋友《ほうゆう》で、宝暦五年に宮津に来遊、蕪村を交え地元の俳人らと歌仙を巻いている。

蕪村は宝暦十三年頃から画業に集中、明和初年にかけて屛風絵多数を完成する。芭蕉七十回忌記念の俳書刊行など、この頃各地で蕉風回帰への動きが盛んになる。宝暦十四年は前年につづいて屛風絵の依頼が多く、蕪村は多忙な日に明け暮れていた。この年から明和三年までの四年間に、蕪村は相次いで絖本《こうほん》や絹本《けんぽん》の上質の屛風絵を作制する。この期間、蕪村の絵を欲しがる人たちによって屛風講が作られた。資金を出し合い籤《くじ》でその時々の屛風絵購入の人を決めるもので、絵を職業とする蕪村には、この時期が一番充実し華やいだ時だったかも知れない。田中善信氏は、

蕪村の画は絹地に描かれたものが多い。これはたとえば大雅に絹本を用いた画が非常に少ないこと、絖本にいたってはあれだけ数多くの作品を遺しながらわず

かに一点しかないことを思うと、蕪村の周辺にはいかに富裕な人々が多かったかを思い知らされる。

と『与謝蕪村』の中に書いている。

画業に日々を費やしていた蕪村は、彼を取りまく文人らの勧めで、「三菓社」という俳諧の結社を作り、第一回目の会を、明和三年六月二日に、鉄僧の住居大来堂《たいらいどう》で催した。参加者は、蕪村・太祇《たいぎ》・召波《しょうは》・鉄僧《てつそう》・竹洞《ちくとう》・印南《いんなん》・峨眉《がび》・百墨《ひゃくぼく》の八人である。

炭太祇（宝永六〜明和八）は江戸の人。当時は京にいて、妓楼桔梗屋《ぎろうききょう》の主人呑獅《どんし》の招きで島原廓《くるわ》内の不夜庵に入り、手習師匠をしながら、俳諧の宗匠になっていた。蕪村の「春風馬堤曲」の末尾を

　　藪入りの寝るやひとりの親の側

の句で飾った人である。

黒柳召波（享保十二〜明和八）は京都の人。壮年の折り江戸に出て服部南郭《はっとりなんかく》に学んだ。帰洛して竜草廬の幽蘭社に属し、代表的漢詩人として名を連ねた。三菓社句会がはじまると俳諧に熱中、明和五年蕪村が讃岐《さぬき》から帰京すると、自宅で頻繁に句会を催し、蕪村に教えを乞

うなど信望が厚く、蕪村は召波の将来を大いに嘱望していた。

鉄僧（生不詳～天明六）は田中善信氏によると雨森章迪《あめのもりしょうてき》のことであるらしい。章迪は京都の人で医師。書も巧みで、金福寺に現存する蕪村の墓碑銘を書いた人として知られている。

百墨（自笑）（元文三～文化十二）は京都の人。浮世草子の作者。書肆《しょし》八文字の三代目。三菓社句会にはじめから参加し、明和七年九月二十六日までの計四十回の句会に一度も欠かすことなく出席した。つづいて始まる知恩院の僧房の一つ高徳院の句会にも欠かさず出席していたが、安永に入ると時折欠席するようになり、同年二月以降は名が見えなくなった。が、俳人としての全期間を蕪村門として終始した人である。自笑（本名、安藤興邦）は浮世草子の作者を兼ねていたが、浮世草子や歌舞伎本の衰退著しく家業を立て直すまでに至らなかった。

蕪村は明和三年九月、おそらく一、二年も前から屏風絵の依頼を受けていたためと思われるが、うしろ髪をひかれる思いで妻子を残し讃岐へと旅立った。讃岐には宋屋系の俳人がおり、蕪村の丹後での画業や屏風講の風聞もあって、蕪村の絵を欲しがる人が多かったと思われる。蕪村と讃岐の俳人との間で文通が行われていたかも知れないが、ともかく宋屋の縁によることは間違いないだろう。

望月宋屋（元禄元～明和三）は号、富鈴。京都の人。宋屋は巴人（宋阿）在京の折りに入門、次第に頭角を現し享保十九年に点者になる。行脚をよくして摂津・播磨から、さらに讃岐に渡り宋屋門を開拓した。巴人が江戸で死去すると、翌年追善集『西の奥』を刊行した。京の巴人門をよくまとめ、淡々系俳家など他流とも広く交わり、京俳壇の一方の雄となった。蕪村には兄弟子に当たり、二人の間には深い信頼関係が醸されていた。明和三年に宋屋が亡くなると、蕪村は讃岐での画業を一時中断してその一周忌に帰京する。

蕪村の讃岐での画績は主なものに、琴平で〈寿老人《じゅろうじん》・鹿・鶴図〉（三幅対）、〈秋景山水図〉〈水辺会盟図〉〈一路寒山図〉〈山水図〉など。また丸亀妙法寺で〈蘇鉄図〉（屏風）、〈寿老人図〉〈墨竹図〉〈寒山拾得図〉〈山水図〉（襖絵）、〈山水図〉（屏風）など。なかでも〈蘇鉄図〉は秀逸な作品の一つとして広く知られている。款記に「酔春星写」と記しているので、ほろ酔い加減で一気呵成《かせい》に描きあげたと見られているが、奥行きに微妙な陰影があり、上昇的な覇気を感じさせる魅惑的な作である。

この〈蘇鉄図〉は見る度ごとに私の感覚を刺激する。葉は嫩芽《どんが》を増殖させながら、二本の腕（幹）は止み難い意志と燃えるような欲望を秘めて、蒼穹《そうきゅう》へと上昇しようとする。その先端は、何ものかを絡め取ろうとする粘液質な生きもののように見える。

蕪村の感性がとらえる世界は、一方の極（温潤・平俗）などから、他方の極（峻厳・壮烈〕などまでの振幅が、驚くほど広い。例えば〔夜色楼台雪万家図〕〔闇夜漁舟図〕などと、〔峨嵋露頂図巻〕〔鳶鴉図〕などである。

蕪村は宋屋の一周忌に一度京へ帰ったが、それを含めて、ほぼ一年八ヶ月を讃岐に滞在した。

明和五年四月に京へ戻ると、五月六日に三菓社句会を再開する。句会があっても門（結社）がないというのは不自然である。活動の主体がないということで、誰からともなく宗匠を立てて宋阿門を継がせよう、との話がでた。有力な後継者であった高井几圭は十年前に亡くなり、望月宋屋が死んでからも二年の歳月が過ぎている。だれの目にも、画業において広く知られるようになり、三菓社句会のリーダーでもあった蕪村が宗匠にふさわしいことは明らかであった。だが蕪村には生活のための画業があり、また宋阿亡きあと、宋阿門を継ぐはずの几圭の次男、几董がふさわしいとの思いがあったが、几董はまだ二十七歳で、錚々《そうそう》たる宋阿門の中では、門をまとめていくのに不安があった。

そこで、蕪村は一つの条件を案じた。それは、蕪村がまず夜半亭の門を継ぎ、その後を几董が継ぐというものである。「几董よ、宋阿師が身罷《みまか》ってより二十八年になる。私は几圭の息であるお前が夜半亭を再興するのがふさわしいと思っているが、まだ年が若い。いまお前が継げば、京や江戸の夜半亭古参の者たちが袂《たもと》を分かつかも知れない。この先、必ずお前が継ぐと約束するならば、しばらく私が夜半亭を預かってもよい」と、このように几董を説得でもしたのだろう。几董は素直に了承する。

天明六年九月の『続一夜松後集』（几董編）に、この折りの蕪村の句がある。

明和八年辛卯春三月、京師に夜半亭を移して
文台をひらく日

花守の身は弓矢なき案山子《かがし》哉

「花守の身」は、「夜半亭を継ぐことになった私」のことである。ちょうど弓矢のない案山子のようなもので、夜半亭を立ちゆかせていけるかどうか分からない、との頼りない謙遜《けんそん》的な句である。しかし裏を返せば、俳諧を弄《もてあそ》ぶ風狂の徒に、どうして弓や矢が必要なのか。私にはそんなもの（門戸を張るための手続やら声望など）は何もないし、また必要としない。私は私なりの仕方でやっていきますよ、という心意気を表したものと見るべきだろう。

夜半亭の継承問題については、田中善信氏が『与謝蕪村』の中で、異なった見方をしているのでその箇所を引く。

> 几圭が宋阿の継承者であったという言い方もおかしい。京都における宋阿の後継者は宋屋である。宋屋は、『西の奥』（一周忌）、『手向の墨』（三回忌）、『結び水』（七回忌）、『明《あけ》の蓮』（十三回忌）、『戴恩謝《たいおんしゃ》』（十七回忌）と、節目ごとに師宋阿の追善集を出版しているが、几圭には一冊の追善集もない。追善集を出している方が師の後継者であることはいうまでもない。……蕪村が几董の才能を高く評価していたことは周知の事実であり、彼が夜半亭三世を継ぐことに蕪村は何の異存もなかったであろう。ただ、几董が自分の後継者となることを条件にして、蕪村が夜半亭を継承したという従来の定説は、間違っていると思う。

高井几董（寛保元〜寛政元）は京の人。三十歳で蕪村門に入り、明和九年、父几圭の十三回忌追善集『其雪影』を編んで頭角を現し、安永二年以降、年々「初懐紙」を出して夜半亭傘下にある春夜楼社中（几董主宰）の存在を顕示した。安永八年、蕪村門高弟の俳諧学校檀林会を発起、蕪村との両吟『もゝすもゝ』を成就する。天明三年に蕪村が没すると、追善集『から檜葉』を手向け、『蕪村句集』を編んで顕彰に尽くした。同五年、蕪村の遺志を継いで『続一夜松』編纂のため義仲寺で薙髪《ちはつ》して江戸に下り、蓼太《りょうた》の後援で夜半亭三世を継ぎ帰洛する。天明八年の大火で罹災、京阪神の門人間を転々とする間に『遊子行』を刊行。寛政元年自撰句集『井華集《せいか》』の上梓をすすめる途次、士川の有岡別荘での俳諧の最中に急逝する。四十九歳の若さであった。

蕪村は生前、霞夫《かふ》・乙総《おとふさ》兄第宛の書簡（安永四年閏十二月十一日）に「どふみても我家之几董ほどの才子はなきものにて……」と、手放しで吹聴、大きな期待をかけていたことが分かる。これに応えるかのように、几董が蕪村の顕彰に努めたことも、俳句史の上で重要な役割を果たしたという意味では、見逃せないものがあるだろう。

明和七年三月、蕪村は夜半亭を引き継ぎ点者として俳諧宗匠の列に加わる。順調なすべり出しであったが、翌年蕪村のかけがえのない同志炭太祇が亡くなる。三菓社句会が高徳院句会となってからも、太祇は熱心に出席していたのだった。

翌、明和九年に刊行された『太祇句選』の嘯山《しょうざん》の「序」によると、太祇は「半身痿《な》ゆるのやまふを感じ」だして句会に出席できなくなったとある。蕪村は共選のこの『太祇句選』の「序」に、次のように記している。

> 仏を拝むにもほ句し、神にぬかづくにも発句せり。されば祇が句集の草稿を打《うち》かさね見るに、あなおびただし、人の彳《たたず》める肩ばかりにくらべおぼゆ。

句会のよき指導者でもあった太祇の死は、蕪村には大きな痛手であった。太祇が蕪村より七歳上であったのに対し、蕪村より十一歳も年少の黒柳召波が、その後を追うようにして亡くなってしまう。その将来を高く嘱望していた召波の死は、蕪村にとって、まぶしい宝玉が砕け散るような計り知れないものがあっただろう。

召波は早くから江戸に出て、服部南郭《はっとりなんかく》に漢詩文を学び、蕪村も漢詩についてはかなりの蘊《うん》蓄《ちく》があったので、二人の間には特別な親近感が生まれていたのである。召波も太祇に劣らず三菓社句会、その後引き継がれた高徳院句会に熱心に出席していたが、明和八年冬、病床についたまま十二月七日に急逝してしまう。

召波の七回忌に際して刊行された『春泥句集』（安永六年十二月七日）序文に、蕪村は次のように記している。諸著によく引かれるものだが、蕪村の思想の核心を述べているもので、煩を厭わずに掲げる。


余かつて春泥舎召波に洛西の別業に会す。波すなはち余に俳諧を問ふ。答へて曰《いは》く、俳諧は俗語を用て俗を離るるを尚ぶ。俗を離れて俗を用ゆ。離俗の法、最もかたし。かの何がしの禅師が隻手《せきしゅ》の声を聞けといふもの、即ち俳諧禅にして、離俗の則なり。波頓悟す。却って問ふ。叟が示すところの離俗の説、その旨玄《げん》なりといへども、なほ是工案をこらして我よりしてもとむるものにあらずや。しかじ、彼もしらず、我もしらず、自然に化して俗を離るるの捷径《せふけい》ありや。答へて曰く、あり。詩を語るべし。子《し》もとより詩を能《よく》す。他にもとむべからず。波疑つて、敢へて問ふ。夫《それ》、詩と俳諧と、いささか其の致《おもむき》を異にす。さるを、俳諧を捨てて詩を語れと云ふ、迂遠《うゑん》なるにあらずや。答へて曰く、画家に去俗論あり。曰く、画、俗ヲ去ルコト他ノ法無シ。多く書ヲ読メバ則チ書巻之気上昇シ、市俗之気下降ス。学者其レ旃《これ》ヲ慎マンヤ。それ画ノ俗ヲ去るだも、筆を投じて書を読ましむ。況《いは》んや詩と、俳諧と、何の遠しとする事あらんや。波すなわち悟す。

私は前に春泥舎召波に京都西郊にある別荘で会った。召波は私に俳諧について尋ねた。私は答えて「俳諧は俗語を使いながら俗を離れることを尊ぶ。俗を離れて俗を使う。離俗の法が最も難しい。かの何がしの禅師が両手を打って一方だけの手の音を聞けというのと同じで、すなわちこれが俳諧の禅で、離俗のための決まりである」。召波はよく理解し、さらに尋ねた。「あなたが示すところの離俗の説は、奥深いものであるが、なお工夫して自分の方から、離俗を求めるものではないか。そのようなものではなく、人も知らず、自分も知らないうちに、自然に変わっていき、俗を離れる近道はあるか」。私は答えて「ある。漢詩について語るのがよい。あなたはもともと漢詩について堪能である。他に求めなくてもよい」。召波疑って、さらに尋ねる。「詩と俳諧では、いささか致を異にしている。それなのに俳諧を捨てて詩を語れという。回り道ではないのか」。私は答えた。「画家に去俗論がある。それは、画において俗を去るには、ほかの方法はない。多くの書物を読めば、自ずから精神を高めることができ、反対に世俗の気が下降する。学ぶ者はこれを心がけなければならない。画の俗を去るのにも、筆を置いて書物を読ませるのである。ましてや詩と俳諧とで、どうして遠いということがあろうか」。召波はすぐに納得した。

「かの何がしの禅師が……」は、蕪村と同時代の白隠慧鶴《はくいんえかく》（貞享二〜明和五）が自ら創始した公案。「両掌相打つて音声《おんじやう》あり、隻手《せきしゆ》に何の音声かある」と問い、悟《さと》りへと導くもの。当時、白隠の教えは禅宗信徒ばかりでなく民衆の間にも広がっていて、とくに文化人の間では知らない人がいないほどであったから、「かの何がしの禅師」と言うだけで十分だったのである。

この離俗論と言われている蕪村の思想の基底には、芭蕉の言葉に負うところのものがあったと思う。

「高くこころをさとりて俗に帰るべし」『三冊子』〈赤冊子〉
「事は鄙俗《ひぞく》の上に及ぶとも、懐しくいひとるべし」『去来抄』〈故実〉
「俳諧の益は俗語を正す也」『三冊子』〈わすれみづ〉

これらの芭蕉の言葉が離俗論の下地にあったことは確かだが、直接的には『芥子園画伝《かいしえんがでん》』の画論からの影響が大きかったと思う。

筆墨の間に、寧《むし》ろ稺気《ちき》有るも、滞気《たいき》有る毋《なか》れ。寧ろ覇気《はき》有るも、市気《しき》有る毋れ。滞なれば則ち生きず。市なれば則ち俗多し。俗は尤《もつと》も浸染《しんせん》す可からず。俗を去るには他の法無し。多く書を読めば、則ち書巻の気上升《じやうしよう》し、市俗の気下降す。学者其れこれを慎《つつし》めよ。

（小杉放庵註解・公田連太郎訳　アトリエ出版社）

絵や書を成す時、むしろ未熟さがあっても滞る気持があってはいけない。むしろ、あふれるような意気ごみがあっても、市気があってはいけない。滞れば作品が生きない。市（利害得失）があれば俗（卑しい気持や知名欲）が多くなる。俗はもっとも身につけてはいけないものである。俗を去るには他の方法がない。多く書を読めば品性が上昇し、市俗の気が下降する。学問や芸術に携わるものは、このことを慎まなければならない。

『芥子園画伝』は、中国古来の名家の山水画法を集め、はじめに各時代の画論の要旨を集録、つづいて山水画の描法を多くの図によって説明したもの。日本には初集発行（一六七九）後、間もなく渡来、それ以降も翻刻がいくつか作られ、南画の発展普及に大きな影響を及ぼした。

明和七年七月一日の三菓社句会に、その頃馬南《ばなん》と称していた大魯《たいろ》と嘯山が初めて出席した。吉分大魯（享保十五～安永七）は、はじめ文誰《ぶんすい》門で『誹諧家譜拾遺集』の「今時点業六十有余家」の中に、蕪村より前に名前が載っている。ということは、蕪村より早く宗匠になっていたが、改めて蕪村の門を敲《たた》いたということになる。安永二年秋、几董と『あけ烏』巻頭の歌仙を巻き、中興俳諧の新風に呼応したが、同年剃髪《ていはつ》して大魯と改号した。大阪に流寓して蘆陰舎を結び、芙蓉花・東菑《とうし》・五晴らの門下を得る。直情型の性格のため有力な後援者でもあった東菑と衝突して、安永六年摂津国兵庫に移り三遷居を営む。一時京に戻り病を養ったが、翌年京都で客死。大魯は阿波徳島藩の新蔵奉行（禄二百石）であったが、大阪勤番中に脱藩、遊女と駆け落ちして上洛したというなかなかの兵《つわもの》であった。句風は境涯を吐露する作に優れ、蕪村も何かと心を煩わされたが、その作風を高く評価した蕪村門十哲の一人だった。

明和八年春、蕪村は二十七年ぶりに歳旦帳を刊行する。京都・伏見・大阪・福原からの出句が主なものであったが、江戸からは親交のつづいていた存義《ぞんぎ》・買明《ばいめい》・仮名詩「立君の詞」を作った楼川《ろうせん》らが出句、入集者は七十一人に及んだ。これらの中には太祇門の島原の女郎屋桔梗屋の主人呑獅《どんし》や揚屋角屋《すみや》の主人徳野《とくや》らがいた。いずれも蕪村の有力な後援者となった富裕な資産家である。

「蕪村が絵は、あたい今にては高間の山のさくら花、俳諧師が信じて、島原の桔梗屋の亭主(呑獅)が、たんと描いてもろうて、廓中《かくちゅう》(島原の遊郭)の財宝も価が今は千金」と上田秋成が『膽大《たんだい》小心録』の中に書いている。

明和から安永にかわった翌二年三月七日、松村月渓《げっけい》(画号呉春、宝暦二〜文化八)がはじめて、蕪村主宰の夜半亭句会に参加する。代々京金座役人を務め、はじめ大西酔月に学び、後蕪村に入門、絵と俳の指導を仰ぎ、たちまち頭角を現して蕪村から将来を嘱望される。絵の後継者を育てることは、蕪村にとっても張り合いのある仕事であり楽しみであっただろうが、月渓にも天賦の才があったことは見過ごせない。蕪村にも一層の意欲が湧いてくるというものである。

月渓は桔梗屋呑獅抱えの雛路《ひなじ》という太夫《たゆう》を妻にしたというから、太っ腹な遊び人であったのだろう。金座の平役を勤める月渓に、太夫を身請けできるような余裕があったとは思われないが、身請金の足りない分は、何枚かの絵を画くことで償うような話が、呑獅との間でまとまっていたのかも知れない。これも憶測に過ぎないが、呑獅は蕪村の顔を立てるために、月渓との話し合いで譲歩したとも考えられる。だが妻の雛路は天明元年、海難のために亡くなってしまう。また父も他界し、その後摂津国池田に転地、蕪村が亡くなってから再び京に戻り、夜半門と親交があった大阪北新地の妓女で俳人のうめと再婚する。

「この児輩（月渓）、画には天授の才これあり、ついには牛耳を握るをのこと末たのもしく候」と蕪村は近藤求馬《もとめ》・午窓《ごそう》宛の手紙に書いている。後に呉春は、四条派を興して京画壇の中心となり、近代につながる日本画の基《もとい》を築いた。

安永五年の春、蕪村は一音《いっとん》の『左比志遠理《さびしおり》』に序文を寄せた。四月十三日には「十便十宜帖」で蕪村と共に絵筆を競い、以後親しく厚誼を交わしていた池大雅が世を去った。同年五月、樋口道立《どうりゅう》の発起により、京都一乗寺村の禅宗金福寺《こんぷくじ》内に、芭蕉庵を再興した折り、それを記念して蕪村は、「洛東芭蕉菴再興記」を執筆して金福寺に収めた。

道立は、川越藩松平家の京留守居役を勤めた人で学者としても知られていた。道立は「我、翁（蕪村）に師事することとなしといへどもその知遇をになふこと二十有余年」と『から檜葉《ひば》』に書いている。「洛東芭蕉菴再興記」は、芭蕉の俳文と比べても遜色《そんしょく》のない品格高雅な名文である。

四明《（比叡）》山下の西南一乗寺村に禅房あり。金福《こんぷく》寺といふ。土人口称して芭蕉庵と呼ぶ。階前より翠微《（青い木立）》に入ること二十歩、一塊の丘あり。すなはちばせを庵の遺跡也とぞ。もとより閑寂玄隠の地にして、緑苔《りよくたい》や、百年の人跡をうづむといへども、幽篁《いうくわう》なを《（ほ）》一炉の茶煙をふくむがごとし。水行《ゆき》雲とどまり、樹老《おい》鳥睡りて、しきりに懐古の情に堪ず。やうやく長安《（にぎやかな都）》名利の境を離るゝといへども、ひたぶるに俗塵《（俗世間）》をいとふとしもあらず。鶏犬の声籬《まがき》をへだて、樵牧《せうぼく》の路《みち》門をめぐれり。豆腐売る小家もちかく、酒を沽《か》ふ肆《みせ》も遠きにあらず。されば詞人吟客《（詩人や俳人）》の相往来して、半日の閑を貪《むさぼ》るたよりもよく《（たのしむにも便利で）》、飢をふせぐまうけ《（準備）》も自在《（好むがまま）》なるべし。

抑《そもそも》いつの比《ころ》よりさは《（そのように）》となへ来りけるにや。草かる童、麦うつ女にも芭蕉庵を問へば、かならずかしこを指す。むべ《（なるほど）》古き名也けらし。さるを《（ところが）》人其《その》ゆゑを知らず。竊《ひそか》に聞《きく》、いにしゑ《（へ）》鉄舟といへる大徳此《この》寺に住たまひけるが、別に一室を此ところに構へ、手自雪炊《（てずから洗濯や炊事）》の貧をたのしみ、客を謝して《（断って）》ふかくかきこもりおはしけるが、蕉翁の句を聞ては泪《なみだ》うちこぼしつゝ、あなたふと《（ああ、ありがたい）》忘機逃禅《（妄想を去って真理を探求）》の郷を得たりとて、つねに口ずさみ給ひけるとぞ。其比《そのころ》や蕉翁、山城の東西に吟行して、清滝の浪に眼裏の塵《ちり》を洗ひ、嵐山の雲に代謝《（時の移りかわる）》の時を感じ、或《あるい》は丈山の夏衣に薫風万里の快哉を賦《ふ》し、長嘯《（木下長嘯子）》の古墳に寒夜独行の鉢たゝきを憐《あはれ》み、あるは薦《こも》を着てたれ人います《（「花の春」芭蕉）》とうちうめかれ《（うめき出され）》しより、きのふや鶴をぬすまれし《（「梅白し」芭蕉）》と孤山《（浙江省杭州市の山 林和靖が隠棲した）》の風流を奪ひ、大日枝《（比叡山）》の麓《ふもと》に杖を曳《ひい》ては麻のたもとに暁天の霞《かすみ》をはらひ、白河《（京都から）》の山越して湖水一望のうちに杜甫が眥《まなじり》を決《さき》《（大きく目を見はり）》、つひに辛崎の朧々《ろうろう》たるに一世の妙境を極め給ひけん。されば都径徊のたより《（から往来する便利）》よければとて、お《（を）》りお《（を）》りの此岩阿《このがんあ》《（岩の岡）》に憩ひ給ひけるにや。

さるを枯野ゝ夢《（旅に病で夢は枯野をかけ廻る）芭蕉》のあとなくなりたまひしのち、かの大徳《（鉄舟）》ふかくなげきて、すなはち草堂を芭蕉庵と号《なづ》け、なを《（ほ）》翁の風韻をしたひ遺忘にそなへたまひける《（後世を忘れることのないようになさったのであろう）》なるべし。雨をよろこぼひて《（よろこんで）》亭に名いふなど《（喜雨亭と名づけるなど）》異《ことつ》くにゝ《（中国）》もさるためし《（例）》は多かるとぞ。しかはあれど、此《この》ところにて蕉翁の口号《（口ずさみ）》也と世にきこゆる《（知られた句は）》もあらず。ましてかい《（書かれ）》給へるものゝ筆のかたみ《（筆跡として残っているものが）》だになければ、いちじるく《（はっきりと）》あらそひはつべくも《（論証できるとも思われない）》覚えね。

住侶《ぢゅうろ》《（住職）》松宗氏の曰《いはく》、さりやうき我をさびしがらせよ《（「かんこどり」芭蕉）》とわび申されたるかんこどりのおぼつかなき《（もの寂しい趣）》は、此《この》山寺に入りおはしてのすさみ《（なぐさみ）》なるよし。此ごろまで世にありし耆老《きらう》の、ふみのみち《（学問）》にも心かしこきがものがたり侍りし《（広く通じていた人が物語ったものである）》。されば露霜の《（つゆじもは、きえやらぬの枕詞）》きえやらぬ墨の色めでたく、年月流去《ながれさり》水くきの跡《（蕉翁の筆跡）》などかのこらざるべき。さるを《（ところが）》、無功徳の宗風《（功徳を期待しない禅の宗旨）》こころ猛く、不立字の《（言葉によらない思想から）》見解まなこきらめき、仏経聖典もすてゝ長物とす《（無用のものとする）》。いかで《（どうして）》さばかりのものたくはへ蔵《をさ》むべきなんど、いとさうぐ\しき狂漢《(ものぐるおしい男)》のためにいたづらに塵壺の底にくち、等閑《なほざり(いいかげん)》に紙魚のやどり《(住みか)》とほろびにけむ、びんなきわざ《(けしからんことである)》也などかなしみ聞ゆ。

よしや、さは追ふべくもあらず《(そのようなことは追求しても仕方がない)》。たゞかゝる勝地《(勝景の地)》にかゝるたとき《(尊い)》名ののこりたるを、あいなく《(わけもなく)》うちすてを《(お)》かんこと罪さへおそろしく侍《はべ》れば、やがて同志の人々をかたらひ《(誘って)》、かたのごとくの一草屋を再興して、ほとゝぎす待卯月《まつうづき(陰暦四月)》のはじめ、をじか啼《なく》長月《(陰暦九月)》のすゑ、かならず此寺に会して翁の高風を仰ぐことゝはなりぬ。再興発起の魁首《くわいしゅ(主動者)》は自在庵道立子なり。道立子の大祖父坦庵《たんあん》先生は蕉翁のもろこしの《(漢学の書物を)》ふみ学びたまへりける師にておはしけるとぞ。されば道立子の今此挙《(この事業に係わるのも)》にあづかり給ふも大かたならぬすく世《(前世からの因縁であるのであろう)》のちぎりなりかし。

安永丙申《へいしん》五月望前二日

平安　夜半亭蕪村慎記《つつしみて》

道立の曾祖父伊藤坦庵が芭蕉の漢学の師であったというのは誤伝、とのことである。（山下一海『蕪村の世界』参照）

安永五年十二月、蕪村はひとり娘くのを手離した。四十代半ばの頃に出来た子であったので、掌《て》の中の珠玉《たま》のように慈しんでいたことは想像に難くない。この時のくのの歳については、諸家により十四、五歳から十七、八歳と幅がある。眼の中に入れても痛くない娘《こ》だから、当時の適齢期に入ったばかりの十四、五歳ということはないだろう。それにくのは病弱であった。妻ともを丹後から連れ帰り、その一、二年後にくのが生まれたと仮定すると、出生は宝暦八、九年のころであるから、安永五年には、十八歳前後になる。当時としては結婚適齢期の後期あたりで不自然ではない。が、くのが病弱な独りっ子であったので、胸を切り裂かれ宝玉を奪われたような悲しみと苦しさのなかで蕪村はくのを手離したのである。

嫁入り先は、西洞院椹木町《にしのとういんさわらぎ》下ルの、三井の料理人柿屋伝兵衛と伝えられている。

結婚の数日前に、蕪村は自宅で宴会を催した。その時の様子を東蓄（正名《まさな》）宛の手紙（安永五年十二月十三日）で次のように報じている。

　其節《そのせつ》は愚宅に三十四、五人客来《きやくらい》、京師《けいし》無双の琴の妙手、又は舞妓《まひこ》の類ひ五、六人相交じり、美人だらけの大酒宴にて鶏明《けいめい》に至り、その四、五日前後は亭主大《おほ》草臥《くたび》れ、只《ただ》泥のごとくに相くらし申し候。

琴の妙手や舞妓の類五、六人をいれた三十四、五人を招いて大盤振舞をしている。いつもは生活の困窮を訴え、画料の催促をする手紙をしばしば門下の人たちに書き送っている蕪村である。例えば霞夫宛に出した安永五年四月十五日付の手紙には次のように書かれている。

先達乙総子《おとふさし》頼みの画屛山水、揮毫いたし相下し候。定めて相達し候はんと存じ候。右画料なども貴子《きし》おすすめ下され、五月節前《せつまへ》ニ御登《おのぼ》せ下され候ふ様ニ御心を付けられ下さるべく候。御両子方へは返納の物もこれあり候ひて、心頭にかかり候へども、右長病ひ、家内の困窮、言語道断ニ候。御察し下され候ひて、絹地・画料等も御取り集め早々御登せ下されたく候。これは他へは云はれぬ事ニ候。貴子は格別故、覆蔵《ふくざう》なしに申し進じ候。乙総子へもくれぐれ御取持《おとりも》ち、御言葉を添へられ下さるべく候。さても苦しき世の中にて候。……

大雅堂も一昨十三日、古人と相成り候。平安之一奇物、惜しき事ニ候。

このような類の書簡を見ると、娘の結婚を前にしたあのような饗宴が何故出来たのか、生活の実態については、もう少し冷静に観察していく必要があるかも知れない。

貧乏に追《おひ》つかれけれけさの秋
売喰の調度のこりて冬ごもり
いささかなをいめ乞れぬ暮の秋

このような作品からは、常に多少の借財があり生活が不如意であったことは事実のように思われる。が、画業が多忙であった時には、かなりゆとりがあったのだ。芝居好きの蕪村だが、時折りはお手伝いを伴い、とも、くの、の三人に芝居見物をさせているし、妓女、とくに小糸と親しむようになってからは、後援者の供応ばかりでなく、自前で登楼したことがあったかも知れない。

また蕪村は単なる芝居好きというだけでなく、かなりのマニアであった。天明元年の中山座興行の「傾城閨《けいせいねや》物語」を見た時には、「虎宥《こいう》（二代目中村十蔵）古今独歩の下手くそ、野《や》暮《ぼ》の天上なり。奥山《おくやま》（浅尾為十郎）すかたん（当て外れ）計《ばかり》、きのどく（不愉快）目も当てられず候。坂半《さかはん》（坂田半五郎）こいつは大ごくだう（遊び者）、上手下手の論にかかる物にてこれなく候」と辛辣《しんらつ》な批評をした後、「右の芝居に中《あて》られ今もつて病気」であると、几董宛の手紙（天明元年二月十六日）に書いている（全集は安永十年と推定）。

田能村竹田《たのむらちくでん》の『屠赤瑣々録《とせきささろく》』には、月峰《げっぽう》上人から聞いた話として、次のような逸話が記されているという。

蕪村に田原慶作《けいさく》という絵の弟子がいて、ある夜、蕪村の家を訪ねると、戸が締め切ってある。寝てしまったのかと思って引返そうとすると、なかで物音がし、何やら叫ぶ声がした。何事かと思って、戸を叩《たた》くと、戸が開かれて師が顔を出した。入ってみると、部屋に箒《ほうき》やちり取が散らかっている。きけば女房子供が実家に帰って一人なので、さきごろ芝居を見て感心した芝耕《しこう》という役者の芸のまねをしていたのだが、なかなかうまくゆかないので何度も試みていた、というのである。

蕪村の住居については、裏長屋の借家住まい、というのが一般的な見方になっていたが、長屋の借家といえば、土間に二間の部屋がほぼ一般的な広さである。蕪村は俳人であると同時に画家である。宝暦から明和にかけて、画業にせかされる日が多くなってきた。一部屋を専用にしなければ絵は画けない。住み込みのお手伝いの娘もいるので、あとどうしても三部屋ほど必要になる。蕪村の家は長屋ではなく、隠居所のような跡を借りていたのかも知れない。

蕪村が京都に入ってから最初に雨露を凌いだところは、浄土宗総本山知恩院の修行者の止宿する僧房と思われるが、僧房を出てからの最初の住居は不明。その後、蕪村は三回居所を替えている。

年代	住居	出典
明和五年	四条烏丸《カラスマ》東へ入《イ》ル町	『平安人物志』
同　八年	室町通綾小路下ル町	『誹諧家譜拾遺集』
安永四年	仏光寺烏丸西へ入ル町	『平安人物志』

以上が、いままでに知られている蕪村の居住したところである。往時の地図（京都時代マップ）と現代の地図を比べてみても、橋幅が二倍ほどになっているのを除き、主要な区画も通り名も変わりはない。四条通りは四条大橋に通じて東西に走り、烏丸は京都駅から御所の西側を南北に走る通りで、四条烏丸の近辺は、当時繁華な商業地域になっていた。室町通綾小路下ル町、仏光寺烏丸西へ入ル町は、いずれも四条烏丸東へ入ル町より六〇〇メートル以内の至近な範囲内にある。安永六年三月三日付賀瑞宛の手紙で、蕪村は自身の近況を次のように知らせている。

一、よし野行思召立《おぼしめしたち》ニ付、愚老御催《おもよほし》之次第、一々承知いたし候。併《しかし》当春もよし野の本意《ほい》とげがたく候。其趣《そのおもむき》ハ

一、近衛殿下　献上之屏風
揮毫仕居《つかまつりまうし》申候。日限せまり候て手をはなしがたく候。

外《ほか》ニハ路次《ろし》借家のこらず明家《あきや》ニ相成候て、只今ハ愚老一軒のミニて候。愚老他《た》行《ぎやう》いたし候ては、女計《ばかり》にて留守をこはがり申候。是も尤成《もつともなる》事と存候。

蕪村の住まいは烏丸通りを西へ入った路地裏の借家だが、文面に「一軒のミニて」とあることから、長屋とは別に、比較的ゆとりのある一戸建の借家が数軒あったのではないかと推測される。

蕪村は安永六年の二月、春興帳『夜半楽』を刊行する。紙数十枚のささやかな小冊子で、巻末に「門人宰鳥《さいてう》」と記してある。師宋阿の夜半亭に内弟子として住み込み、その時代を懐かしんで旧号を用いたのだが、「いま自分があるのは師宋阿に学んだからである」という師への恩義と、同時に自負の思いをも表したかったのであろう。

安永六年二月二十三日付、柳女・賀瑞の氏《うじ》であるさゝ部様と表書した書簡に蕪村は次のようにしたためている。

　さてもさむき春ニて御座候。いかに御暮被成《なされ》候や、御ゆかしく奉存《ぞんじたてまつり》候。しかれば春興小冊漸《やうやく》出板ニ付、早速御めニかけ申候、外《ほか》へも乍御面倒《ごめんだうながら》早々御達被下度《おたつしくだされたく》候。延引《えんにん》ニ及候故、片時《へんしも》はやく御届可被下《くださるべく》候。

　一、春風馬堤ノ曲　馬堤ハ毛馬塘《けまのつつみ》也。則余が故園也。

　余幼童之時、春色清和の日ニハ必《かならず》友どちと此堤上ニのぼりて遊び候。水ニハ上下ノ船アリ、堤ニハ往来ノ客アリ。其中ニは、田舎娘ノ浪花《なには》ニ奉公して、かしこく浪花の時勢粧《いまやうすがた》に倣ひ、髪かたちも妓家《ぎか》の風情をまなび、□《(阿か)》伝しげ太夫の心中《しんぢゆう》のうき名をうらやみ、故郷の兄弟を恥いやしむもの有。されども流石《さすが》故園ノ情ニ不堪《たへず》、偶《たまたま》親里に帰省するあだ者成《なる》べし。浪花を出《いで》てより親里迄の道行《みちゆき》にて、引道具ノ狂言、座元夜半亭と御笑ひ可被下《くださるべく》候。実は愚老懐旧のやるかたなきよりうめき出たる実情ニて候。……

この『夜半楽』の巻頭には次のように記されている。

祇園会のはやしものは
秋風ノ音律ニ協《かな》ハズ
蕉門のさびしをりは
春興ノ盛席ヲ避クベシ
　さればこの日の俳諧は
わかわかしき吾妻の人の
口質《くちつき》にならはんとて
　安永丁酉春　初会
歳旦をしたり貌《がほ》なる俳諧師

祇園会のお囃子《はやし》は、雅楽秋風楽の音律に調和しない。蕉風のさび、しおりは新年のにぎやかな俳諧の席は避けた方がよい。だからこの日の俳諧は、若々しい東国《あずま》の人の話しぶりにならおう。

『夜半楽』には「春風馬堤曲《しゅんぷうばていのきょく》」が収められていて、前代未聞の独創的なこの詩曲の解釈が多くの人によって試みられ、この曲の拠って成ったと思われる源流を捜索し、さまざまに曲を分析、蕪村の生いたちや蕪村の深層にある思いを探ろうとした。

潁原退蔵《えばらたいぞう》氏はじめ諸家により「立君の詞」（楼川）、支考の仮名詩、その流れをくむ也有・暁台等の作を分析、また「樽うた」（其角）、「蓑虫ノ説」（素堂）、「胡蝶歌」（尾谷）、「袖浦の歌」（文喬）、「放鳥辞」（紀逸）などの中に先蹤《せんしょう》が探査されたが、ついに「春風馬堤曲」の源流らしき詩を見つけることが出来なかった。これらの中の「放鳥辞」は、幕藩体制下における制度的拘束からの解放を鳥に託して歌ったもので、他の仮名詩とは異質な内容である。ともかく、これらの詩の中に、鑑賞に価するものはない、とは言えないまでも、詩の情趣と風格、さらに構想の独創性において比べられるものは一つもなかったのである。「春風馬堤曲」は、蕪村の独自の発想に成る作品であることは間違いない。

春風馬堤ノ曲　謝蕪邨

余一日耆老《きらう》ヲ故園ニ問フ。澱水ヲ渡リ馬堤ヲ過グ。偶《たまたま》女ノ郷ニ帰省スル者ニ逢フ。

先後シテ行クコト数里。相顧ミテ語ル。容姿嬋娟《せんけん》。癡情《ちじやう》憐ム可シ。因《より》テ歌曲十八首ヲ製シ、女ニ代リテ意ヲ述ブ。題シテ春風馬堤ノ曲と曰フ。

私はある日、老いた友だちを故郷に訪ねた。淀川を渡り毛馬の堤を行くと、たまたま一人の女が故郷に帰省するのに出会った。先になり後になりして行くうちに、話し合うようになった。女の顔つきと姿はあでやかに美しく、色っぽさに心を惹《ひ》かれた。したがって歌曲十八首を作り、女に代って気持ちを述べた。題して「春風馬堤ノ曲」という。

春風馬堤ノ曲十八首

①やぶ入や浪花《なには》を出て長柄川《ながらがは》
②春風や堤長うして家遠し
③堤下摘芳草《つつみよりおりてはうさうをつめば》　荊与蕀塞路《けいときよくとみちをふさぐ》

④荊蕀何妬情《けいきよくなんのとじやうぞ》　裂裙且傷股《くんをさきかつこをきずつく》
渓流石点々《けいりうせきてんてん》　踏石撮香芹《いしをふみてかうきんをとる》
多謝水上石《たしやすすいじやうのいし》　教儂不沾裙《われをしてくんをぬらさざらしむるを》
⑤一軒の茶見世の柳老にけり
⑥茶店の老婆子《らうばし》儂《われ》を見て慇懃《いんぎん》に
無恙《ぶやう》を賀し且《かつ》儂《わ》が春衣を美《ほ》ム
⑦店中有二客《てんちゆうにきやくあり》　能解江南語《よくかうなんのごをかいす》
酒銭擲三緡《しゆせんさんびんをなげうち》　迎我譲榻去《われをむかへたふゆづつてさる》
⑧古駅《こえき》三両家《け》猫児《べうじ》妻を呼ぶ妻来らず
⑨呼雛籬外鶏《ひなをよぶりぐわいのとり》　籬外草満地《りぐわいくさちにみつ》
雛飛欲越籬《ひなとびてりをこえんとほつし》　籬高堕三四《りたかくおつることさんし》
⑩春艸《しゆんさう》路三叉《さんさ》中に捷径《せふけい》あり我を迎ふ
⑪たんぽぽ花咲けり三々五々五々は黄に
三々は白シ記得す去年此路よりす
⑫憐みとる蒲公《たんぽぽ》茎短《みじかう》して乳を浥《あま》せり
⑬むかしむかししきりにおもふ慈母の恩

慈母の懐袍《くわいはう》別に春あり

⑭春あり成長して浪花にあり
梅は白し浪花橋辺《けうへん》財主の家
春情まなび得たり浪花風流《なにはぶり》

⑮郷《がう》を辞し弟に負く身三春
本をわすれ末を取る接木の梅

⑯故郷春深し行々《ゆきゆき》て又行々《ゆきゆく》
楊柳《やうりう》長堤道漸くくだれり

⑰矯首《けうしゆ》はじめて見る故園の家黄昏《くわうこん》
戸に倚《よ》る白髪の人弟《てい》を抱《いだ》き我を
待ツ春又春

⑱君不見《みずや》古人太祇が句
　藪入《やぶい》りの寝るやひとりの親の側《そば》

①藪入りで、奉公先の大阪を出て、長柄川（新淀川）にさしかかった。
②春風の吹く堤は長くつづいていて、家はまだはるかに遠い。

③堤からおりて香しい草を摘むと、いばらが道をふさぐ。いばらはどうして私をねたむのでしょう。着物のすそを引き裂き、股《もも》を傷つける。
④流れの中には石が幾つもあって、その石を踏んで芳しい芹《せり》を摘んだ。水の上の石よありがとう。おかげで私は着物のすそを濡《ぬ》らさずにすんだよ。
⑤道のかたわらに一軒の茶店があり、その側の柳が老いたように見える。
⑥茶店のお婆さんは、私を見てていねいにあいさつをしてくれた。そのうえ春着までほめてくれた。
⑦店の中には二人の先客がいて、江南の言葉で話していたが、酒代として三サシを投げだし、私に席をゆずって出ていった。
⑧古くからの集落に、二、三軒の家が見え、おす猫がめす猫をしきりに呼んでいるが、めす猫はあらわれない。
⑨垣根の外の親鶏が雛を呼んでいる。垣根の外には春草が地に満ちている。親鶏に呼ばれた雛が垣根を飛び越えようとしている。そのうちの一、二羽が越えきれず、三度も四度も地に堕ちる。
⑩春の草の生える道が三つに分かれ、その中の近道が私を迎えてくれる。
⑪たんぽぽの花が三々五々に咲いている。五々は黄色に三々は白に。去年この道

を通って大阪に出たのを覚えている。

（⑮で、三春を三年と解したので、〈去年〉は、いにし（いんじ）年と見て、文脈の整合性の上からも、三年と解する必要がある）。
⑫心ひかれてたんぽぽを折ると、短い茎から白い乳がこぼれ出る。
⑬私が小さかった昔のことがしきりに思い出され、やさしい母の恩愛が懐かしくよみがえってくる。母の懐《ふところ》には、自然の春とは違った別の春がある。
⑭いつも慈しみにみちた母に育てられた私は、いま梅が白く咲く浪花橋に近い資産家の家に住み込み働いている。大阪の若い女性たちのあでやかな装いや、その気持をまねて、私はすっかり大阪の人らしくなった。
⑮故郷を出て弟の面倒も見ずに、三年の月日が過ぎてしまった。私を育ててくれた根本《ねもと》（親）を忘れ、枝の先で咲いている接木の梅のような私です。
⑯久しぶりに帰ってきた故郷は春闌《たけなわ》で、ここまで歩いてきて、柳の木の続く長い道はようやく下り坂になり、さらに私は歩いていく。
⑰首を上げて遠くを見ると、懐かしい家は黄金の中に染まり、戸に寄りかかっている白髪の人（母）が弟を抱いて私を待っている。たそがれ時の古郷の春色は、狂おしくなるほどの美しさです。

⑱あなたは知っていますか。太祇の句を。
藪入りの寝るやひとりの親の側

娘くのを嫁入りさせたのが安永五年十二月、蕪村六十二歳の時である。普通なら孫が二、三人いてもおかしくない歳ごろで、独り娘くのを如何に溺愛していたかは、親しい人たちに宛てた手紙の端々にも如実に示されている。嫁入りを境に故郷への懐慕の思いが、一気に噴き出したのである。娘を嫁がせた寂寥《せきりよう》感は計り知れないものがあっただろう。心の中の空漠を埋めるために一気に書き上げたのがこの「春風馬堤曲」で、いまだ古今に例のないものであることは先に記した。が、詩の中には不条理な箇所が幾つか見うけられる。

揖斐高氏が「春風馬堤曲の構造」(「文学」四巻一号)の中で、この曲を構造的に分析している。藪入りで故郷へ帰る女と「女ニ代リテ意ヲ述ブ」蕪村との二人の心理状況が交差している箇所を緻密に分析しているので一部を引く。揖斐高氏は⑤「一軒の茶見世の柳老にけり」⑬「むかしむかししきりにおもふ慈母の恩」⑰「戸に倚る白髪の人弟を抱き我を待ツ春又春」などを挙げて、次のように記している。

この娘にとって故郷への帰省は一年ぶり、あるいは三年ぶりのはずである。娘が「茶見世の柳」を見たのは、わずか一年前か、せいぜい三年前ということになる。娘が自分の成長変化のすみやかさに比して、もとのままの姿で立っている柳を「老にけり」と感ずることが無いとは言えないだろうが、⑤の「一軒の茶見世の柳老にけり」という表現は、わずか見ぬまの柳に対する若い娘の観察としては、不似合いなものがありはしないだろうか。この表現の中には、もっと長い時の流れに対する詠嘆が込められているように感じられる。……⑬「むかし〳〵しきりにおもふ慈母の恩」にもある。親元を離れて初めて「慈母の恩」を痛切に思うというのは、誰しも思い当たるところであろうが、十代半ばの娘にとって、「慈母の恩」とは記憶にも新しい近い過去のことであったはずで、「むかし〳〵しきりにおもふ」というような遥かな過去に遡《さかのぼ》る追憶の彼方のものではないであろう。「むかし〳〵」という措辞は、まだ生きている母親に対する十代半ばの娘の感慨の表現としては、必ずしも適切ではない。

さらに揖斐高氏は、⑰の「戸に倚る白髪の人弟を抱き我を待ツ春又春」について、母親の年齢は当時としては、三十代半ばから四十前後が常識的なところであろう、とし「白髪」の母を登場させたとすれば、何らかの理由がなければならない、とする。ようするに⑤におい て、早くも蕪村の影が現れ、⑬と⑰は、いつしか老蕪村自身の目になっていて、白髪の母も、もはや道行の主人公である娘の母親ではなく、懐旧の中の蕪村自身の亡母の姿にすりかわってしまっている、という。

　全篇を虚構の作品として見れば、「春風馬堤曲」は無瑕《むか》の渾然《こんぜん》たる完成品などではなく、むしろ破綻《はたん》した失敗作だというべきかもしれない。……まさに虚構の構造を破綻させながら溢れ出る、熾烈《しれつ》な「懐旧のやるかたなきよりうめき出たる実情」こそ「春風馬堤曲」の魅力であって、作者蕪村が「座元」の役割に自らを閉じ込め、虚構の作品であることに固執して推敲《すいこう》を重ねたとしたら、無瑕の完成品にはなったであろうが、「春風馬堤曲」は魅力に乏しい凡庸な作品に堕してしまったかもしれないのである。

と、馬堤曲の構造論を結んでいる。
「愚老懐旧のやるかたなきよりうめき出たる実情ニて……」と一気に書き下した馬堤曲だが、かなり想を練った跡が見られる。詩中の数詞だけを並べてみると、次のようになる。
〈一軒〉〈二客〉〈三緡〉〈三両家〉〈堕《おつること》三四〉〈三叉〉〈三々五々五々は黄に〉〈三々は白シ〉〈三春〉。

さらに数字だけを抜き出してみると、

一、二、三、三、三、四、三、三、三、五、五、五、五、三、三、三

のようになる。

一軒から始まり数が少しずつ増えていくのは情感の高揚感を示しているところである。傍点をつけたところがピークを成し、しかも完全なシンメトリーの構造を形成している。ここは、はじめの三叉と終わりの三春を除けば、黄と白のたんぽぽを詠んだところで、⑫の「蒲公茎短して乳を泡せり」、⑬の「慈母の懐袍別に春あり」の導入部をなしていて、たんぽぽと母への回想は、渾然として一体のものになっているのだ。

蕪村がまだ三、四歳の幼いころ、暖かな春風がそよぐ日には、母に手を引かれて堤に登り、上下する船を見たり、草花を摘んでは無邪気に遊んでいたのだろう。とくに蕪村はたんぽぽの花が好きだった。それが六十を越えた今でも、たんぽぽの花は、ありし日の若い母の映像と分かちがたく結びついていて、母の面影を蘇《よみがえ》らせるのである。

曲中の語義の解釈については、人によってかなりのへだたりがある。古辞と照合して緻密な解釈がなされているものが多いが、ここではよく問題になる「江南」の語について見てみよう。

尾形仂氏は『蕪村の世界』の中で、次のように記している。

「江南」は、中国では揚子江以南の地の総称で、楽府《がふ》に「江南曲」があり、『絶句解』に徐禎卿《じょていけい》の「江南楽八首」を収める。それらを意識に入れながら、「江南ノ語」に大阪島の内の廓《くるわ》言葉の意を利かせたところが、狂言作者蕪村のミソだろう。

諸注多くこれを浪花言葉あるいは毛馬の土俗語と解しているが、『浪花今八卦』（安永二）の「島の内幷《ならびに》坂町」の条に「浪花江南におゐて名を求《もとめ》んと欲するものは、先ヅ遊亭《ちやや》を撰《えらぶ》事」云々と見え、『今いま八卦』（天明四）の「浪花花街《らうくわ》之異名」の条に、嶋の内の異名として「陽台・江南・南江・南州・南陽」等の呼称をあげる。「江」はここでは淀川の意。ちなみに新町は「西都」、堀江新地は「江州・屈江」、曾根崎新地は「北里・北州」。墨田堤を「墨堤」、淀川を「澱水」と呼んで、コトバの世界で中国に遊ぶことを楽しんだ当時の通人たちにとって、「江南ノ語」といえば花街島の内の通言と、すぐにピンときたはずだ。

「かしこく浪花の時勢粧に倣ひ、髪かたちも妓家の風情をまな」んだ小娘には、先客の会話に出てくるのが島の内の通言とわかった……。

尾形仂氏の江南＝廓説は、現存する資料に拠って論拠を示されているので説得力がある。氏の廓説をとる人は少なくない。が、白居易に「江南を憶う」と題した次のような詩がある。
（原詩略）

江南の好きこと
風景　旧《もと》と曾《かつ》て諳《そら》んず
日出《い》ずれば江《かわ》べの花は紅きこと火に勝《まさ》り
春きたりなば江の水は緑《あお》きこと藍《あい》の如し
能《よ》く江南を憶《おも》わざらんや

蕪村は天明三年九月、宇治川の上流、田原に住む門弟の奥田毛条《もうじょう》に招かれて茸狩《きのこ》を楽しんだ。帰宅後の九月十七日に毛条宛に、いままでに見られないほどの心温まる懇切な礼状を送っている。よほど嬉しかったに違いない。その頃書いたと思われる句文の一部を引く。

鮎落ちていよいよ高き尾上かな

米かしといへるは、宇治河第一の急灘《きふたん》にして、水石相戦ひ、奔波激浪、雪の飛ぶがごとく、雲のめぐるに似たり。声山谷に響きて人語を乱る。「銀瓶乍破《ぎんぺいたちまちやぶれて》水漿《すいしやう》迸《ほとばしり》　鉄騎突出刀鎗鳴《てつきとつしゆつしてたうさうなる》　四絃一声如裂帛《しげんいつせいきぬをさくがごとし》」と、白居易が琵琶の妙音を比喩せる絶唱をおもひ出《いで》て、

帛《きぬ》を裂《さく》琵琶の流《ながれ》や秋の声

米かしというのは、宇治川でも第一の早瀬で、水と石がぶつかって戦い、湧きかえり、激しく走る波は、雪が飛ぶようであり、また雲が走りめぐるのにも似ている。その音が山や谷に響いて、人の話し声を乱すほどである。「銀の瓶がたちまち破れて水がほとばしり、鉄のよろいかぶとを身につけた騎馬武者がとび出して刀や槍が鳴り、四つ弦の音は絹を裂くようである」と、白楽天が琵琶のすばらしい音を比喩した見事な詩を思い出して、

この流れの響きは、絹を裂くような琵琶の音にも似て、深まる秋の声のように聞こえる。

（現代語訳：山下一海『蕪村の世界』）

前半を含めても短い文章だが、古辞を巧みに生かした名文である。「銀瓶乍破……」の白

居易の詩から〈帛を裂琵琶の流や秋の声〉の句を成したのは、蕪村のなかにも白居易と同じ詩の血潮が流れていたからである。蕪村は白居易が好きだったのだ。

中国での江南は、揚子江中流下流以南の広大な地域だが、左遷されて一時その地に住んだ白居易の詠んだ江南は、花の香も風の色も肌に染みついた生活圏であった。

蕪村の詠む江南が毛馬でないならば「懐旧のやるかたなきよりうめき出たる……」心の激しい非充足感など起るはずがない。したがって「能解江南語《よくかうなんのごをかいす》」の江南は毛馬のことである。

この曲の前書に、蕪村は道行きの女のことを「容姿嬋娟。癡情憐ム可シ」と形容している。このような一年ないし三年で古郷に帰るうら若い娘に、深く痛切な懐旧の念《おもい》などありようもない。

蕪村は名だたる芝居好きである。

鳥羽殿へ五六騎いそぐ野分哉
宿かせと刀投出す雪吹《ふぶき》哉

のような、その句の場面を彷彿《ほうふつ》させる、ドラマ仕立の句が多い。「春風馬堤曲」は、道行きの若い女が主人公となり、蕪村は脇役の人物設定になっている。「女ニ代リテ〈蕪村が女の〉意ヲ述ブ」の措辞をそのまま受けとったために大きな錯覚が生まれたのだ。「蕪村ニ代リテ

〈女が蕪村の〉意ヲ述ブ」とすれば、何の混乱も起らなかったのである。それではじめから正体を明してしまうようなもので、あまりにもつまらないし、構成上の文脈としても成り立たない。蕪村は詩人である。そんな野暮な書き方をする訳がない。

「余一日耆老ヲ故園ニ問フ」も、すでに戯曲の台詞になっているのである。諸家のうち二、三の方が、蕪村は実際に故園に帰ったと解説されているが、それでは抑圧された心の奥深く隠蔽されたもののエネルギーは大方解放されてしまうので、情感迸《ほとばし》る迫真の曲は生まれるはずがない。

『夜半楽』には、連衆三十六人の歌仙を巻頭に、一門の発句四十三句、「春風馬堤曲」十八首、「澱河歌」三首、「老鶯児」一句が収められており、このうち「春風馬堤曲」「澱河歌」「老鶯児」をもって、女一代記としての物語詩を形作っている。

澱河歌　三首

○春水浮梅花《しゅんすいばいくわをうかべ》　南流菟合澱《なんりうしてとでんをがつす》
錦纜君勿解《きんらんをきみとくなかれ》　急瀬舟如電《きふらいふねはでんのごとし》
○菟水合澱水《とすいでんすいにがつし》　交流如一身《かうりうしていつしんのごとし》

舟中願同寝《しうちゆうねがはくばしんをともにして》　長為浪花人《ながくなにはのひとゝならん》

○君は水上の梅のごとし花水に
浮《うかび》て去《さる》こと急《すみや》カ也
妾《せふ》は江頭《かうとう》の柳のごとし影水に
沈《しづみ》てしたがふことあたはず

○春の水が梅の花を浮かべている。南に流れ下り、（菟）宇治川が（澱）淀川に合流する。
錦のともづなを、どうか、あなた解かないでほしい。解かれてしまったら、舟は速い流れの中を、稲妻のように下ってしまうから。

○宇治川の水は、淀川の水と合い、交わり流れて一身のように見える。
舟の中に、叶えられるならばあなたと並び寝て、そのまま浪花に下りいつまでも浪花の人となりたいものです。

○あなたは水に散った梅の花のようなもの。一度落花してしまえば、花は水に浮かんだまま、すみやかに流れ去ってしまいます。
私は岸のほとりの柳のようなもの。柳の影は水に沈んだまま、あなたについていくことができません。

この「澱河歌」が、次に掲げる曹植の「七哀詩」に拠ったもの、というのが今日の定説になっている。

君が行《こう》十年を踰《こ》え
孤妾《こしょう》常に独り棲む
君は清路の塵《ちり》の若《ごと》く
妾《しょう》は濁水の泥の若し
浮沈各々《おのおの》勢を異にし
会合何《いず》れの時にか諧《かな》はん
願わくは西南の風となり
長逝して君が懐に入らん
君が懐　良《まこと》に開かずんば
賤妾当《まさ》に何《いず》れに依るべき

山下一海氏は『戯遊の俳人与謝蕪村』の中で、

蕪村の詩は、はじめの二章は漢詩体によっているが、あとの一章は漢文訓読体をとっていて、形の上からも曹植の詩にとらわれないものであり、内容から見ても、もとの詩から離れる自由さを楽しんでいるものと思われる。好んで中国や日本の古典をよりどころとする蕪村だが、ここではいかに典拠を頼りとするかというより、いかに典拠を離れるかということを主眼としているようであると書いている。

全くその通りだが、あえて駄文をつけ加えれば、蕪村の創作意欲と情感は、心の深い谷底から止みがたく噴き出てくるもので、おそらく「いかに典拠を離れるか」ということすら意識していなかったのではないだろうか。

三章の終わりの一句は、

○春もやゝあなうぐひすよむかし声

である。女の一代記を締めくくる句としては、いかにも哀愁を漂わせる句としてふさわしい。蕪村の女性観、運命観のようなものが滲《にじ》みでているように思われる。

安永六年五月二十四日付の正名・春作宛の手紙の中で、蕪村は娘くのの離婚について次のように知らせている。

　むすめ事も、先方爺々《ぢぢい》（娘の舅《しゅうと》）専ら金もふけの事ニのみ而しほらしき志《こころざ》し薄く、愚意ニ齟齬《そご》いたし候事共多《おほ》く候ゆへ（ゑ）、取返申候。もちろんむすめも先方の家風しのぎかね候や、うつうつと病気づき候故、いやいや金も命ありての事と不《ふ》便《びん》ニ存じ候而《さうらひて》、やがて取《とり》もどし申候。

娘の離婚の原因が、いかにも先方の側にあるような書きぶりである。嫁ぎ先の爺々が、もっぱら金儲《もう》けのことばかりに気を使う男で、嫁であるくのを優しく労る気持が少しもないと言うのだ。そればかりか家風に従わせようと、はじめからびしびしと家事を押しつけたのかも知れない。商家では普通のしきたりであったが、両親の愛情を一身に受け、何一つ不自由なく琴をかなでていただけの娘には、とても堪えられるような家風ではなかったのである。
　安永六年五月頃の几董宛と思われる手紙に、「むすめ病気又々すぐれず候ひて、此方へ夜《や》前《ぜん》引取養生いたさせ候」とあるので、もともと病弱であったくのの体調の不具合もあって、蕪村もひどく心悩ませていたのだが、くのが家に戻ってきたので、心にかかっていた暗雲はすっかり解消、ともかく蕪村は胸を撫《な》で下ろすことができたのである。くのの結婚生活は、わずか半年ほどの短いものであった。

蕪村は百ヶ日の夏行を思い立ち、この年の四月八日から『新花摘』の執筆に取りかかる。娘の離婚のひと月ほど前である。一日十句の発句を決意して四月二十三日に所労のために一度中断、その後七句を加え計百三十五句で終わっている。発句以外に関東放浪時代や丹後時代の回想を記したものがあり、その中に狐狸についての体験談がある。蕪村の怪奇趣味の一面がうかがわれて興味をそそられる。

其角の亡母追善の『花摘』に倣い、自ら『続花つみ』と題したことが月渓の跋に記されている。したがって『新花摘』は、亡母追善のために意図されたことは明らかで、はじめの六句が、なにかしら父母の境遇を寓意しているものと見られている。

1 灌仏《くわんぶつ》やもとより腹はかりのやど
2 卯月《うづき》八日死ンで生《うま》るる子は仏
3 更衣身にしら露のはじめ哉
4 更衣母なん藤原氏《うぢ》也けり
5 ほと丶ぎす哥《うた》よむ遊女聞《きこ》ゆなる

6　耳うとき父入道よほと丶ぎす

1の灌仏は灌仏会《え》の略で降誕会、仏生会、花祭などと呼称されている。四月八日に釈尊の降誕を祝して行われる法会で、水盤に釈尊の像を安置し、小柄杓《びしやく》で像の頭に甘茶を注ぎ、また持ち帰って飲む慣習がある。日本では六〇六年、元興寺で行われたものが最初である。「かりのやど」は、変転して止まないこの現世は仮の宿りで、母親の腹も仮の宿りに過ぎない、との無常観を表したもの。

2の「死ンで生るる」は、母が一度流産したのではないか、という説がある。また死者を仏と言うところから、「卯月八日」の仏生を「死ンで生まるる子」こそ本当の仏の誕生だと生と死を同時化した説もあるが、いずれも現世の無常観につながるものである。

3は、初夏の四月に衣服を着がえる習わしである。「更衣」は、はかない命の始まりである、とこれもまた人生の定めのない流転の相を詠んだもの。

4は、三句目までの仏教的無常観から一転して母の出自を暗示させるものになっている。『伊勢物語』第十段の、東下《あずまくだ》りの「昔男」が武蔵国で夜這《よばい》をした時、その「女」の「父はなほ人《びと》にて、母なむ藤原なりける」に拠るとするのは、諸家が等しく記すもの。

5の「哥よむ遊女」は、前句の高貴な血筋を引いていた母が零落して、遊女に身を落としてしまったが、歌を詠むことによって、格式のある家柄の出である品位を保っているように演出されている。

6の〈耳うとき父入道よほと〻ぎす〉は、「母なん藤原氏也けり」「哥よむ遊女聞ゆなる」人の夫として措定されている。父の上に入道を冠することによって、高貴な出のように暗示しているところがある。蕪村は無意識のうちに自分の家系の格式を高めたかったのだろうが、発句と後に示す情況証拠とでは大きな隔たりがある。己れの出自に箔《はく》をつけようとするのは、自然な情でだれにでもあることだが、蕪村はそんなことを真面目に考えていたわけではないだろう。古典に明るい蕪村の遊び心も多分にあったと思われる。さらに「耳うとき」は、父をイメージするキーワードになっている。蕪村の安永七年以降とされる句に、

畑打《うつ》や耳うとき身の只《ただ》一人

の父を詠んだと思われる句がある。「耳うとき」の言葉が重ねて使われていれば、父を詠んだものであることは、ほぼ間違いないので、

ほと〻ぎす哥よむ遊女聞ゆなる

の句が、実母を暗示している可能性は高い。
『新花摘』の中には、農民の生活を詠んだ句が多く見られる。

けふはとて娵《よめ》も出《いで》たつ田植哉
泊りがけの伯母《をば》もむれつゝ田うゑ哉
おそ《(を)獺》の住む水も田に引ク早苗哉
おそ《(を)獺》を打し翁も誘ふ田うへ《(ゑ)》かな
鯰《なまづ》得てもどる田植の男哉
早乙女やつげのお《(を)》ぐしはさゝで来し

さらに次のような句もある。

麦《むぎ》秋《あき》や鼬《いたち》啼《なく》なる長《をさ》がもと
麦秋や狐のゝかぬ小百姓
麦刈《かり》て瓜の花まつ小《こ》家《いへ》哉

〈麦秋や鼬啼なる長がもと〉は、長の家を客観的に見た詠み方になっているので、蕪村の家が長の家ではなかった証《あかし》となる。さらに「小百姓」「小家哉」などから、蕪村の家が、土地を持たない小作農家ではなかったかと推測される。蕪村の全発句、おおよそ二八五〇句中、接頭語の「小」を使ったものが一一〇句にも及ぶ。中でも「小家」の入った句が二〇句もある。いままでこれほど多く「小」を使った俳人はいなかったような気がする。そこには「小」に対する拭《ぬぐ》いがたいこだわり、コンプレックスがあったのではないか。と同時に無窮大なもの、永遠なもの、強くて激しいものに対する反語として「小」が使われたのではないかと思われる。

蕪村は安永七年三月、十四日間に及ぶ長い旅をしている。讃岐での足かけ四年にわたる逗《とう》留《りゅう》は画業のためのものであったが、今回の旅行はレジャーをかねた俳諧行脚の旅であった。三月九日に几董と昼舟で伏見を立ち、翌朝大阪についた。その日は大江丸《おおえまる》の案内で網島と桜の宮を訪ねた。十二日には西の宮・住吉《すみよし》脇の浜まで行き一泊する。翌日、大魯が参加、蕪村・几董・大魯の三吟歌仙が巻かれ、十四日兵庫に赴き、門人来屯《きたむろ》の別荘に泊まった。十五日は和田岬隣松院《りんしょういん》で句会を催し、十六日来屯亭にもう一泊した後、十七日脇の浜に帰り宿泊。十九日朝大石の門人佳則《かそく》邸で朝食を馳走《ちそう》になって浪速《なにわ》に帰り心斎《しんさい》橋筋の旅館平久《ひらきゅう》に泊まった。翌日道立が尋ねてきた。二十一日に浪速を夜舟で出発、翌日昼ごろに帰宅する。この旅で蕪村は体調をそこねたことを、安永七年三月二十四日付の正名《まさな》宛の手紙に次のように記している。

扨も京腹《きやうばら》へ鮮魚おびたゞしく給《たべ》候故《ゆゑ》歟、旅宿にて大腹下《くだ》り、漸《やうやう》守一子（大阪の人。医者）の御薬にてちくと快《こころよく》、二十一日夜舟ニ罷り登り候。

このころより蕪村は、しばしば体調を崩すようになるのだが、逆に画業の方は多忙を極めていく。亡くなるまでのほぼ六年の間に、八十余点にのぼる作品を残し得たのは、体の不調にもかかわらず精力を傾けつづけてきたためであって、その困苦と疲労は並たいていのものではなかっただろう。

「只々画用しげく、一向手透き御座なく候」（赤羽宛、安永九年二月二十日）。「此節いそがしき事、言語道断ニ候。諸方とも延ばしがたき画用のみ」（几董宛、安永九年九月二十日）。「近年画と俳とに諸方よりせめられ、ほとんどこまり申す事ニ候」（正名宛、天明三年十月五日）など。蕪村は体の疲労をいとうゆとりもなく、大半の時間を画業に打ち込んでいたのである。

安永七年の冬、蕪村は〈寒林《かんりん》孤亭《こてい》図〉を画いた。款記に「戊戌《ぼじゅつ》冬、夜半亭ニ於イテ写ス寒林翁蕪邨」と記されている。この絵について田中善信氏は、「絵全体の寒々とした雰囲気は蕪村の他の絵とは著しく異なっており、また寒林翁という号も珍しい。こうしたことから、この絵に蕪村の隠された内面を見ようとする人が多い。……ただ一ついえることは、若い時から彼には一貫して、白く冷たいものに対する志向があった」と指摘している。

山下一海氏も蕪村に白のイメージが濃くあることを認識していたようだ。著書に『白の詩人――蕪村新論』がある。

安永八年四月二十日、蕪村を宗匠、几董を会頭にして「俳諧修行の学校」（檀林会《だんりんかい》）を新たに作った。会員の主な人たちは、道立・百池・月居・維駒・正白らである。

同年の九月十二日、蕪村は几董と百池を伴って、大津義仲寺《ぎちゆうじ》の幻住庵に滞在中の暁台《きようたい》を訪れている。その夜、蕪村は

秋寒し藤太《とうだ》が鏑《かぶら》ひびく時

の秀句を作った。帰途柴屋町で遊んだ時の模様を、

十二日、三井山頭にて夜半過ぐるまで、はいかいいたし、下山の序、柴屋町の富永ニうちいり候て、夜明くるまで遊び候ひて、翌十三日又幻住庵のはいかい、ほとんど労れはて候て、一向帰路は泥のごとくにて候ひき。

と、川田田福宛の手紙（安永八年九月十五日）に記している。（注：この手紙は従来安永三年の執筆と考えられていたが、尾形説以降は安永八年が定説になった）。

安永九年に入ると、蕪村は画業の合間に、しきりと茶屋遊びをするようになった。茶屋遊びは料亭に芸妓《げいぎ》を上げて三味線や太鼓に合わせての歌舞を楽しむもの。何通りかの遊び方があり、また太鼓持は合間合間に芸を披露したり滑稽《こっけい》な話をして客の気を引いた。京都では卑猥《ひわい》に落ちない優雅な遊び方をしていたと思われるが、それでも色恋の沙汰は絶えなかった。費用のほとんどは、佳棠《かとう》をはじめ蕪村を取り巻く人たちが負っていたらしい。

天明二年五月に、蕪村は『花鳥篇』を刊行する。十七丁の小冊子であったが、

おのれがこころざし賤陋《せんろう》にして、寂しをりをもはら（もっぱら）とせんよりは、壮麗に句をつくり出さむ人こそこころにくけれ。

と芭蕉のさび、しおりに追従することなく、壮麗に句を作り出そうとする人に心ひかれる、と言うのである。

大阪新地の芸者で、後に月渓の後妻になったうめは、次のような前書をつけて句を載せている。

みやこに住給《すみ》へる人は、月花のをりにつけつつ、よき事をも聞給《ききたまは》んといとねたく《（ねたましく）》て、蕪村様へ、文のはしに、もうしつかはし侍《はべる》

いとによる物ならにくし几巾《いかのぼり》　大坂うめ　（1）
さそへばぬるむ水のかも河　基答《きとう》　（2）
盃にさくらの発句をわざくれて　几董　（3）
表うたがふ絵むしろの裏　小いと　（4）
ちかづきの隣に声す夏の月　夜半　（5）
をりをりかをる南天の花　佳棠　（6）

うめの前書の中の「よき事をも聞給んといとねたくて」は、気になる言葉だ。蕪村と芸妓小糸との仲が、仲間うちで噂《うわさ》になっていたので、うめのあからさまな嫉妬《しっと》であったことは間違いない。それはうめの〈いとによる物ならにくし几巾〉を見れば、だれの目にもそのように映る筈だ。この三者の関係について、（1）は山下一海氏の『戯遊の俳人与謝蕪村』の中に次のように記している。

紀貫之の「糸によるものならなくに別れ路の心細くも思ほゆるかな」（古今集）の言葉を用いながら、凧は大空に高く自由に上がっているようで、実は糸に

頼っているのなら憎い、という意味である。季題は「凧」（春）。表面はそういうことだが、それだけではどうも「にくし」というのがわかりにくい。これは実は四句目の作者である小いとが、そのころの蕪村の恋人であることを知って読むと、はじめて理解できるところがある。実は前書の「みやこに住給へる人」も暗に小いとを指している。そして発句「いとによる」は小いとの名前に掛けているのである。つまり発句の裏の意味は、凧に糸がつながっているように、蕪村様には小いとさんがよりそっていて、小いとさんに心を奪われている蕪村様がにくらしいということになる。

（4）は几董の桜の宴に敷く花むしろに付けたもので、表は頼もしく美しく見えていても、裏は醜くて何を考えているか分からない、という人間の心の中を寓意《ぐうい》したものである。当時、「絵むしろの裏」のフレーズは多く使われていて小糸の創案ではない。

この『花鳥篇』は、蕪村が意気込んだほどの成果は出せなかった。と言うよりも評判はさっぱりだったのである。世間では男女間のいざこざなど、犬も食わないほどにしか見ていなかったのだ。

芝居好きで役者の演技などにも人並以上に詳しい蕪村である。画業で得た収入は、家族同伴の芝居見物とか小旅行とか、『花鳥篇』その他の刷り物の発行などに多くを費やしてしまっていたのである。蕪村はいつも借財に追われ、生活苦にあえいでいた訳ではなかった。
蕪村が佳棠に宛てた年次不明五月二十六日付の手紙は、これもよく諸家により引かれている。蕪村の切なく思い迷う心理状態がよく表れているところなので引用する。

小糸かたより申しこし候は、白ねりのあはせニ山水を画きくれ候様ニとの事に御坐候。これはあしき物好きとぞんじ候。我等書き候てはことの外きたなく成り候ひて、美人ニは取合せ甚だあしく候。やはり梅亭然るべく候。梅亭は毎度美人之衣服ニ書き覚え候故、模様取り、旁《かたがた》甚だよろしく候。小糸右之道理をしらずしての物好きと存ぜられ候。我等が画きたるを見候はば、却《かへ》つて小糸後悔致すべしときのどくに候。小糸事ニ候ゆゑ、何をたのみ候ひてもいなとは申さず候へども、物好きあしく候ひては、西施ニ黥《いれずみ》いたす様成《なる》物にて候。美人之形容見劣り申す可しといたはしく候。二三日中ニ右あはせ仕立候ひてもたせ遣し候よし申し遣し候。どうぞ小糸ニ御逢ひなされ候ひて、とくと御申し聞かせ下さるべく候。縷々《るる》筆談ニ尽くしがたく候。何事も貴顔御物がたりと申し残し候。以上

孫ほども齢の違う小糸を切実に慕う気持が文面に滲《にじ》み出ているような手紙だ。年甲斐もな

く蕪村は恋の奴隷になっていたのだ。白ねりの袷《あわせ》に山水を画くことは、西施にいれずみをするようなものだと、プロの画家としての見識を一応示したものの、すぐに、

返す返す小糸もとめならば、此方よりのぞみ候ひても画き申たき物に候。

と書かざるを得なかったのである。

蕪村の小糸への恋情は、人目をはばからない常軌を逸したものになっていたのだろう。周囲にこれを快く思わない人が増えてきて、一門の先行きを心配した人たちに推されて道立がそれとなく蕪村を諫《いさ》める手紙を送った。いま道立のその手紙は残っていないが、天明三年と推定される四月二十五日付の蕪村の返書によって証明されている。（山下一海『戯遊の俳人与謝蕪村』）

青楼の御異見承知いたし候。御尤《ごもっとも》の一書、御句ニて、小糸が情も今日限りニ候。よしなき風流、老の面目をうしなひ申し候。禁ずべし。さりながらもとめ得たる句、御批判下さるべく候。

妹がかきね三線《さみせん》草《ぐさ》の花さきぬ

これ、泥に入りて玉を拾ふ（う）たる心地に候。
御心切の段々、忝《かたじけ》なく存じ奉り候。

四年以上にも及んだ小糸との恋の道行きも、そろそろ終局をむかえようとしていた。（注：全集では、道立宛の写しと見られる書簡は、安永九年と推定されている）
このままでは蕪村門の行く末も心配であったし、老いの影の濃く忍びよるのも蕪村は自覚し始めていた。それに小糸は所詮廓《しょせんくるわ》の女である。本気で蕪村に思いを寄せていないことは、十分にわかっていることであった。が、だらだらと小糸への恋慕を断ち切れないでいた。蕪村に次の句がある。

老が恋わすれんとすればしぐれかな

若いころには、自撰句集など出すものではないと考えていた蕪村は、人に勧められるまま自撰句集の刊行を決意する。佳棠の汲古堂から天明三年に出す予定で、百池に預けていた句帳の草稿が気になって蕪村は一度取り戻してしまう。いざ刊行となると、何度推敲していても意に満たない句や句集の構成などで、どうしても気になる所が出てきてしまうのだ。約束の期日になっても一向に草稿が戻ってこないので、百池は丁稚をやって蕪村の手許にあった草稿を取り返す。その経緯を蕪村は天明二年四月二十六日付の百池宛の手紙に次のように書いている（全集は安永末～天明三年と推定）。

句帖取りニ遣はされ候。則《すなは》ち小童へ付し候。さりとは忙《せは》しき事に御座候。此方《こなた》ニこれあり候ひても苦しからぬ事ニ御座候。女子《をなご》の腐つたやうニ忙しく取りニはおこ《（遣）》さぬものにて候。二、三日の内、またまた入用ニ御座候ふ間《あひだ》、御貸し下さるべく候。何時《いつ》にても、また貸してやろ、と昨日の御手紙に候ふ故、ぜひ二、三日中に遣はされ下さるべく候。さりとは〳〵、役に立たぬ、ど根性の百池なるかな。ア、。

卯月廿六日　　善知識より

くされおやぢめ

ユーモアあふれる辛辣《しんらつ》な手紙だ。何でも話し合える友であっても、「女子の腐つた」とか「役に立たぬ」とか「くされおやぢ」などと言われれば、頭にきて、それ切り絶交状態におち入ってしまうかも知れない。蕪村がこんな風に罵詈雑言《ばりぞうごん》をあびせたのは、百池を心底から信頼しきっていたうえでの戯《ざ》れ言であったのだ。おそらく百池の方でも、蕪村の親父《おやじ》、少し頭に来たかな、とにたりとしただけで気にも留めなかっただろう。

百池は蕪村より十九歳下の京都の煙管《きせる》商で後に糸物商を兼業した。明和八年四月に高徳院発句会に初めて参加、熱心な門人兼後援者として、蕪村についての多くの記録を残している。

天明三年三月十七日、蕪村は洛東安養寺で催された暁台主催の芭蕉追善興行に出席。二十三日には、金福寺で開かれた同追善興行に参加した。

名古屋に大きな勢力を張る暁台は、

切つてやるこゝろとなれやいかのぼり　暁台

の句を出した。蕪村と小糸との恋の道行は、他門にまで聞こえていたのである。

八月に入って九日、島原不夜庵において太祇の十三回忌追善俳諧の催しに招かれ、風雨の中を出かけた時の様子が『蕪村翁文集』の中に載っている。

太祇居士が十三回忌追善の俳諧にまねかれける日、風雨ことに烈しかりければ、かくては道のほどいかにやなど、人のせちに（しきりに）とどめけるを、蓑笠や有る、とく得させよと云ひ罵《ののし》りて、ことごとしき（大げさな）老の出立ち（支度）いとをかしく、からうじて不夜庵にいたりぬ。かの登蓮法師が風流とは品（程度）かはりたれど、こころざしの誠はなどか（どうして）恥づべきにやと、頓《やが》て仏前に向かひて、

線香やますほのすゝき二三本

天明三年の九月には、まだ「百老」図を画くことができたし、宇治田原の門人毛条に招かれて、家族を伴い茸狩にいくことができた。これが蕪村の最後の遊楽になったが、十月に入ると、容体は著しく衰弱、翌日からは一日の大半を病床で過ごすようになる。召波の十三回忌の追悼集として維駒が編集した『五車反古《ごしやほうぐ》』の序をなかなか書けないでいて、維駒は最早これまでとあきらめ、草稿を持ち帰ってしまっていたが、蕪村は最後の力をふり絞って愛弟子のために責を果たし、これが蕪村の絶筆となった。

五車反古の序（天明三）

維駒、父の十三回忌をまつるに、集えらみて五車反古といふ。ふかき謂《いはれ》あるにあらず、父の冬ごもりの句によりて号《なづ》けたる成るべし。はた、父の筆まめに書きあつめたるものを、よゝとねぢこみたる袋の紐《ひも》ときて見れば、贈答の詩の稿有り、或《ある》は花に来たれといふ天狗《てんぐ》のふみあり、今宵の雪をいかにやなどそゝのかす高陽の徒の手紙有り。又は云ひすてたる歌仙の、半バばかりにしてところ〴〵墨引きたるあり。其の裏には多く人の句も、みづからの句もかいつけたり。それをとかく爪揃《つまぞろ》へして、今の世の人の句も打ちまじへ、ならべもてゆくほどに、上下二冊子《さうし》となりぬ。序を余にもとむ。余病ひにふして、月を越《こゆ》れども起《たつ》ことあたはず。筆硯《ひつけん》の業を廃することひさし。故をもて其のことを不果《はたさず》。これこま、忌日のせまりちかづくをかなしみ、しば〳〵来《きた》りもとむ。余曰《いは》ク、明日を待チて稿を脱せむ。明日すなはち来る。病ます〳〵おもし。又曰《いは》ク、明日を待て稿を脱せむ。維こま終《つひ》に卒業の期《ご》なきを悟《さとり》て、窃《ひそか》に草稿を奪ひ去る。余も又追はず、他日そのことを書して序とす。

病夜半題

維駒が父召波の十三回忌を祈念するに当たり、撰集を編集したものを五車反古（書き損じや不用の反古がたまっていること）という。深い訳があるのではない。父の冬ごもりの句によって名づけた題である。また父のこまめに書き集めたものを、無造作に捩《ね》じ込んである袋のひもを解いて見れば、贈答の詩歌の書があったり、あるいは、桜見物においで下さいという天狗（親しい友とか僧からの花見案内状）があったり、今夜の雪をさかなに一献いかがと誘う高陽（「吾ハ高陽ノ酒徒也。儒人ニ非ザル也」）の飲み仲間の手紙がある。あるいは書き散らした歌仙の半ばほどで中絶していて、ところどころ墨で消したものもある。その裏には多くの人の句も、自分の句も書きつけてある。それをあれこれと整理して、今の世の人の句も交えて、編集をしていくうちに、上下二冊になった。維駒が私に序を求めた。私は病《やまい》の床にあって、月を越えても起つことが出来ない。文筆を止めてからずい分時が経ってしまった。そういう訳で、維駒から頼まれた序を書くことが出来ないでいる。維駒は父召波の十三回忌が近づくのを心配して、たびたび催促に来た。私は言った。「明日中には序文を書き上げよう」。次の日に維駒が来る。病気がますます重くなってきて筆をとることが出来ない。また言った。「明日になったら序文を書き上げよう」。維駒はついにいつになれば書き上げるのか分からないと悟って、私には言わずに五車反古の草稿を持ち去ってしまう。私もまた取り戻そうとはしない。後日その事情を書き足して序とする。

病夜半題

蕪村の家に寄宿して治療に当たっていたのは、どこかの藩の良庵という医師であったが、国方《くにがた》御主人用で止むを得ず、蕪村の死の八日前に帰国してしまう。付き添っていた月渓は、師の家で越年するつもりでいたが、急に蕪村の容態が悪化。十二月二十四日の夜、蕪村は月渓を枕元に呼び寄せて、

冬鶯むかし王維《わうゐ》が垣根哉
うぐひすや何ごそつかす藪《やぶ》の霜

と詠じ書き取らせた。しばらく案じていたようであったが、

しら梅に明くる夜ばかりとなりにけり

の句を、再び月渓に書き取らせた。そのあとは目を閉じて句は作らず、これが蕪村最期の句となった。蕪村がはるか西へと旅立ったのは、天明三年十二月二十五日未明である。すぐに茶毘《だび》に付せられたが、正月を前にしていたので、近くにいた親しい人以外には、門人知友にも知らされなかった。松飾りを取り払うころに世間に公表され、改めて正月二十五日に葬儀が執り行われた。遺骨は蕪村の望み通り金福寺の芭蕉の墓近くに葬られた。

『蕪村自筆句帳』は、「落日庵句集」「夜半亭句集」「夜半叟句集」を解体して四季別に選別し直す作業であったから、かなりの労力を伴う仕事であった。句帳は出版されることなく没後、娘くのの婚嫁の費用にするために解きほどき、月渓・梅亭らの証画を添えて頒布された。

蕪村出自の謎

蕪村の家系については何も分かっていない。父母の名前、出生地、年齢、職業など何一つ分かっていないのだ。蕪村自身の出生地、養育された場所、その境遇についても具体的に記述されている資料は何もない。

近代日本の黎明《れいめい》を生きた不世出な詩人に多大な関心を持つ人たちは跡を絶たないが、拠り所となる資料は限られていて、しかも濃い靄《もや》がかかっているような曖昧《あいまい》なものばかりだ。主な資料は、洛東金福寺境内に建立された「蕪村翁碑」。高井几董の記した「夜半翁終焉記」。大阪の俳人柳女・賀瑞宛の書簡などである。いままでの研究者による蕪村研究は、微に入り細にわたって尽くされていて、次第に収斂《しゅうれん》されてきているところもあるが、まだ定説のようなものがないのが実状である。

蕪村本姓谷口氏。名寅。摂津人。為人磊落不羈《ふき》。家近毛馬塘。與漁夫白丁締交。時被酒歡噱《くわんきやく》。生計漸窘《ぜんきん》。妻子告饑。笑曰。我且為釣徒矣。乃出鬻《いく》其所獲干市。以給食。嘗歸過酒肆《し》。異香衝鼻。不能自制。

右の文は、明治三十六年七月博文館から出た『蕪翁句集拾遺』の麴亭飯人の「謝蕪村伝」より、正木瓜村氏が『蕪村と毛馬』の中に引いたもの。

「蕪村本姓谷口氏。名寅。摂津人」までは、金福寺の「蕪村翁碑」の「翁本姓谷口……一名長庚、後改寅《いん》……摂津人」とあるのと変わりがない。瓜村は漁夫とあまり変らない者のようなことを書いている。さらに「此等の説話は信ずるに足る根拠はない」としているが、引用した漢文を訳していないので、一応私なりに次のように訳してみた。

(蕪村のひととなりは)ものにこだわらない質《たち》で、束縛されることを好まなかった。

家は毛馬塘《づつみ》の近くにあった。漁夫や白丁(1庶民。2下級役人。毛馬は純農村であったから、1と解すれば農民)と交わり、酒をあびるほど飲んでは大きな口で笑い、生計は次第に苦しくなっていった。妻子は食事がまともに出来なくなったことを零《こぼ》すようになった。まさに釣人となって、釣った魚を市に売りに行き、そこで得たお金で生活をした。帰る途中で酒を売る店の前を通ると、酒の匂いが鼻を衝いて、我慢することができなかった。

田宮仲宣《たみやなかのぶ》の『橘庵漫筆』の中に次のようなことが書かれている。

人の持てる調度にて其人の心は知らる、と兼好はいへり。宜哉此頃俳人蕪村が書画を大に翫弄《ぐわんろう》す、いかなる故と云ふことを知らず。古人の書画を愛するは其人の徳を称し、次に其能を賞す。夫蕪村は父祖の家産を破敗し、身を洒々《しやしや》落々の域に置いて神仏聖賢の教へに遠ざかり、名を沽《う》って俗を引く逸民なり。また同じ境界ながら其隣町に居せし東都の建涼帒（綾足《あやたり》）は、才も能も抜群に秀で、蕪村と日を同じうして語る徒にあらず。然るを例の無いもの食はうといふ病人が、頻《しき》りに高金を以て求む。是を賞玩《しやうぐわん》する人の意を兼好はいかゞいはんや。（建＝建部《たけべ》）

仲宣の「蕪村は父祖の家産を破敗し、身を洒々落々の域に置いて……」の文言からイメージする性格と、飯人の記す、妻子が生活の貧窮をかこち、蕪村が大酒飲みで豪放に笑い、酒店の前を通る時、酒の匂いが鼻を衝くと我慢することが出来ない、という性状の認識には共通するものがある。これまでにほとんど触れられていない蕪村の裏面を示唆しているのではないか、という気がしないでもない。「蕪村は父祖の家産を破敗し、身を洒々落々の域に置いて……」のところは、諸家によってよく引かれているものだが、裏付けになる資料がなく、まともには取り上げられていない。

潁原退蔵氏は著作集（中央公論社）の中で、次のように書いている。

田宮仲宣は芸術の分らない人間である。芭蕉のことでも悪く言つてゐる。蕪村と涼袋との比較論だけでも、彼が具眼の士でないことは分る。浅見むしろ憐むべきであらう。

飯人と仲宣が蕪村の暗い陰《かげ》をあぶり出しているのは、単なる偶然だろうか。蕪村の絵にしても詩にしても詩趣横溢した香気がたちこめていて、とても両氏がえぐり出した破滅的な性格を思い浮かべることが出来ない。私は、二人が描いた蕪村像は蕪村の父ではなかったかと思っている。いつの間にか父の姿が、蕪村像に転換されてしまっているのだ。

飯人の「謝蕪村傳」に戻る。問題の一つは「妻子告餞」と妻子がいたことに触れているところである。蕪村が出郷したのが、享保末年から元文初年ごろと推定されているので、齢は十九から二十ごろである。江戸時代、この年齢で妻帯しているのは、ごく普通のことであった。多くの蕪村論が根拠の不確かな口碑をもとにして筋立を成しているのを見れば、飯人の「謝蕪村傳」の蕪村像も全くあり得ないと断定するのは、まだ早計かも知れない。

いま一つは「乃出罾其所獲于市」である。蕪村は釣人として魚を獲り、それを罾《う》って糊口《ここう》をしのいでいたのである。蕪村に〈闇夜漁舟図〉と題する絵がある。投網舟の二人の男は父と子であり、舟の上手にある一つ家には、囲炉裏で温かな料理を用意して、夫と子の帰りを待ち受けている優しい母がいるのだ。その貧しげな家からは、ほのかな光が滲みでていて家庭のぬくもりが伝わってくる。しかし、母はすでに亡くなっていて、父と共に漁《いさ》りする蕪村には待ち受けてくれる人はいなかったのである。それは、すべて蕪村の幻影であった。蕪村の心が空寂の影に覆われると懐かしい母の顔が、夢に白昼夢にとめどなく消えては現れ、心を締めつけるのだった。

正木瓜村氏は蕪村研究者のうち唯一人の毛馬出身者である。どのような筋書も土台がしっかりしていなければ砂上の楼閣のようなもので、想像をたくましくして創り上げたプロットも、いつ壊れてしまうか、はなはだ心もとないものがある。現に多くの資料を基にした蕪村論にも毛馬を知らないために、何らかの誤りが見受けられる。以下、瓜村の『蕪村と毛馬』

により、毛馬の往時の姿を見ていくことにする。

明治三十年に淀川の大改修工事があり、その時、昔からあった堤が取り払われ川幅が広くなった。以前堤のあったところは河川敷となり、この工事で人家の大部分が東の方へ移転を余儀なくされた。初期の蕪村研究では生地の毛馬については関心がなく、あってもその所在を確かめようともせず、空想で書かれたものが多かった。(毛馬は大阪城の真北ほぼ四、五キロの、淀川が新淀川に流れ込む東側にある。世界大百科事典などの日本地図で「毛馬」を引けば簡単に捜すことが出来る。都島区毛馬から北区天満までは、往時渡しの時間を入れても、歩いておおよそ一時間半ほどの距離である)。

昔の堤は道になっていたが、昭和十四年ごろの堤は、人は歩いていても道ではない。「春風馬堤曲」の故郷毛馬へ帰る娘は、この堤の上の道を歩き、道端には茶店や人家も二、三軒あったようだ。瓜村の曾祖父の隠居所もこの堤上にあったという。

享和元年の「登船独案内」には、

毛馬　此所下り船斗《ばかり》煮賣船付てあきないする。のぼり船には付かず。
飯代　十文
汁代　六文

酒　望次第
こんにゃく・でんがく代　二文
餅代　二文づつ

と書かれていて、純農村地帯の毛馬でも、一部の人たちによる活発な商いが行われていたことが分かる。

「春風馬堤曲」に「澱水ヲ渡リ……」とあるのは、毛馬の渡舟を指したものである。江戸期毛馬から大阪に出るのは、この渡舟を使って長柄に出て、それより亀岡街道旧長柄橋筋を南下して天満に出るのが慣わしであった。毛馬の渡舟は「淀川両岸一覧」にも次のように書かれている。

友淵の上にあり東生（成か）郡毛馬村より西成郡北長柄村への舟渡しなり。渡の長さ百九十間と云ふ。

この渡舟は大正三年十月、毛馬橋が架かるまでつづき、淀川筋では源八の渡舟などと共に古い歴史があった。

いま一つは、毛馬の渡舟によらず、友淵・善源寺・澤上江・中野村へと南下して桜の宮から源八の渡しを使うのだが、昔はこの堤には藪が茂り、途中には善源寺の墓地があり、母恩寺や渡辺綱の駒つなぎの樟などが見えて、昼でも実に淋しく、しかも遠回りであったので、利用する人は少なかったという。

毛馬について瓜村は「現今の毛馬は工場地帯で、大工場が多くあり、或は又ゴミ〳〵とした小住宅が建ち並んで、全く大阪の場末町と化してしまったが、その昔、蕪村が生れた頃は百戸足らずの小村であつたが、純農村であつた。而《しか》も所謂毛馬胡瓜の産地として知られ、地味は肥えて、良質の米を産し小さいながら豊かな村であつた。村民は純朴で、嘗《かつ》て村の中に爭ひを聞いた事がない。誠に平和な村であつた」と書いている。

毛馬は純農村地帯だったので、家の造りもほとんど農家造りになっていた。たいてい南向きに建てられていて、家の前はかなり広い空地になっている。空地の一方に納屋があって、秋の収穫の時には、用水路を利用して田から舟で籾《もみ》を運んでくると、舟は納屋や空地に直接つけられるようになっていて、直ちに納屋に収めることが出来た。空地は籾干場ともなり、また臼《うす》ひき場ともなっていた。

家の周囲は、杉、槙《まき》、山茶花その他の木で生垣をめぐらし、鶏を飼っている家も多かった。どの家でも空地は必要以上に広かったので、鶏のついばむはこべなどの雑草に不足することはなかった。また空地では数種類の野菜も作っていた。

毛馬米は非常に良質であって、毛馬の東隣の赤川米とは比較にならなかった。したがって価もまた高かった。生産高も赤川では一反当たり平均三石とされていたが、毛馬では比較的地質の悪い「沖」の下田でも三石はとれて、良質な田圃《たんぼ》では四石の収穫があっても、なお不作と言っているようなところもあった。

　このような実体を知ると、蕪村の名の由来についても疑念が生じる。当初は天王寺が蕪菁《ぶせい》の産地であり、その蕪《かぶら》からとったという説もあったが、現在は陶淵明の「帰去来兮辞《ききょらいのじ》」にある「田園将《まさ》ニ蕪《あ》レナントス胡《なん》ゾ帰ラザル」に拠ったとする説が有力になっている。蕪は「荒蕪」手を入れない草が生い茂った荒地、すなわち荒れ果てた村の意。蕪村の生地は、貧しく荒れ果てた寒村であった、というイメージが定着しつつあったが、実際は他村と比べて、毛馬は経済的にも豊かな村であったと思われる。

寛保四年の春、蕪村が野州宇都宮で歳旦帖を出したことは前に記した。表紙の円形の中に、

　　寛保四甲子
　　歳旦歳暮吟
　　追加春興句
　　野州宇都宮

渓霜蕪村輯

の題が書かれている。これが蕪村の号の初出である。蕪村の名に冠した渓霜は細い谷川と霜のことで寒々とした印象を覚える。おそらく奥州で放浪生活をした体験、宿を借りられずに野宿をしたり、食を抜くようなこともしばしばあったと思われる辛酸な記憶から、渓霜の語が生まれてきたのだろう。なお、あえて空想をたくましくすれば、父母がかぶらが好きで、食台には母の手料理の蕪料理がよく出された懐かしい思いが「蕪」の号を使う理由であったかも知れない。

毛馬の実状がおぼろげながら分かってくると「春風馬堤曲」も、いままで気づかなかった点が浮かび上がってきて、やや斬新な鑑賞が出来るかと思う。

やぶ入や浪花を出て長柄川

いまの新淀川は、以前は長柄川と呼ばれていた。呼称の変わった時期は分からないが、蕪村の時代には長柄川の呼び名は廃されていて、中津川と呼ばれるようになっていた。しかしこの曲では、蕪村はすでに廃された長柄川の名前を使っている。こんなところにも故郷への愛惜《あいじゃく》が滲み出ているのである。

一軒の茶見世の柳老にけり

江戸時代に、堤上に実際にあった茶店である。それ以前の奈良・平安時代は、大隅島、天満、北野地域などは、巨大なデルタを形成していた。そのころ毛志馬と呼ばれていた毛馬は、そのデルタの中に浮いている小さな島であった。水域に近い村は、山地にある村よりも水害の頻度がはるかに高い。大きな災害を受けた農村も少なくなかったと思われるが、反面上流から流れてくる泥土によって、他村より生産が高かったということも頷《うなず》けることである。

春風や堤長うして家遠し

タンポポやナズナなどが咲き始めた堤の斜面や、頬《ほお》に触れていく気持よい春風を想像して駘蕩《たいとう》とした気分を味わうことはできるけど、家遠しの家がどのあたりにあったのかイメージが湧かない。しかし、瓜村の少年時代には、実際に毛馬の家々が見えたのである。彼は、「京街道に沿った野江《のえ》〈毛馬から南々西に二キロほど〉の村を離れて、少し北へ行くと両側は畑つゞきで、何も目をさへぎるものはない。西の方を望めば、淀川の堤が長くつゞいて、毛馬の村の家も点々として……見え、而も毛馬の匂ひを強く知る事が出来るであらう」とリアルに描写している。

堤ヨリ下リテ芳草ヲ摘メバ　荊《けい》ト棘《きよく》ト路《みち》ヲ塞グ
荊蕀何ノ妬情《とじやう》ゾ　裙《もすそ》ヲ裂キ且ツ股《もも》ヲ傷ク
渓流石点々　石ヲ踏ミテ香芹ヲ撮《と》ル
多謝ス水上ノ石　儂《われ》ヲシテ裙ヲ沾《ぬ》ラサザラシムルヲ

若い女性の植物や石を擬人化して対話する、うきうきとあどけない情感が、まぶしいばかりに描かれているところだ。

「この二首の詩は当時の毛馬堤の風景を最もよく叙してゐる。今の毛馬堤はその洪水敷がゴルフ場となつて、針金の柵がしてあつたり、蘆も茨も根絶えにせられて風情は失はれてしまつたが、この詩に見る様な昔もあつたのである。旧堤防の時代には堤の上が道になつてゐて、堤の原には藪や茨が茂つてゐた。……又毛馬の堤には野茨が非常に多かつた。菜の花が実となつて、茅花の穂が長く伸びる五月頃となれば、白い野趣のある花をつけて我々をよろこばしたものである」

瓜村の少年期の毛馬は、蕪村の時代の毛馬とさほど変わっていなかっただろう。毛馬は小村であり、近代に入ってからも、しばらくの間は大きな変革はなかった。瓜村は往時の毛馬をいきいきと蘇《よみがえ》らせてくれる。

一軒の茶見世の柳老にけり
茶店の老婆子儂《われ》を見て慇懃《いんぎん》に
無恙《ぶやう》を賀し且儂《わ》が春衣を美《ほ》ム

「毛馬には彼の枚方のくらわんか船と同じ性質の煮売船などもあり、堤の上が道路となつてゐたのであるから、此処には茶店もあつた。この景色は〈淀川両岸一覧〉の中の半山の描く所の毛馬堤の図を見るがよい。写実的によく描かれてある」

店中二客有リ　能《よ》ク江南ノ語ヲ解ス
酒銭三緡《びん》ヲ擲《なげうち》　我ヲ迎エ榻《とう》ヲ譲リテ去ル

「蕪村がモデルに使つた女は普通の商家や民家に奉公してゐたものではない。書簡の中で蕪村は

かしこく浪花の時勢粧《いまやうすがた》に倣《なら》ひ、髪かたちも妓家の風情をまなび……

と説明してゐる通り、お茶屋の芋姆《うば》か何かである事は明らかである。これに依り廓《くるわ》言葉と解するのにも理由がある。併し一般論としてはこれでもよいが、此処でもう一歩深くつきす、

めて、蕪村の故郷に対する心境と云ふ点より考察すると、この〈江南語〉は毛馬方面の土俗語と云ふ事になる。〈春風馬堤曲〉を物した蕪村の心理状態から云へば、このモデルの女は何時も聞き馴らされてゐる廓の言葉よりも、年一度聞く故郷の土臭い言葉にどれだけの感激と愛着をおぼえる事であらう」

瓜村は「浪花の時勢粧に倣ひ、髪かたちも妓家の風情をまなび」の措辞から、容姿嬋娟な娘を、お茶屋の苧母か何か、としているが、当時の町家の娘が妓家の髪形や容姿を真似て、流行に遅れないように心がけたのは普通のことであった。この娘は「曲」の通りに、浪花橋辺の金持の商家に奉公する娘とする方がよいと思う。

古駅三両家猫児妻を呼ぶ妻来らず

毛馬は街道筋でなかったから、馬子や馬が交替した駅ではない。古駅と言ったのは、ドラマ中で蕪村が作意した言葉である。「猫児妻を呼ぶ妻来たらず」の措辞は、次の言葉を引き出す役割を果たしている。

雛ヲ呼ブ籬外ノ鶏　籬外草地ニ満ツ
雛飛ビテ籬ヲ越エント欲シ　籬高クシテ堕《お》ツルコト三四

平和な農村の日常風景である。「淀川両岸一覧」には、堤上の中ほどに茂る数本の樹木の下に、一軒の茶店が描かれている。川には客を乗せた上下する三艘《そう》の舟と小舟が画かれていて、堤上では数人の水夫《かこ》が船を曳く姿が見える。

春艸路三叉中に捷径あり我を迎ふ
たんぽぽ花咲けり三々五々五々は黄に
三々は白シ記得す去年此路よりす

ここで瓜村は「次第に蕪村の懐旧の情が現れて来た」とする。すっかり娘のことは念頭から消えているのだ。懐かしい毛馬のたたずまいに浸っている曲中の娘は、なりふりかまわず仮面をぬいで、蕪村自身が舞台へ登場してしまうのである。母と故郷への思いが一番昂揚した箇所なのだが、蕪村はすぐに冷静さを取戻し、「記得す去年此路よりす」として曲中の娘にたち返る。

憐みとる蒲公《たんぽぽ》茎短して乳を泡《あま》せり

奇麗で愛らしいたんぽぽを摘むと茎が短く折れて白い乳があふれ出る。たんぽぽと優しかった母は心の中で堅く結びついていて、たんぽぽを見ればいつも母の面影が蘇ってくるのである。

むかしむかししきりにおもふ慈母の恩
慈母の懐袍別に春あり

再び蕪村は仮面を捨てて、自分を舞台に登場させる。「むかしむかししきりにおもふ」は、蕪村の心情である。「懐旧のやるかたなきよりうめき出た」曲は、もはや収拾のつかないほど錯乱して、大団円へと進んでいく。

瓜村は、「蕪村が宝暦元年関東の地に何の未練も残さず、西へ〱と一途に帰つて来た原因の第一」に、碧梧桐の「望郷の念——母を慕ふ心——に駆られた肉親愛の再燃」（「俳句研究」昭和十一年七月号）を挙げて「この気持ちは勿論モデルの若い女に仮托したものであるが、それは蕪村自身の心境を吐露したに外ならない」と記している。

春あり成長して浪花にあり
梅は白し浪花橋辺財主の家
春情まなび得たり浪花風流

小さな村落から華やかな都会に出て、すっかり浪花風流になった女を瓜村は叙述した後、つづけて「若し蕪村にして当時毛馬に肉親の人でも居て、実際に帰省してゐたらどうであつたであらう。画家としては大雅と覇《は》を争ひ、俳人としては天明中興の盟主として、共に最高峯を行つた彼も、やはり唯の人となつてしまつた事であらう」と言う。

瓜村の認識は間違っていない。蕪村にはどうしても故郷に帰れない重大な理由があったのだ。蕪村の心は常に故郷に向いている。しかし帰ることのできない飢渇感が彼の芸術の源泉であったことは疑う余地がない。蕪村が一度故郷に帰っていれば、蕪村の絵も俳・詩も、心の深奥から沸きあがるエネルギーは薄らいで精彩を欠き、人をいつまでも魅惑しつづける心緒の高い作品は生まれなかっただろう。

　　郷を辞し弟に負く身三春

　　本をわすれ末を取る接木の梅

「春風馬堤曲」が作られた翌安永七年三月十日、蕪村は源八の渡しをわたり桜の宮まで来たが毛馬までは帰らなかった。瓜村はその主な理由を、土地の人に顔を合わせ得ないためであるとしている。

　　故郷春深し行々《ゆきゆく》て又行々

楊柳長堤道漸くくたれり

「毛馬の村はこれは小字の様な地名ではないが、北脇、中脇、南脇と大体三ツのブロックに別れてゐた。北脇と云へば、赤川との境に近い所で渡舟場よりは、二十町〔二一八〇メートル〕ほども離れてゐる。これで考へると蕪村の生家は毛馬も北脇に在つて、その辺は今日では淀川の洪水敷になつてゐる所ではないかと想像せられる」と瓜村は記す。（〔 〕内は著者による）

ここで問題になるのは「道漸くくたれり」の箇所で、「くたれり」は……堤から道が村の方へ下るの意味ではないか、とする。『蕪村翁文集』には「くれたり」とある。これならば「暮れたり」で、また意味は違ってくるが、『夜半楽』の原本には「くれたり」とあるからこれに従うのが当然である、として、「このモデル女が曾根崎新地あたりから、毛馬まで帰ると仮定すれば、今日の様にバスや市内電車を利用すると、僅か二三十分で毛馬まで帰れるが、当時昼頃にでも先方を出て、女の足でテク〳〵歩いて来たら毛馬へ帰りつく頃は永い春の日も暮れかゝるであらう」と「暮れたり」を肯定している。

これについて清水孝之氏は『与謝蕪村の鑑賞と批評』の中で、『蕪村翁文集』に「くれたり」とあるのを承知で「堤上から生家のある村落へと道がくだって行くのを言う」第十七首に「黄昏」とあるから、作者は文集のように「暮れたり」とするはずがないとして「下れり」の意をとる。

山下一海氏は『近世俳句俳文集』の注解で、『蕪村翁文集』や『几董初懐紙』には「道漸くくれたり」となっている。それでも意味は通ずるが、次句の「故園の家黄昏」と重複するきらいもあるので「くだれり」に従いたい、と記している。

矯首はじめて見る故園の家黄昏
戸に倚る白髪の人弟を抱き我を
待ツ春又春

瓜村は次のように記す。

「蕪村は故園の生家へ帰りたいと云ふあこがれを胸から離した事はなかつた。併しそれは蕪村にとつては永久に望まれないはかない希望であった。……宋阿の翁この年頃余が孤独なるを拾ひたすけて、枯乳の慈恵深かりける云々と巴人追悼集『西の奥』の中の追悼句の前書に述べてゐる。これより見れば、その頃の蕪村は親もなく、家もなく、全く孤独で淋しい生活をしてゐた事が判る。従つて蕪村は故園の生家に帰り、母にあまえる事の出来る人をどれ程幸福に思つたか知れなかつた。蕪村が子煩悩であつた事にも斯《か》うした深い理由があつたのである。蕪村は淋しい心を自ら慰めるべく書いたのが、この『春風馬堤曲』である」

数年ぶりに故郷に帰ってきて、いま初めて懐かしい我が家を見た。あたり一面は夕暮れの色に染まりはじめ、戸口には白髪の母が弟を抱きながら、蕪村の帰りを待ちわびて戸に寄りかかっている。暮色の漂うなかで春の濃い息づかいが、彼の心を苦しくさせる。

痴情憐む娘は、二十《はたち》になるかならないかの齢である。すると母親の齢も四十には届いていないだろう。曲の中の母親はいかにも年老いているかのように印象されるけれど、母親は蕪村がかなり小さな時に亡くなっていると思われる。故郷に帰る蕪村にとっては、母親がいなければ意味がないのだから、曲中に年老いた母親を登場させなければならなかったのだ。抱かれるほどの小さな弟も、舞台効果を考えての蕪村の脚色と考えられるが、母親を韜晦《とうかい》させる根強い心理も働いているものと思われる。

君不見《きみみずや》古人太祇が句

藪入りの寝るやひとりの親の側

太祇は宝永六年（一七〇九）の生まれであるから蕪村より七歳年上である。太祇についてはすでに記したが、明和三年から三菓社句会に参加、同八年八月に亡くなる直前まで熱心に句作に励んだ蕪村の盟友であった。蕪村が太祇の句を末尾に載せたのは、三菓社句会を回想し、また精魂を俳諧一途に傾けた労に報いるためでもあったろう。

「君不見」の措字について、清水孝之氏は『与謝蕪村の鑑賞と批評』の【語釈】に、白楽天の「君見ずや昔時、呂尚（周の文王の師、太公望）が美人の賦、又見ずや今日上陽宮人白髪の歌」（上陽白髪人）が頭の中にあった、としている。「君不見」は常套《じょうとう》句として漢詩の中でしばしば使われているもの。


毛馬からおおよそ三キロの南々東に野江《のえ》という村がある。享保十年から十九年までの十年の間に、野江村では水損の年が八年もあった。被害のなかったのはわずか二年で、摂津国東成郡の野江では水損の被害が常態化しており、大河に沿った低湿地帯の毛馬でも、かわりがなかったと思われる。蕪村が毛馬を去って江戸に出たのが享保二十年から元文元年頃と推定されているので、蕪村も当然その水害を体験していたことになる。

大凶作となった享保十年の野江の米の収穫は通常の九分の一の七七石五斗ほどであった。このうち三五石八斗ほどが上納されている。村に残されたのは四一石七斗ほどである。野江村の戸数は九五軒、人数は五一六人で、平均に分配すれば一人当たり八升ぐらいにしかならない。上納の対象外であった裏作の麦・蕎麦・粟などもわずかな収穫であったであろうから、一年間を食いつないでいくことは不可能である。「これが、徳川八代将軍吉宗親政下の享保改革の実態で」ある、と小西愛之助氏は『俳諧師蕪村』に記している。

さらに享保十七年は、いなごの害を主因として、伊勢・近江以西の西国一帯に大飢饉《ききん》が生じた。『有徳院殿御実紀』の享保十八年正月晦日条には、「すべて山陽・西海・四国等にて、餓死するもの九十六万九千九百人とそ聞えし」と記されているが、これは幕閣までとどいた記録で、実際にはそれ以上の餓死者が出たことは間違いない。

『有徳院殿御実紀』巻卅六の享保十七年十月八日条には、「今日令せられしは、ことし関東の国々、米穀ゆたかにみのりしよし聞えたれば、万石以上采地《さいち》（知行所又は領地）に米を多く貯ふべしとなり」と記されていて、西国の大飢饉にもかかわらず、関東地方は豊穣であった事実が記録されている。この関東地方豊作の伝聞は、西国にも伝播《でんぱ》していたであろうし、窮民や飢人らの江戸への流入も多かったのは事実である。蕪村もまたこの流民のひとりではなかったか、と小西氏は指摘する。諸子の蕪村伝には触れられていなくとも、その可能性は全くない、とまでは言い切れない。

とくに奥羽の被害が著しかった天明の飢饉の折り、倹約をすすめ窮民の救済に実を上げた老中、松平定信の『宇下人言』に次のような言葉がある。

天明午（六）のとし、諸国人別改られしに、まへ之子之（安永九）としよりは、諸国にて百四十万人減じぬ。この減じたる人みな死《しに》うせしにはあらず、只張外となり、又は出家山伏となり、又は無宿となり、又は江戸へ出て人別にもいらずさまよひありく徒とは成りにける。七年之間に百四十万人の減じたるは、紀綱くづれしがかく計り之わざわひと成り侍るてふ事は、何ともおそろしともいふもおろかなり……。

小西氏はこの「張外」について「宗門人別帳」（戸籍）より外れるということであり、身分としては非人（野非人）となる。この非人身分のままに、「出家山伏」のすがたとなり、また「無宿」などとなっている、と言っている。この「出家山伏」のすがたが、（野）非人身分の人々の生活の方便としての仮のすがたであることは明らかであり、故郷を捨てて江戸に出てきた蕪村のその後にもまた通用できるところである、とする。

「非人」については、「出家遁世の沙門。世捨て人／極貧の人や乞食／えたとともに四民の下におかれた最下層の身分。卑俗な遊芸、罪人の送致、刑屍の埋葬などに従事した」人たちのことを言う。（広辞苑）

蕪村が江戸に出てから、さまよい歩く徒であったとか、あるいは窮民・乞食、卑俗な遊芸や罪人の送致や刑屍の埋葬をしたとかなどは、あり得ないことである。僧坊での定められた作業の他、托鉢をして喜捨を乞うことは修行僧の大事な勤めだ。が他の時間は、俳事と好きな絵を画くことにすべて費やしていたことと思われる。

元文二年に刊行された「卯月庭訓《うづきていきん》」に、立膝《たてひざ》姿で手紙を読む髪を長く肩にたらした女の絵が載っている。髪油の鬢葛《びんかづら》はおそらく男からの贈物であろう。

鎌倉誂物《あつらへもの》

尼寺や十夜に届く鬢葛

の賛句を付し「宰町自画」の署名がある。

田舎から出てきたどこのだれとも分からない一介の無宿者が、いきなり俳人、あるいは絵師として世に現れることはあり得ない。蕪村が沾山の門に入り、宋阿の内弟子になることが出来たのも、浄土宗大本山の増上寺に修行者として籍を置くことが出来たからである。蕪村は僧団に属した修行僧で非人ではなかった。

子規の蕪村論

過ぎ去った時の茫漠とした暗がりの中から正岡子規の発案により、懸賞までかけて、ようやく蕪村が日のあたる場所に姿を現した。その経緯はすでに拙著『子規と近代の俳人たち』（角川書店）に記しているので、ここでは主に子規の蕪村観と俳句評について見ていくことにする。これは明治三十年四月から十一月まで「新聞日本」に連載されたもので、まず「緒言」として子規は次のような文を載せている。

芭蕉新に俳句界を開きしよりこゝに二百年、其間出づる所の俳人少なからず。或は芭蕉を祖述し或は檀林《だんりん》を主張し或は別に門戸を開く。然れども其芭蕉を尊崇するに至りては衆口一齊に出づるが如く、檀林等流派を異にする者も猶《なほ》芭蕉を排斥せず、却つて芭蕉の句を取りて自家俳句集中に加ふるを見る。是に於てか芭蕉は無比無類の俳人として認められ復た一人の之に匹敵する者あるを見ざるの有様なりき。芭蕉は実に敵手なきか。曰く否。

芭蕉が創造の功は俳諧史上特質すべき者たること論を竢《ま》たず。此点に於て何人か能《よ》く之に凌駕《りょうが》せん。芭蕉の俳句は変化多き処に於て、雄渾《ゆうこん》なる処に於て、高雅なる処に於て、俳句界中第一流の人たるを得。此俳句は其創業の功より得たる名誉を加へて無上の賞賛を博したれども余より見れば其賞賛は俳句の価値に対して過分の賞賛たるを認めざるを得ず。誦するにも堪へぬ芭蕉の俳句を註釈《ちゅうしゃく》して勿体《もったい》つける俳人あれば、縁もゆかりも無き句を刻して芭蕉塚と称《とな》へ之を尊ぶ俗人もありて、芭蕉といふ名は徹頭徹尾尊敬の意味を表したる中に、咳唾《がいだ》珠《たま》を成し句々吟誦するに堪へながら、世人は之を知らず宗匠は之を尊ばず、百年間空しく瓦礫《ぐわれき》と共に埋められて光彩を放つを得ざりし者を蕪村とす。……

子規の論評は常に辛辣《しんらつ》で過激であった。「其賞賛は俳句の価値に対して過分の賞賛たるを認めざるを得ず。誦するにも堪へぬ芭蕉の俳句を註釈して勿体つける俳人……」などの表現も、西欧の近代文化に対して著しく遅れをとり、旧時代の生あたたかな残夢の中に眠る俳人等を、一日も早く近代意識に覚醒させようとする焦りが、子規の中にあったのだろう。
子規は「卑見を述べ蕪村が芭蕉に匹敵する所の果して何処にあるかを弁せんと欲す」として、俳句の性質を「積極的美」「客観的美」「人事的美」「理想的美」「複雑的美」「精細的美」の六つに分けて論評した。まず「積極的美」については、

牡丹蘂《しべ》深くわけ出る蜂の名残かな　芭蕉
寒からぬ露や牡丹の華の蜜　同

の芭蕉の二句を示し「前者は唯季の景物として牡丹を用ゐ後者は牡丹を詠じて極めて拙き者なり。蕪村の牡丹を詠ずるは強《あなが》ち力を用ゐるにあらず、しかも手に随って佳句を成す。句数も二十首の多きに及ぶ。其内数首を挙ぐれば」として、次の句を示した。

牡丹散って打ち重なりぬ二三片
牡丹剪《き》って気の衰へし夕かな
地車のとゞろとひゞく牡丹かな
日光の土にも彫れる牡丹かな
不動畫く琢磨が庭の牡丹かな

方百里雨雲よせぬ牡丹かな

金屏のかくやくとして牡丹かな

蟻垤

蟻王宮朱門を開く牡丹かな

波翻舌本吐紅蓮

閻王の口や牡丹を吐かんとす

他に、若葉。雲の峰。月山。五月雨。夕立。「夕立の句は芭蕉に無し。蕪村にも二三句あるのみなれども雄壮当るべからざるの勢あり」と述べ、さらに、時鳥、桜、などを挙げ「其の外春月春水暮春などいへる春の題を艶なる方に詠み出でたるは蕪村なり。例へば」として次の句を例示している。

伽羅《きやら》くさき人の假寐や朧月

女倶して内裏拜まん朧月

藥盜む女やはある朧月

河内路や東風吹き送る巫《みこ》が袖《そで》

片町にさらさ染るや春の風

春水や四條五條の橋の下
梅散るや螺鈿《らでん》こぼるゝ卓の上
玉人の座右に開く椿かな
梨の花月に書読む女あり
閉帳の錦垂れたり春の夕
折釘に烏帽子《えぼし》掛けたり春の宿
　　ある人に句を乞はれて
返歌なき青女房よ春の暮
　　琴心挑美人
妹が垣根三味線草の花咲きぬ

「いづれの題目といへども芭蕉又は芭蕉派の俳句に比して蕪村の積極的なることは蕪村集を繙《ひもと》く者誰か之を知らざらん」と蕪村を賞揚した。

さらに子規は、別の視点から俳句を、用語・句法・句調・文法・材料・縁語及譬喩《ひゆ》などに分けている。このうち用語の（三）俗語に、子規は次のように記している。

俗語の最俗なる者を用ゐ初《はじめ》たるも亦蕪村なり。元禄時代に雅語俗語相半せし俳句も享保以後無学無識の徒に玩弄《ぐわんろう》せらる、に至て雅語漸く消滅し俗語益用ゐられ意匠の野卑と相待て純然たる俗俳句となり了れり、されど其俗語も必ずしも好んで俗語を用ゐしにあらで雅語を解せざるが為知らず〳〵卑近に流れたる者。故に彼等が用ゐる俗語は俗語中の成るべく古に近きを択みたりとおぼしく俗中の俗なる日常の話語に至りては固より用ゐざりしのみならず、彼等猶《なほ》之を俗として排斥したり。檀林派の作者といへども其意匠句法の滑稽突梯《こっけいとってい》なるに拘《かかは》らず、亦《また》此俗語中の俗語を用ゐたるものを見ず。蕉門も檀林も其嵐《きらん》派も支麦《しばく》派も用ゐるに難じたる極端の俗語を取て平気に俳句中に挿入したる蕪村の技量は実に測るべからざる者あり。しかも其俗語の俗ならずして却て活動する、腐草《ふさう》蛍と化し淤泥《をでい》蓮《はす》を生ずるの趣あるを見ては誰か其奇術に驚かざらん。

大意は、享保以後次第に俗語が用いられるようになってきたが、それでもなるべく古い言葉を選んで用い、日常の話し言葉は用いないばかりか、これを「俗」として排斥した。檀林派であっても、意匠や句法が滑稽なもの、世俗に従順なものにかかわらず、俗語中の俗語を用いたものを見ない。蕉門も檀林も其角・嵐雪派も支考・麦林派も用いるのに難しい全くの俗語を、俳句の中に使った蕪村の技量は、実に測り知れないものがある。しかも俗語であっても「俗」にならず、かえって俳句を引き立てる、腐草が蛍になり、ぬかるみや泥が蓮を咲かせるような趣があるのを見れば、だれかその奇術に驚かないものがあるだろうか。

出る杭を打たうとしたりや柳かな
酒を煮る家の女房ちよとほれた
絵団扇《うちは》のそれも清十郎にお夏かな
蚊帳の内に蛍放してア、楽や
杜若《かきつばた》べたりと鳶《とび》のたれてける
薬喰隣の亭主箸持参
化さうな傘かす寺の時雨かな

後世一茶の俗語を用ゐたる或は此等の句より胚胎《はいたい》し来れるには非るか。薬喰の句は蕪村集中の最俗なる者一読に堪へずといへども、一茶は殊に此辺より悟入したるかの感なきに非ず。蓋《けだ》し一茶の作時に名句無きにはあらざるも全体を通じて言へば句法に於て蕪村の「酒を煮る」「絵団扇」の如きしまり無く、意匠に於て「杜若」「時雨」の如き趣味を欠きたり。蕪村は漢語をも古語をも極端に用ゐたり。詰屈なり易き漢語も詰屈ならしめざりき。冗漫なり易き古語も冗漫ならしめざりき。野卑なり易き俗語も野卑ならしめざりき。俗語を用ゐたる一茶の外は漢語にも古語にも彼は匹敵者を有せざりき。用語の一点に於ても蕪村は俳句界独歩の人なり。

句の横にある丸印は原文のまま。「薬喰」は、仏教の普及により生きものを哀れむ風潮が広がったため、薬と称してひそかに獣肉を食べること。一茶の俗語使用は、蕪村より学び感得して自家のものにしたのではないのかと言う。一茶の作品に名句がないとまでは言わないが、全体として評価すれば、蕪村の「酒を煮る」「絵団扇」のようなしまりがなく、趣向の工夫において「杜若」「時雨」に見られる人の興味をそそるような趣味性を欠いている。蕪村は難解になりやすい漢語も難しくさせない。長ったらしくなりやすい古語も長ったらしくならないように使った。下品でいやしい俗語も、下品でいやらしくならないようにした。俗語を用いた一茶以外には、漢語や古語の使い方で蕪村には対抗できるものがいなかった。使用する語と使い方においても蕪村は俳句界を抜きんでている達人であった。

子規は『俳人蕪村』の終わり近くに総括して次のように書いている。

彼の心性高潔にして些《いささか》の俗気なき事以て見るべし。然れども余は磊落《らいらく》高潔なる蕪村を尊敬すると同時に……余り名誉心を抑へ過ぎたる蕪村を惜まずんばあらず。蕪村をして名を文学に揚げ誉を百代に残さんとの些の野心あらしめば彼の事業は此《これ》に止まらざりしや必せり。彼は恐らくは一俳人に満足せざりしならん。春風馬堤曲に溢《あふ》れたる詩思の富贍《ふせん》にして情緒の纏綿《てんめん》せるを見るに十七字中に屈すべき文学者にはあらざりしなり。彼は其余勢を以て絵事を試みしかども大成するに至らざりき。若し彼をして力を絵画に伸ばさしめば日本画の上に一生面を開らき得たるべく応挙輩をして名を擅《ほしいまま》にせしめざりしものを、彼はそれをも得為さゞりき。余は日本の美術文学のために惜む。

「彼は其余勢を以て絵事を試みしかども大成するに至らざりき」と言っているが、事実はごく幼い時から絵を習い、生涯を通じて俳諧と共に生き甲斐の一つであったし、愛弟子松村月渓の四条派の源流ともなり、現今では水墨画の巨匠の一人として高く評価されている。

　想うに蕪村は誤字違法などは顧みざりしも、俳句を練る上においては小心翼々として一字苟《かりそめ》もせざりしが如し、古来文学者の為す所を見るに、多くは玉石混淆《こんかう》せり、為す所多ければ巧拙両《ふたつ》ながらいよ〳〵多きを見る。……蕪村の規模は杜甫のごとく大ならざりしも、兎に角千首の俳句盡く巧なるに至りては他に例を見ざるところなり。蕪村の天材は咳唾《がいだ》盡く珠を成したるか、蕪村は一種の潔癖ありて苟《かりそめに》も心に満たざる句は之を口にせざりしか、抑も悪句は埋没して佳句のみ残りたるか。余は三者皆な原因の一部を分有したりと思う。俳句に於ける蕪村の技量は俳句界を横絶せり、終に芭蕉、其角の及ぶところに非《あら》ず。

蕪村の精神は高く清らかで、わずかばかりの私利私欲もなかった。私は小さなことにこだわらない広い心の蕪村を尊敬すると同時に、名誉に対する気持を抑え過ぎた蕪村を惜しまない訳にはいかない。（子規は自分には人の想像もつかないような無窮大の野心があると宣言している）。

蕪村に文学で名をあげ、栄誉を永遠に残そうとするいささかの野心があれば、彼の芸術における営為は、これだけでは終わらなかったであろう。彼は恐らく一俳人で満足しなかった筈だ。春風馬堤曲にあふれる詩韻の豊かで情緒の細やかなのを見ると、十七字だけで満足するような文学者ではない。彼は余熱をかって絵事に手を染めたけれど大成することはなかった。もし彼がもっと力を絵画に注げば、日本画に新たな局面を開いて、応挙の右に出ることができたのに、彼はそのようにはしなかった。私は日本の美術文学のためにそのことを惜しんでいる。

私が思うには、蕪村は誤字や文筆の決まりには無頓着だが、俳句を作るうえでは、小心翼々として一字もおろそかにしなかった。昔から文学者の作を見ると、多くは優れたところとつまらないところが混ざっていて、作が多ければ、その巧拙はどちらもいよいよ多くなる。

蕪村の成すところは杜甫のように大きくはないが、とにかく千首の俳句はことごとく優れていて、他に例を見ないところである。蕪村の天賦の才は、咳《せき》も唾《つばき》（つまらない素材）もことごとく珠《たま》のように美しく作られるのか。

蕪村には一種の潔癖性があって、少しでも心が好まない句は作らなかったのか。はじめから悪句は気にもされず、佳句のみ残ったのか。私はこの三つとも原因の一部であると思う。俳句における蕪村の手腕は、芭蕉や其角をこえて未踏のところに達した。

蕪村の絵画については、田能村竹田《たのむらちくでん》の『山中人饒舌《じょうぜつ》』に載る、

「大雅は正にして譎《けつ》ならず、春星《しゅんせい》（蕪村）は譎にして正ならず、然るに是れ一代に覇を作《な》すところの好敵手」

の評言が諸著によく引かれている。「譎」には、「いつわる」「あざむく」「あやしい」という

ような意味がある。
早川聞多氏は『水墨画の巨匠』「水墨画の俳諧化――雅俗融合の生涯」の中に『画道金剛《こんごう》杵《しょ》』にある中林竹洞の言葉を紹介している。

このごろ大雅蕪村の画、世人ことに称歎す。げに大雅は高遠豁達《くわつたつ》の趣は得たれど、蕪村は今少したらぬ所あり、そは何があしきと云に、今の世に俳諧とかいへるものの気味、わづかに画中にあらはるるを失とす。

しかし早川氏は、画俳両道に生涯を投じた蕪村の芸術の要諦《ようてい》については、次のように記している。

一見伝統的な画法や画題に則って描かれているように見せながら、細部やモティーフに蕪村独特の俳諧的な表現が盛り込まれるということである。いうならば、「雅」と「俗」とが渾然《こんぜん》一体となって、「雅俗融合」の世界を表現しているのである。蕪村が生涯かけて歩んだ俳諧の道の目標が、規範化して生気を失いがちな「雅」の世界を、「俗」の生なましい実感によって活性化させ、「雅俗」を超えた精神の蘇生《そせい》にあったと見るならば、蕪村画におけるこのような特色は、まさに蕪村の「俳諧精神」の表れといえよう。

ようやく蕪村句集を手に入れたばかりの子規には、蕪村の絵まで精察するゆとりはなかったのだと思う。

子規は『俳人蕪村』によって、蕪村を俳界に周知させた第一人者であり、その功績は計り知れないほど大きなものがあった。

子規はよくアーチスト蕪村の要諦をついている。まだ蕪村の全体像が分かっていない時代で、やむを得ないことなのだが、絵についての理解の程を除けば、子規ほど蕪村の作品を大局的に把握した人はいなかったように思う。

もし子規による発掘、顕彰がなければ、蕪村はどうなっていたのだろうか。歴史の暗闇の中に永遠に眠りつづけているのだろうか。いや、そのようなことはあり得るはずがない。たとい五十年、百年遅れても、俳句史家あるいはアマチュア研究家によって必ず発掘され、以後まばゆい光芒《こうぼう》を放ちつづけるであろうことは間違いない。私が目を通した多くの句集の中でも、蕪村ほどに広い世界から取材し、物語性があり、ロマンチックで、強い郷愁性をうたいあげたエグザイル（故国喪失者）詩人は見当らなかった。

朔太郎の蕪村作品鑑賞

どの世界にも熱烈な心酔者はいる。深い叙情性を湛《たた》えた瑞《みず》みずしい蕪村の作品の虜《とりこ》になってしまった萩原朔太郎もその一人である。『詩の原理』などを読むと、芸術至上主義の解釈において、私のそれとはずいい分径庭があるが、蕪村の近代的感性に魅了された点では子規に劣るところはない。蕪村の作品には魔性のような魅惑がある。一度それに憑依《ひょうい》されたら永遠に振り払うことが出来ないのだ。

朔太郎は、豊かで鮮烈な感受性と口語による表現力で新機軸を打ち出し、孤独・不安・焦燥などの心象をうたいあげた大正・昭和期の前衛詩人である。室生犀星と詩誌「感情」を創刊。処女詩集『月に吠える』、第二詩集『青猫』などがある。

『郷愁の詩人 與謝蕪村』より、蕪村の近代的感性の横溢《おういつ》した異色的な批評を見ていこう。

まず、「北寿老仙をいたむ」について、朔太郎は次のように記す。

この詩の作者の名をかくして、明治年代の若い新体詩人の作だと言っても、人は決して怪しまないだらう。しかもこれが百数十年も昔、江戸時代の俳人與謝蕪村によつて試作された新詩体の一節であることは、今日僕等にとつて異常な興味を感じさせる。実際かうした詩の情操には、何等か或る鮮新な、浪漫的な、多少西欧の詩とも共通するところの、特殊な水々しい精神を感じさせる。そして此の種の情操は、江戸時代の文化に全く無かつたものなのである。……

陽炎《かげろふ》や名も知らぬ蟲の白き飛ぶ
更衣野路の人はつかに白し
絶頂の城たのもしき若葉かな
鮒鮓や彦根の城に雲かかる
愁ひつつ岡に登れば花いばら
甲斐ヶ嶺《ね》や穂《ほ》蓼《たで》の上を塩車

丁度万葉集の和歌が、古来日本人の詩歌の中で、最も〈若い〉情操の表現であつたやうに、蕪村の俳句がまた、近世の日本に於ける最も若い、一つの例外的なポエジイだつた。そしてこの場合に〈若い〉と言ふのは、人間の詩情に本質してゐる、一の本然的な、浪漫的な、自由主義的な情感的青春性を指してゐるのである。

蕪村は不遇の詩人であつた。彼はその生存した時代に於て、殆《ほと》んど全く認められず、空しく窮乏の中に死んでしまつた。今日僕等は、既に忘れられて名も知れなくなつてしまつた当時の卑俗俳諧の宗匠たちが、俳人番附の第一席に名を大書し、天下に高名を謳はれてゐる時、僅《わづ》かその末席に細字で書かれ、漸《やうや》く二流以下の俳人として、影薄く存在して居た蕪村に就いて考へる時、人間の史的評価や名声やが、如何に頼りなく当《あて》にならないかを、真に痛切に感ずるのである。すべての天才は不遇でない。ただ純粋の詩人だけは、その天才に正比例して、常に必ず不遇である。殊に就中《なかんづく》蕪村の如く、文化が彼の芸術と逆流してゐるところの、一の〈悪しき時代〉に生れた者は、特に救ひがたく不遇である。……

蕪村こそは、一つの強い主観を有し、イデアの痛切な思慕を歌つたところの、真の抒情詩の抒情詩人、真の俳句の俳人であつたのである。ではそもそも、蕪村に於けるこの〈主観〉の実体は何だらうか。換言すれば、詩人蕪村の魂が詠嘆し、憧憬《しょうけい》し、永久に思慕したイデアの内容、即ち彼のポエジイの実体は何だらうか。一言にして言へば、それは時間の遠い彼岸に実在してゐる、彼の魂の故郷に対する〈郷愁〉であり、昔々しきりに思ふ、子守唄の哀切な思慕であつた。実にこの一つのポエジイこそ、彼の俳句のあらゆる表現を一貫して、読者の心に響いて来る音楽であり、詩的情感の本質を成す実体なのだ。

次に朔太郎の近代意識、感性のあふれる蕪村句鑑賞を見る。

陽炎や名も知らぬ蟲の白き飛ぶ

この句の情操には、或る何かの渇情に似たところの、ロマンチックの詩情がある。「名も知らぬ蟲」といふ言葉「白き」といふ言葉の中に、それが現はれてゐるのである。某氏初期の新体詩に

若草萌ゆる春の野に
さまよひ来れば陽炎や
名も知らぬ蟲の飛ぶを見て

ひとり愁ひに沈むかな

と言ふのがある。西詩に多く見るところの、かうした「白愁」といふやうな詩情を、遠く江戸時代の俳人蕪村が持つてゐたといふことは、実に珍しく不思議である。

行く春や白き花見ゆ垣の隙《ひま》

この句もまた、蕪村らしく明るい青春性に富んで居る。元来日本文化は、上古の奈良朝時代までは、海外雄飛の建国時代であつた為、人心が自由で明るく、浪漫的の青春性に富んで居たのであるが、その後次第に鎖国的となり、人民の自由が束縛された為、文学の情操も隠遁《いんとん》的、老境的となり、上古万葉の歌に見るやうな青春性を無くしてしまつた。特に徳川幕府の圧制した江戸時代で、一層これが甚だしく固陋《ころう》となつた。人々は「さび」や「渋味」や「枯淡」やの老境趣味を愛したけれども、青空の彼岸に夢をもつやうな、自由の感情と青春とをなくしてしまつた。然るに蕪村の俳句だけは、この時代の異例であつて、さうした青春性を多分に持つて居た。前出した多くの句を見ても解る通り、蕪村の句には「さび」

や「渋味」の雅趣がすくなく、却つて青春的の浪漫感に富んで居る。

海手より日は照つけて山櫻

海岸に近い南国の風景であり、光と色彩が強烈である。蕪村は関西の人であり、元来が南国人であるけれども、好んでまた南国の明るい風物を歌つたのは、彼自身が気質的にも南国人であつたことを実証して居る。これに反して芭蕉は、好んで奥州や北国の暗い地方を旅行して居た。芭蕉自身が、気質的に北国人であつたからだらう。したがつてまた、芭蕉は憂鬱で、蕪村は陽快。芭蕉は瞑想的で、蕪村は感覚的なのである。

「日は照つけて」の措辞は、精神を触発して活性化させるような強い表現である。芭蕉と蕪村の対比は、二人の精神の内奥にまで及んでいないので、単純過ぎるきらいがないでもないが、明瞭に二人の気質を衝いていて、おおよそのイメージとしては的を射ていると思う。

これきりに徑《こみち》盡たり芹の中

塵芥《ちりあくた》に埋れた徑。雑草に混つて芹が生えてゐるのだらう。晩春の日の弱い日だまりを感じさせるやうな、或る荒寥とした、心の隅の寂しさを感じさせる句である。

この句でも朔太郎は感覚的なとらえ方をしているだけで、蕪村の故郷回帰への強い思いを洞察しようとはしていない。この句は、故郷への道が跡絶えてしまっていることをうたった哀嘆の詩である。できることなら蕪村は、自ら鍵をかけた、心の扉を打ち壊して、故郷への道を歩みたかったのである。しかし蕪村の心の奥には、なにものかと交わした決して破ることのできない約束があって、故郷へは二度と足を踏み入れることが出来なかったのだ。懐慕と諦観《ていかん》に苛《さいな》まれて生きなければならない星の下に彼はあった。蕪村は何度も故郷に帰る夢を見たに違いない。その度に径はいつも茫々《ぼうぼう》と生い茂る草むらや芹の中に消えてしまうのである。

白梅や誰《た》が昔より垣の外

昔、恋多き少年の日に、白梅の咲く垣根の外で、誰れかが自分を待つてゐるやうな感じがした。そして今でも尚、その同じ垣根の外で、昔ながらに自分を待つてゐる恋人があり、誰かが居るやうな気がするといふ意味である。この句の中心は「誰が」といふ言葉にあり、……少年の日に感じたものは、春の若き悩みであつたところの「恋を恋する」思ひであつた。そして今、既に歳月の過ぎた後の、同じ春の日に感ずるものは、その同じ昔ながらに、宇宙のどこかに実在して居るかも知れないところの、自分の心の故郷であり、見たことも無いところの、久遠の恋人への思慕である。そしてこの恋人は、過去にも実在した如く、現在にも実在し、時間と空間の彼岸に於て、永遠に悩ましく、恋しく、追懐深く慕はれるのである。

朔太郎の鑑賞について、山下一海氏は、

それまで、江戸時代の俳句について、誰もこのような口調では語らなかった。語り口自体が、朔太郎の蕪村への共鳴の強さをものがたっている。

（『白の詩人——蕪村新論』）

と記している。

しかし、私は朔太郎と別な見方をしている。俳句の鑑賞は百人百様なので、全く同じ見解になること自体がおかしいのである。それでも、私は朔太郎を高く評価している。朔太郎の心の中に燃えている蕪村への憧憬の思いが伝わってくるからである。事実彼の『郷愁の詩人 與謝蕪村』によって、多くの人が蕪村の作品の中に、郷愁に彩られた玲瓏《れいろう》な詩があることに気づかされたのだった。俳句を古弊《こへい》な伝統から解き放って近代化させた功績は子規と並んで大きなものがあった。

女倶《ぐ》して内裏拝まん朧月

春宵の悩ましく、艶《つや》かしい朧月夜の情感が、主観の心象に於てよく表現されてる。「春宵艶」とも言ふべき、かうしたエロチカル・センチメントを歌ふことで、芭蕉は全く無為であり、末流俳句は卑俗な厭味に低落して居る。独り蕪村がこの点で独歩であり、多くの秀れた句を書いてゐるのは、彼の気質が若々しく、枯淡や洒脱を本領とする一般俳人の中にあつて、範疇《はんちう》を逸する青春性を持つて居たのと、且つ卑俗に堕さない精神のロマネスクとを品性に支持して居た為である。

として類想の句を四句挙げている。

春雨や同車の君がさざめ言

筋かひにふとん敷たり宵の春

誰が為の低き枕ぞ春の暮

春の夜に尊き御所を守る身かな

さらに朔太郎は

蕪村のエロチック・センチメントが、すべてみな主観の内景する表象であつて、現実の恋愛実感でないことである。……彼のかうした俳句は、現実の恋の実感でなくして、要するに彼のフィロソヒイとセンチメントが、永遠に思慕し郷愁したところの、青春の日の悩みを包む感傷であり、心の求める実在の家郷への、リリックな詠嘆であつたのである。

と説く。

必ずしも正鵠《せいこく》を得ているとは思わないが、朔太郎の鑑賞文そのものが、情感のあふれでるリリカルな書き方をしている。現代の鑑賞文はことさらに資料を重視し、句の成った周辺の事情や状況を説明して、作者と鑑賞者との間に、詩心《うたごころ》の交響のようなものは見られなくなってしまった。朔太郎は明らかに蕪村と情感の交響をしているのだ。それは朔太郎が根っからの詩人だからである。

更衣《ころもがへ》母なん藤原氏なんめり

平安朝の文化に対して、蕪村は特殊の懐古的憧憬と郷愁とを持つて居た。それは彼の単なる詩人的エキゾチシズムと見るよりは、彼の生活して居た江戸時代の文化情操が、町人的卑俗主義に堕して居たことで、蕪村の貴族主義と容れなかつた上に、彼自身が京都に住んでゐた為と思はれる。この句もやはり、さうした主観的郷愁の一詠嘆であるが、特に心の詩情を動かし易く、ロマンチックで夢見がちな初夏の季節を、更衣の季題で捉へたところに、句の表現的意義が存するのである。かうした平安朝懐古の句は、他にも沢山作つて居る……。

として次の五句を挙げている。

折釘に烏帽子《えぼし》かけたり宵の春
春の夜に尊き御所を守る身かな
春雨や同車の君がさざめ言
ほととぎす平安城を筋かひに
さしぬきを足で脱ぐ夜や朧月

特に「さしぬきを」の句は、爛熟《らんじゅく》し退廃していく文化の陰りを映している佳品だ。
ところで朔太郎は「蕪村の貴族主義」と書いているが、これは貴族趣味の間違いだろう。もしくは王朝趣味とすべきであったか。

談林の庶民的文化が生まれてくるのは、奈良・平安の時代から、かなり時を経た十七世紀末ごろからであり、一部の歌謡を除けば、詩歌は王朝貴族の占有物であった。が、蕪村が取材する世界は、森羅万象のすべてが対象であって、詩歌史のなかを渉猟《しょうりょう》しても、蕪村ほど広大な領域から取材した俳人はいない。蕪村には王朝趣味以上に、名もない町民の踊りとか、貧しい人たちの生活の断面とか、農民の一人働く姿とか、遊女の生活の一齣とか、裏長屋に暮らす人たちとか、庶民の日常を詠んだものが多く、また佳句も少なくない。

蕪村熱が一気に高まってきたのは、『郷愁の詩人 與謝蕪村』の影響が大きく、朔太郎の書く前には、本格的な蕪村研究はまだ始まっていなかったと思う。標題の句は、「父はなほ人にて、母なむ藤原なりける」(『伊勢物語』十段)に拠ったとするのが定説になっている。〈ほと、ぎす哥よむ遊女聞ゆなる〉と共に、母の出自を暗示するものとして、蕪村を繙《ひもと》く人たちの高い関心を集める作品である。

小鳥来る音うれしさよ板《いた》庇《びさし》

渡り鳥の帰つて来る羽音を、炉辺に聴く情趣の侘しさは、西欧の抒情詩、特にロセッチなどに多く歌はれて居るところであるが、日本の詩歌では珍しく、蕪村以外に全く見ないところである。……〈愁ひつつ丘に登れば花茨〉や、この「小鳥来る」の句などは、日本の俳句の範疇《はんちう》してゐる伝統的詩境、即ち俳人の所謂「俳味」とは別の情趣に属し、むしろ西欧詩のリリカルな詩情に類似して居る。今の若い時代の青年等に、蕪村が最も親しく理解し易いのはこの為であるが、同時にまた一方で、伝統的の俳味を愛する俳人等から、ややもすれば蕪村が嫌はれる所以でもある。今日「俳人」と称されてる専門家の人々は、決してこの種の俳句を認めず、全くその詩趣を理解して居ない。しかしながら蕪村の本領は、却つてこれらの俳句に尽され、アマチュアの方がよく知るのである。

凧《いかのぼり》きのふの空の有りどころ

蕪村の作品の中でもよく知られている句である。

北風の吹く冬の空に、凧が一つ揚つて居る。その同じ冬の空に、昨日もまた凧が揚つて居た。蕭条《せうでう》とした冬の季節。凍つた鈍い日ざしの中を、悲しく叫んで吹きまく風。硝子のやうに冷たい青空。その青空の上に浮んで、昨日も今日も、さびしい一つの凧が揚つて居る。飄々《へうへう》として唸《うな》りながら、……いつも一つの遠い追憶が漂つて居る！

この評では、朔太郎の文章そのものが詩になっている。十七音の短い詩から、朔太郎は蕪村の捨てどころのない深い悲しい心を看破しているのだ。朔太郎はつづけて次のように記す。

この句の持つ詩情の中には、蕪村の最も蕪村らしい郷愁とロマネスクが現はれて居る。「きのふの空の有りどころ」といふ言葉の深い情感に、すべての詩的内容が含まれて居ることに注意せよ。「きのふの空」は既に「けふの空」ではない。しかもそのちがつた空に、いつも一つの同じ凧が揚つて居る。即ち言へば、常に変化する空間、経過する時間の中で、ただ一つの凧（追憶へのイメーヂ）だけが、不断に悲しく寂しげに、穹窿《きゆうりゆう》（半球形の天空）の上に実在して居るのである。かうした見方からして、この句は蕪村俳句のモチーフを表出した哲学的標句として、芭蕉の有名な「古池や」と対立すべきものであらう。尚「きのふの空の有りどころ」といふ如き語法が、全く近代西洋の詩と共通するシンボリズムの技巧であつて、過去の日本文学に例のない異色のものであることに注意せよ。蕪村の不思議は、外国と交通のない江戸時代の日本に生れて、今日の詩人と同じやうな欧風抒情詩の手法を持つて居たといふことにある。

「きのふ」は、今日からみた「きのふ」で、「きのふ」から見れば、その前の日が「きのふ」で、その日から見れば、またその前の日で、とめどなく過去へと遡《さかのぼ》っていき、柳女・賀瑞宛の手紙に「馬堤ハ毛馬塘也。則余が故園也。余幼童之時、春色清和の日ニハ必《かならず》友どちと此堤上ニのぼりて遊」んだ幼少期にたどりつく。過ぎこし方を振り返れば、蕪村には一瞬のうちに毛馬の堤の上の空と同じ空が見えたのだろう。風が少しばかりある晴朗な日には、幼少期の自分の姿が鮮やかに浮かんでくる。蕪村には何の労苦も心配もない幸せな日々だったのである。そして、この懐旧の想いの中には、優しく若い母の面影が分かちがたく溶け合っているのであった。

愚に耐へよと窓を暗くす竹の雪

世に入れられなかつた蕪村。卑俗低調の下司趣味が流行して、詩魂のない末流俳句が歓迎された天明時代に、独り芭蕉の精神を持して孤独に世から超越した蕪村は、常に鬱勃《うつぼつ》たる不満と寂寥《せきれう》に耐へないものがあつたらう。「愚に耐へよ」といふ言葉は、自嘲でなくして憤怒であり、悲痛なセンチメントの調を帯びてる。蕪村は極めて温厚篤実の人であつた。しかもその人にしてこの句あり。時流に超越した人の不遇思ふべしである。

と朔太郎は記している。果たしてそうだろうか。鬱勃としたものは確かにあったと思われるが、それは不満や寂寥についてのものではなかったと思う。また「愚に耐へよ」という言葉も、自嘲ではなく憤怒である、と言うのも的を射ていないような気がする。晩年絵の仕事に追われるようになった蕪村は、精神的にも充実していて、憤怒を覚えるようなことはなかったと思う。奥州放浪の体験を回想して詠んだ

宿かさぬ燈影や雪の家つゞき

などにも憤怒のようなものは全く感じられない。

この句を作ったのは安永四年で、冬ごろ病床についたが、前年は上田秋成著『也哉抄』の序文を書き、翌年は「洛東芭蕉菴再興記」を記すなど多忙を極めていた。

「愚に耐へよ」は、宿業である画俳二道の生き方について世間の人たちが、馬鹿な奴《やつ》だと笑おうと非難しようと、私はびくともするものではないという気持を、さらに鼓舞している言

葉のように聞こえる。

「潜行密用は愚の如く魯《ろ》の如し」（宝鏡三昧）の禅語も蕪村の念頭にあったかも知れない。売名や利欲のためでなく、潜《ひそ》かにただひたすら業を行うことだが、蕪村は自分の営為（画と俳）について一度も悔いたことはなかった。愚を名の一部とした人に、『臨済録』に載る高僧大愚がおり、日本でも禅宗妙心寺派で東北から九州まで巡って各地で寺を建立した愚堂や、漂泊に生涯を送った大愚などがいる。僧は愚を信念の裏返しとして使っているだけのことで、愚は信念とか自負の同義語なのである。

同時代を駆けぬけた二人の絵師

伊藤若冲《じゃくちゅう》は、通称「桝源《ますげん》」と呼ばれている古くからの大店の商家で桝屋の屋号をもつ青物問屋の長男として生まれた。二人の弟がおり、俳諧を嗜み画をよくした宗巌、末弟は比較的早死をした宗寂、それに晩年を若冲と共に暮らした真寂という妹がいた。

若冲はかなりの奇人であったようで、親しく交流をした相国寺の禅僧大典禅師は、若冲の人となりについて漢文による詩文を残している。

それによると、商家の子に生まれながら世俗の利欲にはまったく無頓着であり、頭をまるめて葷肉《くんにく》（匂いのある野菜や肉）を食べず、妻子をもたず、なまじの僧侶も及ばないような脱俗の生活ぶりであった。歌舞音曲はおろか、人が普通楽しみとするようなものには、一切目をくれようとしなかった。学問にも興味がなく、百般の技芸についても嗜《たしな》むものは何もなかった。ただ好きな絵画があるのみで、ひたすらこれに耽《ふけ》って、他をかえりみるようなことはなかったという。大典が伝える若冲の禁欲的で偏執的とも言える絵事への集中、専念は生涯やむことがなかった。

若冲が生まれ育った高倉錦小路は、魚菜を商う食料問屋が軒を連ねる繁華な町で、今と同じ庶民の健啖《けんたん》を支える殷賑《いんしん》活況な中央市場街であった。桝源はその地の老舗《しにせ》として重きをなし、店々の地代をおさめとる地主でもあった。

数え年四十歳の宝暦五年、若冲は心に添わぬ家業に身が入らず、家督を次弟の宗巌に譲って、年来あこがれ望んでやまなかった画業専心の生活に入る。

大典は、若冲が自力で到達した画法について、『若冲居士寿蔵碣銘』の中に次のように記している。（『若冲・蕭白・蘆雪』の小林忠氏「伊藤若冲」より意訳を転載）

> 中国古典の名画は、自然界の物象を画いて間然するところない写実性を示しており、自分など業余の素人画家が、とうてい肩を比すべくもない。しかも、自然を素材に画いたその画をさらに写し画くのだから、自分の画が実物と一層の距離、懸隔をへだてるものとなり、画中の形象が現実の姿からよそよそしく遠ざかってしまうのも、当然の仕儀といわねばなるまい。画を手本に画を画くということは、

なんと空しいことであろう。要は、直接物に即して画くことだ。物、もの、そのほかに、何を手本とすることがあろうか。

（小林忠・辻惟雄・山川武『若冲・蕭白・蘆雪』水墨美術大系、講談社）

これについて小林忠は次のように書く。

想像上の動物や人物画、山水画などをすて、つねに触目することの出来る身近な動植物によって、写実力の錬磨を意図していく若冲は、実際に自宅の庭に数十羽の鶏を飼い、その生態と形状についてつぶさに観察しこれを筆に託したという。彼が鶏の画を数多く画き、一家の芸として自他ともに許すようになったのも写生画家としての出発を鶏の観察に始めた若冲にとって、もっとも信頼に足る作画対象であったからにほかならない

（前掲書）

江戸期、絵画を習得するものは、はじめに狩野派に学ぶのが定法であり、蕪村も若冲も狩野派に倣《なら》い範としたが、やがて飽き足らなくなり試行錯誤を繰り返し困苦の果てに、自家の芸境を創開することになる。若冲が、物、もの、として対象の生態をつぶさに観察し、やがて自己増殖して止まない上昇的な、例えば〔動植綵絵　群鶏図〕のような装飾性濃厚な曲線

のアートを創出したのは、アール・ヌーヴォーに先駆けること、ほぼ一世紀前のことである。それは若冲に不可抗力的な欲求があったからで、同じ傾向の志向性は、蕪村の〔蘇鉄図《そてつ》〕の中にも認められる。

若冲の生まれ育った「桝源《ますげん》」は、錦小路通の寺町から高倉までのおよそ四〇〇メートル内にあったとされているが確定されていない。

明和五年の『平安人物志』には、蕪村の住居は四条烏丸《からすま》東へ入ル町となっているから、その一つ上の通り、錦小路の錦市場まではわずか数分で行ける近さである。蕪村の妻とものの買物もほとんどこの市場ですませていたかも知れない。また明和八年『誹諧家譜拾遺集』室町通綾小路下ル町、安永四年『平安人物志』仏光寺通烏丸西へ入ル町も四条通と烏丸通の交差点から三〇〇メートルかそれ以内にあり、距離的にはさほど違わないので、買物は錦市場を利用したはずである。

葱《ねぶか》買《かう》て 枯 木 の 中 を 帰 り け り

この葱も、若冲の青物商で買っていたかも知れない。

池大雅は、売画を排し中国文人の晴耕雨読を理想として、教養を深め画技精神に生涯をかける孤高の境地を理想とした。彼は〔十便十宜図〕を共作してからは、蕪村に句を送るなどして親しく交わったが、若冲と蕪村を結ぶ資料は見当らない。互いに画人であることを知っているはずだが、蕪村の書いた手紙にも文章にも若冲の名は見当らない。出生年も同じで、近くに住み、共に独学で絵を極めた不世出の二人に交流がなかったのは不思議である。お互いに認め合いながら、出合うきっかけがなかっただけなのかも知れないのだが。

蕪村が海内《かいだい》に並ぶものがいないと自負した俳画に対して、同時代蕪村の俳画と比べて遜色《そんしょく》のない絵を画く禅僧画家がいた。俳画は、対象以外のものはすべて省き、対象そのものも略筆して、如何に俳味を出すかに重きをおくものだが、禅画は禅宗による教戒を旨とする違いがあっても、略筆の骨法においては同じである。その禅僧は蕪村がよく知り、尊崇していたと思われる白隠慧鶴《はくいんえかく》である。白隠の白は、釈尊の入滅の時、沙羅の木二本がそれを悲しんで枯れて白くなった、という伝説に拠るとされている。

蕪村が、かのなにがしの、と名を伏せて示した白隠は、貞享二年の生まれで蕪村より三十一歳の年上であった。「隻手の音声《おんじょう》」の公案は、当時の文人たちの間に知らない人がいないほど広がっていたようである。文人たちが禅宗に関心を持ち禅の本を読むのは、教養を高めるばかりでなく、ステータスを保証するための必須《ひっす》の知識でもあったのだろう。さらに進んで禅宗の門を敲《たた》く者もあとを絶たなかった。

白隠は享保二年駿河国松蔭寺の住持となり、翌年妙心寺の第一座となる。主著に『白隠禅師法語』『荊叢毒蘂』『槐安国語』などがある。李白や杜甫をはじめとする中国文学に親しみ、漢詩の連句を作ったりしたが、坐禅は日に二、三回しかしなかったと言う。

五十六歳の春、白隠は「虚堂和尚語録」を講じた。松蔭寺には、これを聞くために四百人の雲水が集まってきた。彼はここで声を大にして臨済禅の衰微を語り警鐘を乱打した。その頃は公案を形式的に通過させる師が多く、彼等はみな放縦に陥っていたのである。

我れ、平生《へいぜい》此等の輩《ともがら》を憎んで、捉へ得ば必ず裂いて湌《くら》はんと欲す。者般《しやはん》の悪賊、縦《たと》ひ日に七八箇を打殺すとも、何の過《とが》かあらん。是只《これた》だ祖庭荒無し、法苑凋落《ほふをんてうらく》して我が祖宗門下、透過す可きの重関あり、超出すべきの棘林《きよくりん》あることは、夢にも曾《かつ》て知らざるが為なり。

（棚橋一晃『白隠の芸術』芸立出版）

この烈々とした気魄《きはく》に、雲水たちは顔を青くして驚いたことだろう。臨済宗再興に苦悩した白隠の精神は、強い香気を放つようになっていた。

六十代半ばから七十代半ばにかけて、白隠の教団は最盛期を迎える。門人の数も多くなり、行脚の範囲もそれまでの駿河を中心とする数ヶ国から、中部、近畿、山陽へ、さらに江戸にまで広がっていく。この頃から、白隠は参禅するものたちに、自らが創案した「隻手の音《おん》声《じょう》」を課し始める。

片手をあげて打つときは、音もなく香りもない。これは耳で聞こえるものではない。思慮分別をはなれて、行住坐臥のなかで究明をつづけると、道理がつき、言葉が究《きわ》まったところで、たちまち真実の声が聞こえてくるというのである。この公案は弟子たちを大悟させるために、きわめて有効なはたらきをした。そのためこの公案は、白隠の教団において伝家の宝刀として用いられることになる。

（前掲書）

この白隠が蕪村周辺の人と交わりがあったことが、几董が著した『新雑談集』の中に書かれている。

武の竹護《ちくご》、原の白隠《はくいん》和尚に相見《さうけん》の時、閑談時うつりて後、俳話のさたにも及び侍りて、先《まづ》芭蕉翁の名句いづれにやと尋《たづね》られしに、古池の蛙をかたり出《いで》て、画讃染筆の事を望《のぞま》れしに、和尚やがてした〻め贈られしが、五文字を古井戸と書《かき》あやまち有《あり》けるにぞ、とかくおもひながら、しか〴〵のよしを申侍《まうしはべり》ければ、暫《しばら》く沈吟して、此句は古といふ字眼目成《がんもくなる》べし。さは池・井戸違《たが》へるとも苦しかるまじやなど、即答ありしとぞ。

白隠はおびただしい数の禅画を描いた。特に達磨《だるま》絵が多く、人に求められればたやすく画き与えていて、その実数は不明である。

母子《ははこ》の口碑伝説

伝説には尾鰭《おひれ》がついて、とめどなく膨張してしまうものが多い。蕪村伝説もその類にもれないが、蕪村が亡くなってから、まだ二三〇年ほどしか経っていないので、丹念に精査していけば、おぼろげながら真実が見えてくるかも知れない。

蕪村が丹後の与謝で生まれ、あるいは育てられたという伝聞は、現在でもかなり有力視されていて、その伝聞を基にして、蕪村の生い立ちが書かれているものがいくつか見うけられる。しかし蕪村の俳句・詩・文章・手紙類を見ても、与謝で生まれ育てられたようなことは何も書かれていないし、示唆するものも全く見当たらない。では蕪村についての口碑は、憶測によって流布されたものばかりか、と言うと、そうとも言い切れないものもある。全作品を読みかえすうちに、逆に作品が口碑を裏付けているものが見られることは、これからの蕪村研究にとっての大きな課題だ。ここでは口碑と事実との関係について再考してみたい。まず、口碑については谷口謙氏の著書『蕪村の丹後時代』の中から、記述されている順に従って主なものの要旨を挙げる。

イ　蕪村の母げんは与謝村（現加悦町与謝）の人で、摂津の国の毛馬村の丹問屋に奉公していたところ、大へんな美人だったので主人の手がつき、妊娠したまま郷里に帰り享保元年に蕪村を生んだ。その後蕪村を連れ子にして宮津の畳屋に嫁に行った。ところが、蕪村は養父と気が合わず、家を飛び出して、与謝郡滝（現加悦町滝）の真言宗滝山施薬寺に小僧となった。ここの和尚が偉い人で、蕪村は和漢の教養を身につけ十七歳のとき京都に上った。宝暦四年～七年の丹後在住中も一年間は与謝村の谷口反七方に留ったと伝えられている。が、反七との縁戚関係は分からない。

ロ　丹後から帰るとき丹後の女性を妻として連れ帰り、このとき谷口姓を改めて与謝姓を名乗るようになった。

ハ　丹後滞在中の蕪村の女性関係に、府中村（現宮津市府中）に雪なる恋人がいて、夜な夜なそこへ通い、雪の家から天の橋立を画いた「江山清遊の図、倣馬遠筆謝寅於雪堂」と署名した作品が蕪村の墓のある菩提《ぼだい》寺の仏日山金福寺に収められてある、と地方史にかかれている。

ニ　蕪村出生地には丹後説と大阪説がある。丹後説の第一は岩滝で古来俳人が多い土地柄である。丹後説の第二に与謝説がある。与謝説の根拠とされているものに、蕪村の母げんの墓と称されているものがある。加悦町与謝の谷口という機業兼農家の裏山にある墓で、墓碑銘は全く磨滅していて読めないが、家の者は「月堂禅定尼」と読んでいる。

ホ　蕪村の出生地大阪説には、第一に天王寺説がある。これは正岡子規のとなえた説で、天王寺は古来蕪《かぶら》の名産地だったから、蕪村は故郷の名産を取って自分の名前としたと言う。子規は明治三十年十二月、天王寺での第一回蕪村忌に参加して、

蕪肥《かぶら》えたり蕪村うまれし村の土

という作品を作っている。

蕪の字をかぶらと読むのは日本流の読み方で、中国では、あれる、草が生え茂る、の意味に使う。蕪村は中国の古典、特に詩文について学殖が豊かだっ

た。それで蕪村の蕪は、陶淵明の帰去来ノ辞「田園将蕪《でんえんまさにあれなんとす》」から取ったものとされている。また安東次男氏はその著『蕪村』の中で、王維の詩「平蕪緑《へいぶのみどり》兮千里《はせんり》」の蕪であろうと言われている。王維は蕪村の終生尊敬し続けた詩人画家であった。

大阪説の第二が本命の毛馬村である。安永六年刊行の『夜半楽』に収められた「春風馬堤曲」についての柳女並びにその子賀瑞《がずい》あての手紙に、「春風馬堤曲、馬堤は毛馬塘也、則ち余が故園也」として、「余幼童之時春色清和の日ニハ必友どちと此堤上ニ上リて遊び候……」とあり、また高井几董の「夜半翁終焉記」にも「浪速江《なにはえ》ちかきあたりに生《おひ》たちて」と記されていて、故園即ち生地とは断言できないかも知れないが、毛馬村の淀川堤防に幼い日の追憶を馳せていたことは確かである。

大阪の俳人で俳名を旧国《ふるくに》といった大江丸（享保七～文化二）は、蕪村と同じように芝居好きで当時の芝居通と言われた人だが、蕪村と面識もあり、同じ俳諧の席にも参加、蕪村の死後十九年目の享和元年に刊行した『はいかい袋』という本に次のように書いている。

「蕪村姓は与謝氏。生国摂州東成郡毛馬の産、谷氏也。丹後の与左の人といひ、又天王寺の人といふも、別に村が所謂ありといへり」

蕪村の生れたのが毛馬村であって、与謝にあるげんの墓が偽ものであるとしても、蕪村の母が丹後の女でなかったということにはならない。当時の丹後は貧しく、十年、十五年という身売り同然の長い年季奉公で京都・大阪方面に出された子女は少なくなかった。蕪村の母がそのような女性の一人であったとしても、当然それを否定する材料は何もない。

ト

村松梢風の『本朝画人伝』巻の一に与謝蕪村の項があり、その中に、蕪村の母は毛馬の貧しい百姓の娘で、大阪阿弥陀《あみだ》ヶ池の北国屋吉兵衛という商人の許に奉公に行き、主人の手がついて毛馬村に帰り蕪村を生んだ、と書かれている。

高井几董は蕪村の父を村長と書き、あとでそれを抹消しているけれど、父はかなり裕福な人で、母は貧しい家の出であったことは確かなようだ。

チ

蕪村の妻は丹後の人間であるということだけで、丹後のどこの人か、またその名前も、その地には伝わっていない。

次に谷口氏が収集した口碑を検証、事実と異なる箇所を見ていく。まずイとロについては触れていない。ハについては次のように記している。

〔江山清遊の図〕という作品は蕪村の研究書の中に見えない。さらにこの画で用いている謝寅《しゃいん》なる画号は、蕪村六十三歳以後のものとされていて、丹後時代には蕪村はこの落款を用いていない。丹後時代はほとんど四明と朝滄の落款だけのようだ。また「雪堂」を恋人雪の家と解するのもいささか強引である。

ニの蕪村の出生地では、

丹後説の第一の岩滝説は、何の物証もないので問題にならない。第二が与謝説だが、その根拠とされているものに、蕪村の母げんの墓と称されているものがある。しかし加悦町与謝の谷口家には、この墓に関する記録したものは何一つ残っていない。岡田利兵衛氏によると、墓碑銘は「月堂□禅定尼」であるとされている。また臨済宗妙心寺派の知り合いの和尚に聞くと、この戒名は中以上のかなりの家柄の仏さんのものであるとのこと。蕪村の母の生家が極貧であったと言われていることと相違する。谷口家には先祖伝来の古い墓地があるのに、げんは不義の子を産んだため世間体を恥じ、裏山の麓に埋めたということだが、江戸中期の臨済宗ではそのようなことはさせない、とのことである。げんの墓は臨済宗なのに、養父と争って蕪村が小僧として入った滝山施薬寺は真言宗である。施薬寺の住職が学徳とも勝れていたので、許されたのかも知れないが、常識的に考えて自分の子供を寺に入れるのなら、旦那《だんな》寺か同宗同派の寺に行かせるのが普通である。げんは宮津もしくはその周辺に嫁に行ったのだから、墓は婚家先になければならないのに、生家にあるのは不自然なことである。しかし岡田利兵衛氏は、げんは晩年生家に帰って没したという家人の話を引き出している。蕪村を連れて再婚した先の宗旨が真言宗ならば、問題はないのだが、とされているが、真言宗であるかどうかは不明。

ホ、大阪説の第二が本命の毛馬村で、故園即ち生地とは断言出来ないけれど、本命のとしていることから、毛馬村が出生地の可能性が一番高いと認識していることが分かる。

へについては谷口氏の評がないので、私見を記す。大江丸の「丹後の与左の人といひ、又天王寺の人といふも、別に村が所謂ありといへり」の文脈がわかりにくい。普通に解釈すれば、「丹後の与左の人と言われ、また天王寺の人とも言われているが、(所謂)いわれていることには、別に蕪村が(生まれたところが)あると言った」となるのだろうか。より判りやすく直すと「丹後の与左の人と言われ、また天王寺の人と言われているが、蕪村自身は自分が生まれた所は別にある」という意味に解される。これは蕪村の心の中に、どうしても自分の出自を隠したいという強い意志が働いて、具体名を示すことなく漠然と不特定地域に、出生の秘密をくらませようとしているためであると思う。

ト、蕪村の母は「毛馬村の貧しい百姓の娘」とされていて、丹後説については、触れられていない。蕪村の母の生地は、丹後説と毛馬説の二説に分かれているが、父が裕福な階層の人で、母が貧しい農家の出であることはいずれも共通している。

毛馬説に比べて丹後説に付属する説話が多いのは、主に二つの理由があると思う。その一つは、蕪村が三年の間丹後与謝に滞在、死後蕪村の絵に高値がつき名声が高まったこと。いま一つに、心から親しみ合える浄土宗見性寺の住職竹渓《ちくけい》、真照寺の住職恵乗《えじょう》、無縁寺の住職輪誉《りんよ》の三人の僧友がいて、俳句を作り、酒を酌み交わしてはお互いに小僧時代の話などをして友情を深め合っていたことなどが挙げられる。とくに三僧と蕪村は、気のおけない仲となり、根も葉もないジョークも飛びかっていたかも知れない。蕪村に、一部が線香の火で焼き消されている〔三俳僧図の戯画〕がある。俳句仲間には吟松、桂龍、桃溪、東陌《とうはく》などがおり、さらに襖絵や屏風絵を画いていたので、富裕な人や土地の名士などとの交わりも多かったに違いない。これらのことなどから、丹後で多くの口碑が生まれたものと思われる。一口で言えば、丹後での画業と名声、シンパの人たちが多くできたためであろう。
チについては、蕪村の妻が丹後のどこの人か、その名前も伝わっていないということだが、蕪村が丹後から帰った時、姓を谷口から与謝と改めているので、妻が丹後与謝の人という可能性はきわめて高いと思う。

谷口氏の収集した口碑から、母と蕪村の出自に限って要点を抜き出してみると次のようになる。

イ　母は与謝の人で、毛馬の丹問屋に奉公に上がり妊娠して郷里の与謝に帰り蕪村を生んだ。

ト　母は毛馬の貧しい百姓の娘で、大阪の商人の許に奉公にいき、主人の手がつき毛馬に帰り蕪村を生んだ。

イとトの違いを簡略化して比較すると次のようになる。

	母の出自	奉公先	蕪村の生地
イ	与謝	毛馬	与謝
ト	毛馬	大阪	毛馬

イについては風聞以上のものがないし、トの『本朝画人伝』に拠ったものも、どれほどの根拠があるか分からないが、筋立は全く同じである。

だが、浪花橋辺財主の家に奉公に上がっていた痴情可憐な娘が、藪入の日に毛馬の堤をてくてくと歩いて懐かしい故郷に帰る「春風馬堤曲」の筋立て、柳女・賀瑞宛の「馬堤は毛馬塘也、則ち余が故園也」の書簡から、母も蕪村も毛馬で生まれ育ったことは間違いないと思う。おそらくそれが真実であろう。


人間は未来に関心をもつ動物である。未来学は徹底した現実の分析から生まれてくるものであるが、過去の暗がりを照射する時にも同じ手法が用いられる。未来学の前方へのベクトルを一八〇度転回すれば、光は過去へ向かう。蕪村の隠蔽《いんぺい》的態度が生みだした暗闇の中に、わずかに点滅する各要素の整合性に配慮して創作された形象は普遍的な構造である。未来学が予測の通りに実現するかどうかは、その時点にならなければ分からないように、過去への探査もどこまで真実に迫れるかどうかは未知数である。しかし伝聞・口碑の基底には、何がしかの真実が存在するものと私は考えている。

もう少し嚙み砕いて言えば、蕪村は自らの幼少期について、堅く口を閉ざし何も語らなかったので、かなり異質な境遇の家庭に育ったのではないか、という憶測が生じる。このことが口碑の前提になり、母は十三、四の頃に、身売り同然の条件で奉公に出され、やがて主人の手がつき子を宿す。蕪村が自分の出自を深い霧の中に隠してしまったからには、だれもがこのような境遇を想像してプロットを組み立てることは自然なことだ。子を懐妊しても本妻のいる奉公先で産む訳にはいかないので、親許に帰って出産するのは自然な成り行きだろう。このような筋書きは、事実とは関係なく心の働きとして生まれてくる普遍的な性質のものである。

各要素とは、蕪村の生い立ちに関する各資料即ち几董の「夜半翁終焉記」、寺村百池の孫によって蕪村の百回忌に金福寺境内に建立された「蕪村翁碑」、蕪村生前の言葉を伝えた大江丸の書き記したもの、その他伝聞・口碑の類のものである。

俳句で読み解く蕪村の幼少期

亡母追善のための夏行として試み、寛政九年に刊行された『新花摘』に載る次の三句は、亡母亡父を示唆するものとしての色合いが濃い。

更衣母なん藤原氏《うぢ》也けり

ほとゝぎす哥《うた》よむ遊女聞《きこ》ゆなる

耳うとき父入道よほとゝぎす

蕪村には亡父を詠んだと思われる句が多く見られるが、亡母を示唆したと思われる句は右の二句以外には、ほとんど見られない。それは、蕪村がかなり早い時期に母を亡くしていたからで、母を詠みたくても具象的で鮮明なイメージを描くことが出来なかったからである。

父を詠んだと思われる句には、たとい京近郊での属目の吟があるにしても出郷以来一度も帰れなかった故郷への懐旧の思いは強く、句の基底には父親に対する耐えがたいほどの懐慕の情が滲《にじ》み出ているものが多い。

まず母を示唆したと思われる

更衣母なん藤原氏也けり

について、更衣《ころもがえ》の時期の、その衣の紋所によって、母の出自が由緒ある藤原氏であることが、改めてしのばれるとの趣意で、通説では『伊勢物語』の「父はなほ人（ただの人）にて、母なむ藤原なりける」に拠るものとされている。二句目

ほと丶ぎす哥よむ遊女聞ゆなる

で境遇は一変、母は零落の谷底へと落とされてしまう。

次に父を詠んだと思われる句がつづく。

耳うとき父入道よほと丶ぎす

は「入道」の措辞により、なにがしか高貴の出であることを暗示するものがある。さらに全

句集の中に、

　畑打《うつ》や耳うとき身の只《ただ》一人

という句がある。蕪村が潤色の名手で想像力がいかに豊かであっても、別人に「耳うとき」を重ねて使うことは考えられないので、この二句の対象は同一人物であることは間違いなく、「耳うとき」が父をイメージするキーワードだとすれば、

　ほと丶ぎす哥よむ遊女聞ゆなる

と、佳句として名高い

　若竹やはしもとの遊女ありやなし

の二句も、「遊女」がキーワードとなって、蕪村の潜在意識の中では、同一のイメージとして重なっていたのではないだろうか。このことから、母が一度苦界に身を落としたのではないかという憶測が生じてくる。かたくなに母について口を閉ざしている蕪村の深層から、わずかな裂け目をぬって表層に顔を現した秘隠の一部かも知れない。

次に挙げるものは、故里毛馬に思いを馳せながら父を詠んだと思われる句である。

耕や五石の粟《ぞく》のあるじ顔
大水を菊の主の岡見かな
菜畠にきせるわする、接木哉
種俵ひと夜は老がまくらにも
小百姓鶉《うづら》を取《とる》老と成にけり
稗《ひえ》刈て夜粟《あは》を刈《かる》めでたさよ
人なき日藤に培ふ法師かな
おもひ出《いで》て酢つくる僧よ秋のかぜ
貧僧の仏をきざむ夜寒かな
きじ鳴や御里御坊の茞《ちさ》畠《ばたけ》

これらの句から父なる人の面影が、生活を共にした人でなければ詠めないような情感を伴って蘇《よみがえ》ってくる。そして、父が半俗半僧の農民であったと推定して、ほぼ間違いないだろう。五石（一石は十斗）は生産高のこと、家族三人では何とか自給できるほどのものである。粟《ぞく》は穀《こく》と同じで、米・麦・粟《あわ》・豆・黍《きび》のこと。稗《ひえ》や粟の雑穀類は租税の対象にならなかったので、相当量を作っていたのである。

全句集の中より蕪村の特異な境遇を示す句を拾う。まず父と子の句。

親法師子法師《こぼし》も稲を担《にな》ひゆく

は、明らかに蕪村の少年期の生活を示唆するものとして、稚児の句を除いては唯一の句である。「子法師も」の「も」には、少年の日を思い出している感懐が滲み出ている。

さらに、いままでは注目されていなかった、普通ではない家庭環境を窺わせるものとして次の母を詠んだと思われる句がある。

異《こと》夫《づま》の衣うつらん小家がち

蕪村の詠む異夫は、なんらかの事情で蕪村の実父と別れた母親が、やがて生活を共にするようになった男のことであると思う。

「衣うつ」という言葉は、長年帰国しない夫を慕う妻が砧を打って心を慰め、待ちこがれて死んでしまうという世阿弥作の能や、〈月苦《さ》え風凄《すさま》じくして砧杵《ちんしょ》悲し〉の白居易の詩などがあり、妻の夫への切ない愛情を示すものと解されている。また漢詩に、村中で砧を打っている情景が詠まれているものがあり、夫への情愛を秘めて平和と幸せな家庭を象徴する意味にも用いられる。この句でも、貧しくても幸せな家庭を彷彿《ほうふつ》させる印象が強い。

父を詠んだものに次の句がある。

月になく嗚《あ》呼《あ》現在の父恋し

具象性に乏しく鑑賞するまでもない句だが、父を慕う切実な思いだけはストレートに伝わってくる。

陽炎や簣《あじか》に土をめづる人
ことしより蚕はじめぬ小百姓
神棚の灯もおこたらじ蚕時
畠うつや鳥さへ啼ぬ山陰に

これらの句には、父親に対する気遣いや反発が感じられないばかりか、〈月になく嗚呼現在の父恋し〉と同じように、他に例を見ないほどに父に対する情愛が滲《にじ》み出ている。

父と母を共に詠んだ句には、次のようなものがある。

一とせの茶も摘にけり父と母
父母のことのみおもふ秋のくれ

一句目は茶を摘み終わって、ほっとしている夫婦の農村生活の一齣を詠んだもので、幸せであった幼少期の追憶を叙したもの。ただし、いつもこの句には、何かしら不自然なものを覚えさせられる。父を詠んだ句は多く見られるが、母を詠んだ句は、『新花摘』の句以外には見当たらないので、記憶に定かでないものを想像して詠んだものではないか、という疑いを打ち消すことができない。

二句目は〈月になく嗚呼現在の父恋し〉と同じように具象性に乏しいが、父母を心の底から懐かしむ思いをそのまま表白し、「ことのみおもふ」の力の入った措辞だけで仕立てられたもの。

畠うつや鳥さへ啼ぬ山陰に

の句は、父ではなく蕪村自身の体験を詠んだ句である可能性も否定できない。

前に引いた句と共に、これらの句には父親に対するコンプレックスは全く感じられない。それは父が、

異夫の衣うつらん小家がち

の句が示すように、養父であったためではないだろうか。

蕪村にエディプスコンプレックス（父親を憎み、異性の母親を慕う無意識的根元的感情）が見られないのは、養父である人が、蕪村の母を心底からいとおしみ、蕪村をも愛情を持って見守り、教育に熱心であったためであろう。蕪村もまた養父を心から慕っていたのだ。実父は、蕪村がまだ物心がつかないうちに亡くなっていて、記憶からはほとんどかき消されてしまっていたと思われる。

毛馬の景致と生活を詠んだ句を全句集より拾う。前に記したが、たとい属目の吟であっても、生活体験の原点が毛馬にあったことは間違いない。

鶯に終日遠し畑の人
さし汐の垣根くゞるや梅の花
さむしろを畠に鋪《しき》て梅見かな
小舟にて僧都《そうづ》送るや春の水
物種《ものだね》の帒《ふくろ》ぬらしつ春の雨
古河の流を引つ種おろし
種《たね》蒔《まき》もよしや十日の雨のゝち

よもすがら音なき雨や種俵
畑うつやうごかぬ雲もなくなりぬ
畠打《うち》の目にはなれずよ魔爺が嶽
畠うつや道問《とふ》人の見えずなりぬ
畑打よこちの在所の鐘が鳴《なる》
畑打《うつ》や我家も見えて暮遅し
畠うちや法三章の札のもと
畑打や峯の御坊の鶏のこゑ
畠打や鍬《くは》の柄《え》も朽《くつ》るばかりにぞ
耕や細き流れをよすがなる
耕や苛政も聞かず二百年
畑に田に打出の鍬や小槌《こづち》より
苗しろや植出せ鶴の一歩より
苗しろや浮世の塵《ちり》の中に文
魚ひとつ苗代水を掬《きく》すれば
苗代にうれしき鮒《ふな》の行《ゆく》衛《へ》哉

さくら散《ちる》苗代水や星月夜
流れ来て池をもどるや春の水
燕啼《ない》て夜蛇をうつ小家哉
菜の花や油乏しき小家がち
藻の花や小舟よせたる門の前
春《うすづく》や穂麦が中の水車
あか汲《くみ》て小舟あはれむ五月雨
泊りがけの伯母もむれつゝ田うゑ哉
午《うま》の貝田うた音なく成にけり
鯰《なまづ》得て帰る田植の男かな
病人の駕《かご》も過《すぎ》けり麦の秋
飯盗む狐追うつ麦の秋
麦秋や遊行の棺ギ通りけり
麦秋や狐のゝかぬ小百姓
麦刈て瓜の花まつ小家かな
ぬなはとる小舟にうたはなかり鳬《けり》

百姓の生キてはたらく暑かな
苣《ちさ》の葉をかきとる昼やほとゝぎす
山《やま》颪《おろし》早苗を撫《なで》てゆくへかな
恋草に恋風も吹く田植哉
見わたせば蒼生《あをひとくさ》よ田植時
夜《よ》水《みづ》とる里人の声や夏の月
洪《おほ》水《みづ》を見てかへるさのほたるかな
あだ花は雨にうたれて瓜ばたけ
菜の花の黄なるむかしを青田かな
梺《ふもと》なる我《わが》蕎《そ》麦《ば》存す野分哉
秋はものゝそばの不作もなつかしき
あな苦し水尽《つき》ンとす引《ひ》板《た》の音
引板を打ッ流れのすゑや水車
落穂拾ひ日あたる方《かた》へ歩みゆく
我《わが》里や芋にはあしき土をわぶ
蜻蛉や村なつかしき壁の色

かけ稲のそらどけしたり草の露
早稲の香や聖とめたる長《をさ》がもと
秋されや我身ひとつの鳴子引
足跡にひそむ魚あり落し水
先《まづ》刈《かり》て雁待《まち》顔《がほ》の門田哉
故郷や酒はあしくもそばの花
貧僧の仏をきざむ夜寒かな
麦蒔や百まで生きる貌《かほ》ばかり
冬ざれや北の家陰の韮《にら》を刈
茶畑に細道つけて冬ごもり
大雪や鐘なき村の夜ぞ更《ふけ》ぬ
鋸の音貧しさよ夜半の冬
冬川や孤村の犬の獺《をそ》を追ふ
冬川や舟に菜を洗ふ女有
水鳥や岡の小家の飯《いひ》煙《けぶり》
鴛《をしどり》や鼬《いたち》の覗《のぞ》く池古し

鴨遠く鍬《くは》そゝぐ水のうねり哉
霜あれて韮《にら》を刈《かり》取《とる》翁かな

〈耕や苛政も聞かず二百年〉他一、二句を除けば、どの句も写実的で明るいトーンが感じられる。体験した者でなければ作れない回想の句で、想像の入り込む余地がない。句を潤色して一句を仕上げることを得意とする蕪村であっても、家郷を詠む時には、かつて見た実景だけしか思い浮かばなかったのだろう。

蕪村は心の奥に永遠に閉じ込めてしまったある重大な事情のために、故郷に帰ることが出来なかったので、望郷の思いは計り知れないほど大きなものがあった。右の句は万感の思いを込めて、生地毛馬を詠み上げたものである。農村出身のものでなければ詠めないような具象的でリアルな句が多く、〈畑打や我家も見えて暮遅し〉〈苗代にうれしき鮒の行衛哉〉〈春や穂麦が中の水車〉〈泊りがけの伯母もむれつゝ田うゑ哉〉〈鱠得て帰る田植の男かな〉〈落穂拾ひ日あたる方へ歩みゆく〉〈かけ稲のそらどけしたり草の露〉（そらどけ＝稲を束ねていた縄が自然にほどけること）など印象明瞭な佳句が少なくない。

〈さし汐の垣根くゞるや梅の花〉〈小舟にて僧都送るや春の水〉〈古河の流を引つ種おろし〉〈流れ来て池をもどるや春の水〉〈藻の花や小舟よせたる門の前〉〈あか汲て小舟あはれむ五

月雨〉〈ぬなはとる小舟にうたはなかり㒵〉〈冬川や舟に菜を洗ふ女有〉〈鴨遠く鍬そゝぐ水のうねり哉〉などは、毛馬が水郷であったことの証《あかし》となる句である。

母を詠んだ句は、「春風馬堤曲」の中で、あれほど激しく慕情をうたい上げているのに「全句集」の中には、ほとんど見当たらない。

埋火やありとは見えて母の側

他に前に示した想像によると思われる句、

一とせの茶も摘にけり父と母

があるだけだが、この句も具象性に乏しく、理想的家庭環境を夢見たその想いを表したものに過ぎない。一句目、灰の中に、わずかに赤い火種が埋もれていると期待するのは、蕪村の心深くに、優しい母がいつまでも生きつづけ、常に見守っていてくれることへの愛惜《あいじゃく》に他ならないものであった。母の句が観念的で実像が表層に現れてこないのは、母を詠みたくてもはっきりとしたイメージを浮かべることが出来なかったからである。母に対して父と思われる人の句は生きいきと動的で印象鮮明である。

麦刈に利《と》キ鎌もてる翁《おきな》哉
追風に薄刈《かり》とる翁かな
小百姓鶉を取老と成にけり
粃《しひな》多き稲をとく刈《かる》翁哉
親法師子法師も稲を担ひゆく
したゝかに稲荷《にな》ひゆく法師かな
門のなき寺に燈《ひ》ともす時雨かな

右の句の父と思われる人は、『新花摘』にある〈耳うとき父入道よほとゝぎす〉と同一人物である。田畠を耕やし、酢をつくり、薄を刈り、鶉をとり、粃多き稲を刈り、したたかに稲を荷いゆく法師であった。〈親法師子法師も稲を担ひゆく〉の子法師は、蕪村自身である。蕪村は（養）父を懐かしみ思いを込めて父を詠んだのである。さらに、

畑うつやうごかぬ雲もなくなりぬ
畠打の目にはなれずよ魔爺が嶽
畠うつや道問人の見えずなりぬ
畑打や我家も見えて暮遅し

秋されや我身ひとつの鳴子引

これらの句からは、一人黙々として野良仕事をする少年蕪村の姿が浮かんでくる。
この前に蕪村は稚児として、あるいは小僧として一時期寺に預けられた可能性が高い。

見おろして几巾《いか》になぐさむ比枝の児《ちご》
寺寒く樒《しきみ》はみこぼす鼠かな
椎《しひ》拾ふ横《よ》河《かは》の児《ちご》のいとまかな
少年の矢数問《とひ》寄る念者ぶり
書記典《でん》主《す》故園に遊ぶ冬至哉

＊書記は文書作成、典主は仏殿の清掃などに当たる、共に禅林の役職名。自分を禅林の役僧に見立てた想像の句。

銀《いち》杏《やう》踏《ふみ》て静《しづか》に児の下山哉
子供気に寺思ひ出す銀杏哉

これらの句は前に記した丹後伝説の（イ）に、

蕪村を連れ子にして（母は）宮津の畳屋に嫁に行った。ところが、蕪村は養父と気が合わず、家を飛び出して、与謝郡滝（現加悦町滝）の真言宗滝山施薬寺に小僧となった。

とあり、幼くして寺に入ったことが奇妙に一致する。ただ場所が毛馬ではなく丹後であり、養父と気が合わず、とする口碑も疑わしい。これは当時丹後での蕪村のよき俳句仲間で遊び友だちの竹渓、鷺十、両巴それぞれの和尚から蕪村の幼少期のことを聞き出したものが、尾《お》鰭《ひれ》をつけて流布したものが元になった口碑だと思う。この三僧に対しては、蕪村も少年の日に帰ったように気を許し、面白おかしく小僧時代のことを語り、三僧もまた修行時代の失敗談などを交じえて昔語りをし、腹を抱えて笑い合っていたのだろう。ただしこれらの句からは丹後の匂いは感じられない。

右の句の一句目「比枝」は比叡山のことだが、蕪村は比叡山延暦寺《えんりやくじ》に入ったのではなく、毛馬近くの浄土宗の寺に入ったのではないかと思われる。一時は衆徒三千人と言われた延暦寺は信長に焼かれ衰滅したが、秀吉によって再興され家康の時に五千石の寺領を付せられている。名もない貧村の子供が稚児として入山できたとは思われない。子規に〈柿くへば鐘が鳴るなり法隆寺〉という句がある。実際は東大寺の鐘を聞いたのだが、法隆寺としたのは子規の感性であった。子規も蕪村も芸術的創意という点では共通性がある。ただし蕪村のそれは、天空を飛翔するほど自由闊達ではあったが。
芭蕉は俳諧即人生の道を全うしたが、蕪村の俳諧と絵は即芸術であった。当時芸術という言葉は使われていなかったが、蕪村は典型的な芸術至上主義者であった。自分の作品を如何にして最高の美の域に高めるか、ということしか念頭になかったのである。

少年の矢数問寄る念者ぶり

の句にしても「念者ぶり」は、句にドラマ性と彩《いろどり》を添えるための潤色である。念者（男色関係にある兄貴分）ぶりによってこの句は生きているのであって、蕪村が実際に男色関係にあったと考える必要はない。このような創作手法は、蕪村の詩句のいたる所に見られるものである。

蕪村が下山したのは、

銀杏踏て静に児の下山哉
子供気に寺思ひ出す銀杏哉

「児の下山」「子供気に」などの用語から推して、入山してから二、三年ほどしてからの時期ではなかったかと推測される。

蕪村の母は、我が子が繰り返しお伽話をせがんだり絵を画くのが好きなのを見て、子の将来に望みを抱いた。我が子に何としてでも教養をつけさせたいとの願いから、僧籍にあってよく病弱な自分を見舞ってくれる篤実な人に頼み、蕪村はある寺に小僧として入ることになった。その頃、貧しい農民の子が寺小屋以上の教育を受ける方法は、寺に入り学問と修行を積むことが唯一最適の道であったと思われる。好運なことに、その寺の住職は、学識があって人格高潔、心の広い人であった。

母子《ははこ》の世話をした人は、農を営むかたわら法事の時にだけ寺を手伝う在家僧であったが、しばしば母を見舞い、笊いっぱいの芋や野菜を運ぶなどして、生活を助けてくれていた。母の歳は二十を少し出たくらいであったろう。その僧は母より二回り《ふたまわ》ほども歳上であったかも知れない。が、病弱な母の面倒をひたすら私心を捨て見つづけ、やがて母子と共に暮らすようになる。以上は恣に《ほしいまま》した筆者の空想である。

寒月や門なき寺の天高し

蕪村が稚児として修行、学んだ寺は、比叡山延暦寺のような広大で壮厳な寺ではなく、住職ひとりだけの、門のない貧しくて小さな寺であったと思われる。入山前にすでに母は亡くなっていたのか、下山してしばらくして亡くなったのかは分からない。

蕪村の脳裏に刻まれている母の面影は、「春風馬堤曲」の中で、やぶ入りで故郷へ帰る娘に託して、黄や白のたんぽぽを摘み、その短い茎からこぼれる乳を見て、すぐに母の懐抱へとつながっていく、ごく幼い時の思い出があるだけで、これ以外に母を具体的に記した句も文も一切見当らない。おそらく母は、異夫《ことづま》、蕪村には養父となる人と暮らすようになってから、何年もたたないうちに亡くなってしまったのだろう。以下も出郷までの推測である。

養父とそのまま暮らすようになった蕪村は、農事の合間には、好きな絵を画き、読書に余念がなかった。古典や漢詩など養父の蔵書を次々と読むようになり、養父もまた利発で素直な少年が、学問を身につけていくことが楽しみとなり、生き甲斐になっていった。やがて養父の蔵書だけでは足りなくなり、養父は何度も大阪市街に足を運び、漢詩や古典の類の本を買い求めなければならなくなった。蕪村を教育し育てることが、この在家僧の唯一の生き甲斐になっていたのだ。その頃毛馬から繁華な天満までは、渡しの時間をいれても二時間足らずで行けたのである。

蕪村が少年期から青年期へと成長していくのに反比例して、養父は次第に身の衰えを覚えるようになる。蕪村にどれだけ天賦の才があっても、伝統と格式を重んずる京阪の地では、世に出るチャンスは無いに等しい。それに比べれば、開明的な江戸の方が、まだ才能を開花させる機会に恵まれるであろうと、断腸の思いで蕪村を江戸へ送り出したのである。

蕪村が家郷を出た時は、俳人ではなく雲水としてであった。雲水が僧堂に入門しようとする時には、寺の大玄関の片隅の上がり縁に低頭してうずくまり、許しの出るまでは何日も待たなければならなかった。寺に入れば早暁から勤行《ごんぎょう》、さだめられた作業として掃除、水汲み、薪割り、炭焼き、さらに托鉢などの修行がある。

門のない小さな末寺であっても寺は寺である。同じ宗派ならば、大本山には寺名を記した名簿が必ずある。そこで養父は浄土宗大本山である増上寺宛の紹介の手紙を、蕪村に持たせてやった。蕪村は幾日も待つようなこともなく、その日のうちに、修行寺の僧房に入室出来たに違いない。

故郷を去り、新たな天地を目指す話は枚挙にいとまがない。ほぼ二百年も後、俳人石田波郷に次のような逸話がある。

波郷は松山で代々農を営む旧家で生育したが、農事に身が入らず、ホトトギス派の俳人五十崎《いかざき》古郷が病を養う南山房に足繁く通っていた。古郷は、波郷のあまりの熱心さと才能を惜しんで、昭和七年のある日、涙しながら便箋で二十九枚もの手紙を水原秋桜子に送った。秋桜子からは、上京はしばらく見合わせて欲しいとの返事があったが、波郷はその時すでに東京行きの汽車に乗っていたのだった。

作品鑑賞

春水や四条五条の橋の下

萩原朔太郎が劉庭芝《りゅうていし》（六五一～六七九？）の詩「天津橋下陽春ノ水。天津橋上繁華ノ子。馬声廻合青雲外。人影揺動緑波裏」を挙げて「唐詩選の詩も名詩であるが、蕪村の句も名句である」として以来、劉庭芝のこの詩を引用する評家は多い。「四条五条の橋の上、老若男女貴賤都鄙《きせんとひ》（謡曲・熊野《ゆや》）」。〈春風や四条五条の橋の上　麗白〉『都枝折』（天明二年刊、日本古典文学大系58）などは頻用された表現とされている。

目を転じて別の角度からこの句を見てみよう。はじめに蕪村が居住した四条烏丸東へ入ル町からは、東へ一直線に歩くと十五分ぐらいで四条大橋へ出る。四条五条の大橋は蕪村のよく渡りなれた橋であった。五条大橋と言えば、庶民の興趣に訴える最たるものは「橋弁慶」だろう。浄瑠璃や歌舞伎、能などでの人気の演目で、芝居小屋などで楽しむ庶民は、牛若丸と弁慶の橋上での立回りに、いつもやんやの喝采を送っていたに違いない。劉庭芝は知らなくても「橋弁慶」は大人気の演目であったのである。

牛若丸と弁慶の立回りは橋の上の説話であるが、橋の下はいつも非人たちのたむろする所でもあった。

蕪村が崇敬していた白隠の法系を遡《さかのぼ》れば大燈（妙超）国師へとたどりつく。禅画の達磨《だるま》絵に秀でた白隠に、その最高傑作として「大燈国師」の全身像を画いた絵がある。ぎょろりとした大きな目な子が、この絵を見る者の心の奥までも見据えるような鋭く秀徹した形相の絵である。俳画において海内一を自認した蕪村の俳画と、略画に長じた白隠の禅画とでは、省筆の骨法において何ら変わることはない。二人は同時代の同じ戦列にあったと言うことができる。

細川家蔵〔大燈国師乞食像〕には「手なしに瓜をむきやるなら、成程足なしで参り申さむ」の画賛が添えられている。乞食の群に投じて五条橋下に隠れていた大燈は、その正体を役人に見破られ、やむなく花園天皇の許に召されたという。一休はこの大燈を「風飡水宿《ふうさんすいしゅく》人の記するなし第五橋辺二十年」と詠んだ。

蕪村を囲む文人らも、このような説話はほぼ常識的なものとして、すぐ頭に浮かぶものであっただろう。

ゆく春やおもたき琵琶の抱《だき》心《ごころ》

芭蕉に〈古池や蛙飛こむ水のをと〉という日本人ならだれでも知っている名句がある。この句についての評も群を抜いて多いけれど、果たしてどれほどの人が心の底から感応し、そのよさを理解しているか分からない。どこがよいか分からない、と本当のことを言えば、古典の素養がないとか、日本人らしい感性がない、などと言われるから黙っているだけなのかも知れない。

暮れなずむ春の日の理由のない、もの悲しくも侘しい、どこにも身の置き場のないような倦怠感《けんたい》にとらわれるようになったのは、人生の道のりの半ばを過ぎてからであった。佐藤紅緑が、

三春既に老いて庭に花なく何となく世界が沈み勝に曇り勝になつて来た頃、取

る手も懶《ものう》き琵琶の重たさ、凡《すべ》て侘《わ》びしき、力なき身体の鈍《にぶ》れる心地の一句に尽くして居る。

と言い、中村草田男は、

主人公の身体一つを扱ひかねてゐるやうな晩春の懶さ

と評した。また潁原退蔵は、

近世の浪漫精神が蕪村や暁台の俳諧に具現された時、新しい抒情もまた天明俳諧の特異な性格として見られるに至つた……。

などの鑑賞が『与謝蕪村の鑑賞と批評』（清水孝之）に紹介されている。

徳川幕藩体政の推移を洞察しつつ、蕪村の精神と情操の佇《たたずま》いに光を当てたのが芳賀徹の『與謝蕪村の小さな世界』である。

蕪村はその新鮮な感覚の次元のかなたに、さらになにかもう一つ、うつろいやすく不確かなもの、淡く弱くかすかだがそれゆえいっそう私たちの生の本質に近いものを、つねにとらえて表現していたように思われる。

蕪村が作りあげたのは、いうまでもなく、漂泊の求道者芭蕉の生みだした、動的な、パセティックでさえある、自然と人生の交響の詩美などとは、すでにはなはだ趣を異にする世界であった。

そこに時代の反映を見ようとするならば、それは十八世紀後半、田沼時代の日本の、閉ざされたなかの過剰なほどの平和に熟れて、まさに駘蕩《たいとう》たる晩春の季感と区別もつかなくなったような小社会の雰囲気、そしてその事もない壺中《こちゅう》の春に倦み疲れ、かえって物足りなく思うことさえある甘い倦怠感が、おのずから反映しているとでも言う以外にないであろう。

芳賀氏はさらに「感覚的な languer（疲労感）と精神的な ennui（倦怠）とが一つになった春嬾《しゅんらん》の詩、あるいは等閑《なおざり》の美学ともいうべきものを掘りおこし、打ち開いていった」として蕪村の次のような句を挙げている。

春の夕《ゆふべ》たえなむとする香をつぐ

うたゝ寝のさむれば春の日くれたり

等閑《なほざり》に香炷《た》く春の夕哉

にほひある衣《きぬ》も畳まず春の暮
洗《せん》足《そく》の盥《たらひ》も漏りてゆく春や

鳥《と》羽《ば》殿《どの》へ五六騎いそぐ野《の》分《わき》哉

鳥羽殿は京都市伏見区鳥羽にあった白河・鳥羽上皇の離宮で、句は保元の乱に取材した詠史。保元元年七月鳥羽院の死を機に、崇徳上皇と藤原頼長らが兵を挙げる。後白河天皇は源義朝、平清盛らの軍勢をもって、十一日未明、夜討ちをかけ一挙に勝敗を決した。上皇は仁和寺に捕えられた後、讃岐に流され、頼長は流れ矢に当たって没した。句はこの事件の一齣を詠んだもので、緊迫した情況が見事に映しだされている。

俳句はその性格からして物語る文学ではない。一点に焦点をしぼり全体像をイメージさせなければならない。保元の乱のような複雑な構図の物語の一側面を明快に描き出して、全貌《ぜんぼう》を彷彿させるのは容易なことではない。が、この句はそれを見事に成し遂げている。息をつかせない緊迫した場面を、わずか十七音で演出した詠みぶりこそ讃えられるべきであろう。短詩形の醍醐味である。

花守の身は弓矢なき案山子《かがし》哉

明和三年、太祇・召波らと三菓社句会を結成、以来熱心に句会にかかわってきた蕪村は、門内の人たちに推されて、明和七年夜半亭継承のための文台を開く。几董編集の『続一夜松後集』には「余が師の俳諧を前に継げる几圭が男几董、我門に在て永く先師の教を守らば、勧《すすめ》に応ずべし」と記されている。几董が自分の門下にあって、師の教えを守るならば、という条件をつけたのだ。いずれは几董を育成し、夜半亭を継がせようとする蕪村の強い気持を「師の俳諧を前に継げる几圭」と言って表したのである。実際は、几圭は夜半亭二世を名乗っていない。複雑な事情や思惑があったようだが、ここでは触れない。

この句は「私（蕪村）は多くの人に推されて、夜半亭の門を継ぐことになった。しかし、私は弓も矢もない案山子のようなもので、果たして人々の期待に応えて、夜半亭を継いでいけるのだろうか」と謙遜の気持を、花守る案山子に託して詠んだもの。裏を返せば「花を守るのにどうして弓や矢などが必要なのか。そんな無粋なものは無用の長物である。私は立派に夜半亭の風雅の遺産を継承していくことが出来る」という自負の気持を表白したものだろう。メルヘンチックな景象の奥に、強い意志を秘めているような佳句である。

宿かせと刀投出す雪吹《ふぶき》哉

明和五年の作。この句の四十日ほど前の作に、

宿かさぬ燈影や雪の家つゞき

の秀句がある。したがって掲句は「宿かさぬ」の句を意識して作ったことが分かる。

芝居好きの蕪村が「刀投出す」とひと捻りして舞台に緊張のある場面を演出した。蕪村は俳画を得意としたが、この句も俳画風の趣を感じさせる。普通の武士であれば、いきなり刀を投出すようなことはしない。垢じみた着衣にも継ぎはぎがあり、月代《さかやき》もうす汚く伸び、なんとも冴《さ》えない男である。刀を投げ出して宿の主を脅かした場面だが、滑稽感を出すための遊び心で作った句であろう。この男の刀の中身も竹光であったかも知れない。当時流行っていた落首に次のようなものがある。

つぶれ武士、乞食旗本、火事夜盗、金貸座頭、分散の家
世に逢ふは道楽者に驕《おご》りもの転び芸者に山師運上《うんじやう》
（斎藤隆三「江戸趣味」『日本風俗史講座10』）

牡丹散《ちり》て打《うち》かさなりぬ二三片

蕪村自信の作である。含みの多い句で、取りあげる評者が多い。まず「散て」の読み方に「ちって」と「ちりて」の二説があり、「ちって」を強く推す人がいるが、蕪村の几董宛書簡（安永九年七月二十五日）に「ちりて」と仮名書きされていることから、「ちりて」の読み方をとる人が多い。安永九年にこれを発句として几董と両吟の歌仙一巻を作り、几董の発句による他の歌仙と合わせて『もゝすもゝ』として刊行された。この句に付けた几董の脇は、

卯月廿日《はつか》のあり明《あけ》の影

である。これについて蕪村は、同書簡の中に次のように記している。

右之ワキ甚《はなはだ》よろしく、第三御案ジ可被成候《なさるべく》。さのみ骨を折らずして、いさぎよきワキ体にて、愚句も又《また》「花いばら」よりはさらりとして、「ぼたん」のかた可然候《しかるべく》。

蕪村は愛弟子几董の付句を大変に気に入ったようである。後年几董は『附合てびき蔓』の中に次のように書いている。

発句は牡丹の優美なるを体として、やゝうつろひたる花の二ひら三ひら落散しを、打重りぬとしたが作也。二三片とかたう文字を遣ふたは、題の牡丹に取あはせし趣向也。ワキはその時節を定めて、卯月の廿日比《ころ》としたが、発句の見込にして、有明の影と又時分を定めて、散た牡丹のうへに露などもきらくとして、有明月の影のうるはしう、よい天気のさまが見えるやうな。是を牡丹に廿日草といふ異名があるによって、廿日とさだめたると見ば、此ワキ大キに句位を減ずる事ぢやぞ。

牡丹には絢爛《けんらん》で濃艶《のうえん》な趣を感じさせる句が多いが、清楚ですがすがしい印象としての解は希だ。

蕪村の句には白の言葉が使われているものがよく見られる。几董も蕪村の好みを理解していて、あり明けに散る牡丹に白をイメージしていたのだろう。白には清純とか無垢《むく》とかを連想させるものがある。蕪村の心底には、白＝無＝空《くう》のような仏教的な人間観、世界観がしっかりと根を下ろしていたのかも知れない。

几董はこの牡丹の句に清淡な気韻を感じたのだが、蕪村は心から几董の脇に共感したのかと言えば疑問が残る。思いもかけない愛弟子の几董の解に、新鮮さを覚えて、うなずいただけなのかも知れない。

大部分の花の習性としては、朝は開花の時であり、夕べは落花の時である。私はやはり一日の気の衰える黄昏時の方がふさわしいと思う。が、几董の味わい方にも、すがすがしい良さがないわけではない。乾坤の一隅を切りとって、静かな時間の推移の中に、命の盛衰を象徴的に描いた解の鮮やかさは見事というほかはない。

蕪村には他にも次のような牡丹の佳句がある。

閻《えん》王の口や牡丹を吐かんとす

地車のとゞろとひゞくぼたんかな

金屏のかくやくとして牡丹哉

山蟻のあからさま也白牡丹
方百里雨雲よせぬぼたむかな
蟻王宮朱門を開く牡丹哉
虹を吐いてひらかんとする牡丹哉
広庭のぼたんや天の一方に
ぼうたんやしろがねの猫こがねの蝶

路絶て香にせまり咲《さく》茨哉

「春風馬堤曲」が故郷喪失者の幻想詩ならば、この句も同じ心の深源から派生した追憶の郷愁詩である。夢の中でも白昼夢の中でも、ふと気づけば心はいつも故郷への道を歩いているのだ。

香《かぐわ》しい匂いを放ち、処々《しょしょ》に咲いている野茨の細道も、いつの間にか原野との境がなくなり、辺りは一面茨の原と化してしまっている。

さみだれに見えずなりぬる径《コミチ》哉

も回想の句である。

香にせまり咲く茨は、故郷への道が跡絶えてしまった救いのない絶望感を埋めるように、芳香を一帯にただよわせて咲いているのだ。

村総出のにぎやかな田植や、村中を駆け回ったトンボ釣や、笛、太鼓で祝う秋祭やらの追憶からは、必ず優しい母の面影が現れ、足は故里へ向かって歩きはじめるのである。しかし、原野の中の径が自然に消えてなくなってしまうように、母の住む懐かしく暖かな故郷の家までは、いつも辿《たど》りつくことが出来ないのである。「香にせまり咲」くの措辞が、他のどんな表現をも寄せつけないほど、蕪村の焼けつくような望郷の思いを表していて素晴らしい。

琴心《きんしんもて》挑二美人一

妹が垣根三味線草《さみせんぐさ》の花咲ぬ

前書の「琴心《きんしん》もて美人に挑《いどむ》」は司馬《しば》相如《しょうじょ》（前一七九〜一一七、漢の文人で辞賦が巧みであった）が琴を弾いて卓文君《たくぶんくん》（蜀の富豪、卓王孫の娘。文才があった）の恋心をつかんだという故事によったもの。三味線草はぺんぺん草とも呼ばれ、春の七草の一つ、薺《なずな》の俗称。伝統的に昔からよく詠まれている日本人の心のたたずまいの象徴のような梅や、蕪村が好んだ絢爛豪奢な牡丹などと違い、道端などに自生する雑草にひとしい小さな花を、琴にかえて切ない恋心の象徴とした手腕は、さすがだとしか言いようがない。子供たちが二つの実をすり合わせて遊ぶ慣習のあった庶民的な小さな花で、切ない心をこれほど見事に表した句は他に例を見ない。恋する心は何一つ具象的には表していないけれど、どうしようもなくやる瀬ない気持が、痛いほどに伝わってくる蕪村の代表作の一つである。

この句の下地には〈むかし見し妹が垣根は荒れにけりつばなまじりの菫のみして〉の堀河院百首の中の一首が念頭にあったとする見方が定説になっている。

安永八年頃から蕪村の書簡に小糸の名が散見されるので、この句の妹も小糸を指していると見て間違いないだろう。安永九年四月二十五日付、道立宛に蕪村は次のような手紙を送っている。

青楼の御異見承知いたし候。御尤《ごもっとも》の一書、御句ニて、小糸が情も今日限りニ候。よしなき風流、老の面目をうしなひ申し候。禁《きん》ずべし。さりながらもとめ得たる句、御批判下さるべく候。

妹がかきね三線草の花さきぬ

道立は手紙の中に自句を入れて、やんわりと蕪村の恋の迷妄を諌めたのだろう。彼は蕪村よりも二十一歳年下だが、川越藩の京留守居役で儒学者でもあった。洛東金福寺芭蕉庵の再興を発起するほどの熱心な俳諧作者で、蕪村のパトロンの一人でもあり、蕪村は素直にうなずかない訳にはいかなかったのだ。また蕪村がどんなに小糸に夢中になっていても、妻子があり、孫ほども歳が違う廓《くるわ》の妓女との年甲斐もない恋が、いつかは破局を迎えなければならないことは分かっていたはずである。それにしても老いらくの恋に身を焼きつくしながらも、このように素晴らしい句を残すことが出来たのは、蕪村が芭蕉とは全く異なるタイプの根っからの詩人である証左である。

句の鑑賞は人によってみな異なるものだが、この句から黄昏時の淡い光に包まれているような、奥ゆかしさと気韻が伝わってくるのは、私だけではないだろう。

畑うつやうごかぬ雲もなくなりぬ

蕪村派の道立と几董の主唱によって、蕪村らは洛東一乗寺村金福寺境内に写経社会を結び芭蕉庵再興を計画した。その記念に蕪村は『写経社集』を刊行、「洛東芭蕉菴再興記」の一文を草した。以後、初夏と秋の年二回写経社会が開催されることになった。この句はそこで開いた席上での句で、金福寺からの属目吟とされている。

白い柔らかな雲がいくつか浮いている早春のうららかな日、時の経つのも忘れて黙々と耕しつづけ、額の汗を拭《ぬぐ》いながら、ふと見上げると、先ほどまでは張りついたように動かなかった雲がみななくなり、ただ青空だけが広がっていたという開放感と、同時に一抹の寂寥感に浸ったという感慨。この句、畑を打つ者が雲を見ている情景か、あるいは第三者が畑を打つ者を客観的に見ている、のかの二説があるが、清水孝之氏は「蕪村が畑をうっている気分になっての作だ」と『与謝蕪村の鑑賞と批評』の中で述べ、さらに荻原井泉水の次のような鑑賞文を紹介している。

こゝに人間が自分の生命を鋤《す》き込んで生きようとする。淋しい黒土の上には悠久な魂の栖《すみか》と自由な心の姿とを思はせる青空が美しく輝いてゐる。此不思議さに偽りはない。

（荻原井泉水「蕪村の俳句と芸術味」『古人を説く』）

「淋しい黒土の上には悠久な魂の栖と自由な心の姿とを思はせる……」は、いかにも自由律俳句の創始者である井泉水らしい感想である。

自然界の悠久な時間の中に包摂され、順応しなければ生きていけない地上の小さな点のような農民の姿を写したものであるが、たとい属目の吟であっても、句には農民の生活を実際に体験した者でなければ詠めないような実感がこもる。下地には少年の日の毛馬があり追想の句として見る方が味わいがある。

百姓の生キてはたらく暑《あつさ》かな

毛馬は純農村地帯である。蕪村はそこで生まれ江戸に旅立つまでは、農民として百姓仕事をしていたのである。朔太郎が『郷愁の詩人 與謝蕪村』を書いた頃には、一般にはまだ蕪村を農民と見る認識はなかったが、朔太郎はこの著書の中で次のような詩人らしいユニークな論を展開している。

「生きて働く」といふ言葉が、如何にも肉体的に酷烈で、炎熱の下に喘《あへ》ぐやうな響を持つて居る。かうした俳句は写生でなく、心象の想念を主調にして表象したものと見る方が好い。したがつて「百姓」といふ言葉は、実景の人物を限定しないで、一般に広く、単に漠然たる「人」即ち「人間一般」といふほどの、無限定の意味でぼんやりと解すべきである。……蕪村は「人間一般」を「百姓」のイメージに於て見て居るので、……単なる実景の写生とすれば、句の詩境が限定されて、平面的のものになつてしまふし、且つ「生きて働く」といふ言葉の主観性が、実感的に強く響いて来ない。……正岡子規以来、多くの俳人や歌人たちは伝統的に写生主義を信奉して居るけれども、芭蕉や蕪村の作品には、単純な写生主義の句が極めて尠《すくな》く、名句の中には殆《ほとん》ど無い事実を、深く反省して見るべきである。詩に於ける観照の対象は、単に構想への暗示を与へる材料にしか過ぎないのである。

朔太郎が『郷愁の詩人 與謝蕪村』によって蕪村を顕彰した功績は、計り知れないほど大きなものがある。朔太郎は、ロマンチックで、さらに近代的な豊かな想像力によって、前例のない詩の世界を構築した蕪村に、心底から共鳴し魅惑されてしまっていたのだ。朔太郎の鑑賞には独特なスタイルがあった。人を引きつけるものがあるが、同時に独断的なところもある。例えば、百姓を無限定な意味での一般的な人間へと還元させてしまう見方には疑問が残る。

百姓の生活は巡りくる季節に合わせて、土を耕し、肥料を施し、種をまき、雑草を取り、収穫に及ぶのだが、その後もいろいろと手間がかかる。それらがすべて季節の移ろいに合わせて行われているのだ。十年一日のような同じ仕事の繰り返しで生涯を終え、それが何代にもわたって続いていく。生きて働く暑さが、気の遠くなるような昔から何代にもわたって続いてきたのである。

時は流れ、大正四年村上鬼城は次のような句を作っている。

生きかはり死にかはりして打つ田かな　鬼城

さらに、単純な写生句の中には名句が殆どない、というのも朔太郎の勇み足である。蕪村には次のような写生句の秀作がある。

なの花や月は東に日は西に

春の海終日《ひめもす》のたり〳〵かな

人なき日藤に培《つちか》ふ法師かな

藤は豆科のつる性落葉低木。山野に自生するが、庭に棚を設けて植栽、趣味として楽しむ人も多い。蔓は長く伸び、右巻に他のものに巻きつく。初夏、紫や白の蝶の形をした小花が、ふさになって垂れ下がって咲く。

法師はおそらく蕪村の養父であると思われる。法事もなく、農事にいそしむ合間には、藤に肥料を施すなどの手入れに余念がない。養父の農事に精を出す姿が多く詠まれているが、草花にも心をそそぐ、おおらかで心根の優しい人でもあったのだろう。

大水を菊の主の岡見かな

藤の手入れをしていた法師は、農事のわずかな合間に菊作りにも精を出していたようだ。菊の原産地は中国と言われている。多年草で種類が多く花の大きさ・形・色などもさまざまで、観賞用として古くから栽培されていた。五節句の一つである陰暦九月九日の節句、菊見の宴も、当時毛馬ではどこの家庭でも行われていたと思われる。
岡見は、岡に登り築城のための地勢を見ることだが、この句では菊畑に浸水することを心配して堤にのぼり、大河の水嵩《みずかさ》を見計らっている様子のことである。

これきりに小道つきたり芹の中

森本哲郎氏は、『詩人与謝蕪村の世界』の中で、芭蕉の「道」と比べて蕪村の「道」を次のように記す。

かれもまた道に心惹《ひ》かれる。しかし、その道は芭蕉のようにきびしい「誠の道」ではない。難儀しながら進むぬかり道でもない。春の草に埋もれた幾筋もの懐しい小道、五月雨でも降れば、すぐ見えなくなってしまうような径《こみち》、〈うら枯《がれ》や家をめぐりて醍醐道《だいごみち》〉、そのような道なのである。しかも、蕪村は容易に道を見失ってしまう。ふと気がつくと道が尽きている、という主題を、かれは好んでうたう。

さみだれに見えずなりぬる径《コミチ》哉　蕪村
これきりに小道つきたり芹の中　〃
三《さん》径《けい》の十歩に尽て蓼の花　〃
路《みち》絶て香にせまり咲《さく》茨かな　〃

「これきりに小道つきたり」と、芹の中に茫然と佇んでいる蕪村が、ここにいる。「路絶て」その先にひろがる茨野に立ちつくす詩人がここにいる。そして、かれは春の草に埋もれた幾筋もの道を拾いながら帰ってゆく。
そのような蕪村の姿に、私は限りない愛着を感じるのである。
いったい蕪村の行先は何所《どこ》だったのだろうか。かれは何を目指していたのか。

ばせをの翁《おきな》のゝ給ひけむ、ことばは俚俗《りぞく》にちかきも、こゝろは向上の一路に遊ぶべしとぞ。これや一貫のをしへにして、千古の確言なるをや。

「左比志遠理序《さびしおり》」にかれはこう書いている。心を向上の一路に遊ばせること――これが蕪村の目的だった。しかし、このような芭蕉の教えを「千古の確言」といいながら、蕪村はそれを「行《ぎょう》」、すなわち人間の生き方といった倫理に結びつけて考えていない。かれにとって「向上の一路」とは、美しいものから、より美しいものへという美の深化なのであり、それ以外の何ものでもなかった。

森本氏の、蕪村の核心にある芸術観を端的に把握され、限りない愛着を感じる蕪村への傾倒ぶりに、私は心から共感の思いを禁じ得ないでいる。多くの蕪村愛好者にとっては、わずかに立位置とか評価の色合いが異なることはあっても、大局的な把握の仕方が同じならば、等しく愛すべきブソニスト（蕪村派）であることには変わりがない。

さて、掲出句については私なりの見方もあるので書き添えてみたい。すでに記した

路絶て香にせまり咲茨哉

と、過去の何か重大な事情のために故郷に帰れない悲愁と絶望感を詠んだ点では同想の句だが、もうその先がないという断定的な「これきりに」「つきたり」の措辞からは、より強い諦観めいたものを感じる。しかし、その諦観によって得ることのできた安らぎや、画俳に名を求めなかった蕪村の穏やかな心の深奥からは、またもや、その諦観を打ち破って故郷への青い炎が燃え上がってくるのである。蕪村の詩句はその背後に常に故国喪失者の絶望感が隠されているのだ。

芸術思潮のうえから見れば、彼は気づく由もなかったが、十八世紀封建制度下の日本に芸術至上主義を実践したパイオニアであった。伝統と慣習のしがらみから解放されて、自由な碧空に飛翔《ひしょう》できたのは、故郷に再び帰ることが出来なかったところに、大きな要因があったと思われる。

葱買《ねぶかか》《かう》て枯木の中を帰りけり

この句が作られた安永六年、蕪村は畢いの住処《すみか》である仏光寺烏丸西へ入《い》ル町に転居していた。アトリエ専用の部屋もあればお手伝いの部屋もあったであろう、かなりゆとりのある隠居所あとの貸家であったかも知れない。烏丸通りを少し西へ入ったところで、枯木林はそんなに長く続いているところではない。句会の帰りであったか。風邪気味だったので、これでお開きにしましょうと、いつもの料亭に上ることもなく、繁華な四条通りの青物商で葱を買って我が家に帰る気分を詠んだものである。

期日の迫る画業に追われたり、「春帖」や『新花摘』などの編集に夜遅くまで没頭していたり、その合間には門人の俳句の添削や批評、さらにそれとなく画料の催促をする長い手紙を書いてみたり、くつろいで夕餉《ゆうげ》をとるようなことは滅多になかっただろう。家を出る時に、今日は葱を買って早く帰るから、と伝えていたので、女衆はいそいそと夕餉の支度を始めている頃合いであろうと蕪村は一句をひねったのである。

このなんでもない家族の団欒こそが、実は蕪村が一番望んでいるものであった。蕭条《しょうじょう》とした枯木と新鮮な白い葱の映発が、この句の品性を高めた。人の心をほのかに和ませる秀句である。

老が恋わすれんとすればしぐれかな

几董会　当座　時雨

この句からは、すぐに芸妓《げいぎ》小糸との恋の道行きが連想される。小糸は蕪村の門人であったが、俳諧の上達は願っても、本気で蕪村に心を寄せる訳がない。小糸は蕪村の熱い恋心が分かっていたので、サービスのつもりで甘えてみせたり、気のある素振りなども見せたりしていたのだろう。やがて門人らの心ある教戒もあって、蕪村はあきらめざるを得なくなる。それは初めから分かっていたことなのだが、降りみ降らずみの時雨が、そんな老いのやる瀬なく切ない心を、いっそう掻き立てるのである。

ところがこの句は、安永三年と推定される九月二十三日付の大魯宛手紙に、「几董会当座時雨」と前書していることから、小糸との恋の終局を詠んだものでないことが分かる。小糸の名が書簡に見えるのが安永八年頃なので、小糸との前に、いま一つ老らくの恋があったのだ。

　しぐれの句、世上皆景気（景色・状景）のみ案じ候故、引違候而《ひきちがひさうらひて》いたし見申候。
「真葛《まくず》がはらの時雨」とは、いさゝか意匠（趣向）違ひ候。

真葛が原は東山知恩院三門の南にある昔の墓地。時雨といえばみな景色ばかりだが、私の句の時雨は、それとはいささか違うのだ、と蕪村は言う。

句意は、私はあなたのことを思いつめていて、あなたのためなら、どのようなことでも叶えるつもりだけれど、あなたは若く、その気は全くないようだ。私があきらめかけていると、みじめな心をさらに責めたてるように時雨が降ってくる、という老残の恋のやり場のない気持を詠んだもの。

指南車を胡地《こち》に引き去ル霞哉

霞を詠むのに時空を超えた広漠とした大地に材を求めた句をいままでに見たことがない。蕪村の取材範囲は途方もなく広く、だれも及びつかない所にまで広がっている。どの句を見ても荒唐無稽《むけい》な幻想詩ではなく、リアルな臨場感を伴うものだけに、その手並には賛嘆するばかりである。

この句、はじめの「指南車」が、すでに雄大なドラマを暗示している。指南車は、仙人の木像を載せ、歯車仕掛によってその手がいつも南を指すように作られた大軍の遠征には欠かせない方向指示車。胡は秦・漢の時代には匈奴《きょうど》を指し、唐代には西域全般の民族を意味した。遠征軍は数万、少なくとも数千の規模の大軍であっただろう。春霞がいつの間にか先頭を行く指南車を包み込み見えなくさせてしまったのである。「胡地に引き去ル」の擬人化が、大自然の永遠に繰り返される風候の営みを、あたかも意志あるもののごとく叙したところに、ユーラシア大陸の民族興亡の壮大なドラマの幕開けとして、いかにもふさわしいものがある。

蕪村は宛名不明の書簡に「去るといふ字にて霞とくと居《すわ》り候か」と自賛しているが、その通りで「引き去ル」の語が、この句に命を吹き込んだのだ。

漢詩の中には西域を詠んだ句が幾つか見られるが、私の好きな次の詩もその一つである。

イメージがより鮮明に画けるかも知れないので紹介しよう。
辺塞詩人とよばれる唐の岑参《しんしん》（七一五〜七七〇）に、「磧《せき》中の作」と題する七言絶句がある。岑参は敦煌《とんこう》よりさらに西北、玉門関をこえて今の新疆《しんきょう》の地に従軍、その特異な体験をいくつもの詩に結晶させている。（原詩略）

馬を走らせて　西来《せいらい》　天に到らんと欲す
家を辞して　見る　月の両回《（二カ月）》円《まど》かなるを
今夜は知らず　何《いづ》れの処に宿《やど》るかを
平沙《（たいらな砂）》　万里　人烟《じんえん》を絶《た》つ

三井《みゐ》寺《でら》や日は午《ご》にせまる若《わか》楓《かへで》

多くの鑑賞者が賛嘆を惜しまない蕪村の代表作の一つである。例えば清水孝之氏は『与謝蕪村の鑑賞と批評』の中に次のように記している。

【意訳】　琵琶湖を眼下に望む壮大な三井寺の境内である。折から日は午に近く、太陽は中天にまぶしく輝いている。その強い光線を真上から受けて、若楓はくっきりと影を持ち、日を受けた部分は、まるで萌黄《もえぎ》色の焔が燃えたつかのように、生々と透明な輝きを発している。

【鑑賞】 中七の描写が実にうまい。この言葉の発見のために、三井寺の若楓という通俗的素材が、永遠の芸術性を得たのだ。……若楓そのものよりも、真上にある太陽を描いて、すべてを描き尽くしたと言える。この力のみなぎった若楓の冴えた美しさは、油彩的な重厚な色彩と質感であり、すごいほどの迫力が感じられる。強い外光による、光沢に満ちた若楓の内部生命力は、作者の精神のたくましさを最も直接に物語っているであろう。

暉峻康隆《てるおかやすたか》・栗山理一・山下一海・中村草田男らの鑑賞もおおむね同じ傾向の線上にあるが、「若楓の内部生命力は、作者の精神のたくましさを最も直接に物語っている」と、蕪村の精神の内面にまで及んだのは清水氏だけである。すべての詩歌は作者の精神と感性の反映であることには違いないが、このように書かずにいられなかった清水氏は、かなり熱っぽい人間のような気がした。

ところが、私はどの鑑賞も意に満たないものを感じるのだ。それは、だれも歴史的な背景に触れていないからである。句の背景にあるものは「前書」のようなもので、例えばこの三井寺の句のように背景があってもなくても、作品の格調の高さは少しも変わらないと思うけれど、知らないよりは、知っている方が鑑賞の幅も少しは広がるのではないか、との理由だけで、以下にあえて蛇足を記す。

園城寺《おんじょうじ》（三井寺）は、滋賀県大津市園城寺町にある天台寺門宗の総本山で、比叡山延暦寺の山門宗に対して寺門と称されていた。正暦四年比叡山から智証大師の末徒千余人が園城寺に移り、その後五百余年山門・寺門の対立抗争がつづいた。座主補任、日吉山王、三摩耶戒壇などの問題でいくたびか山門の焼打ちにあい兵火をこうむった。末寺約二五〇がある。

三井寺は織田信長の上洛の際にも、戦乱の中で一定の役割を果たしている。永禄十一年九月、信長は足利義昭を擁して京へのぼった。近江の佐和山城で六角義賢の使者と上洛路確保の話し合いをしたが決裂、箕作山城《みのつくりやま》、観音寺城を攻略。その報告を受けて義昭は、父義晴が仮幕府をおいた桑実寺に入る。信長は軍を進め、瀬田を経て琵琶湖の南端にある三井寺で義昭とおち合う。入京の手はずを整えた後、三好三人衆の一人岩成友通を勝龍寺に攻め反義昭勢力を一掃した。

芭蕉に次の句がある。

三井寺の門たゝかばやけふの月　芭蕉

若竹やはしもとの遊女ありやなし

橋本は京都府綴喜《つづき》郡八幡町（現八幡市）にあり、男山の麓にあたる京街道の宿駅。『日本古典文学全集42』『日本古典文学大系58』などによれば淀川左岸に位置して遊郭があった。しかし『蕪村全句集』（藤田真一・清登典子編）によると、江戸期に遊女がいたわけではなく『撰集抄《せんじゆうしよう》』巻五の「江口・橋本などいふ遊女のすみか」を、地名に転じたものだと言う。『撰集抄』は鎌倉時代の仏教説話集で、蕪村の該博な知識の一端もこの著書に負うものがあったと思われる。結句の「ありやなし」は、『伊勢物語』九段の〈名にしおはばいざ言問《こと　と》はむ都鳥わが思ふ人はありやなしやと〉をふまえているものとされている。蕪村はこの句を、江戸時代橋本には廓がなかったことを知っていて作っているので句は蕪村の創作である。

掲出句は、風にそよぐ十本ほどの若くしなやかな竹と、その背後に農家風の二軒の粗末な家が略画された、その上部に画賛として書かれたもの。絵と画賛によって物語的な背景を醸して脚色（潤色）するのは蕪村の得意とするもので、絵と句は互いに映発し、渾然と溶けあい、情趣あふれる一体的な作品に仕上げられている。

『新花摘』の安永六年四月八日初日の四句目から六句目にかけての句、

更衣母なんの藤原氏《うぢ》也けり
ほとゝぎす哥《うた》よむ遊女聞《きこ》ゆなる
耳うとき父入道よほとゝぎす

は、母と父をなにがしか示唆するものとされている。他に

畑打《うつ》や耳うとき身の只《ただ》一人

があり、「耳うとき」がキーワードとなっていてこの二句は同一人物を詠んでいることは明らかで、蕪村の父（養父）であることは間違いない。すると一つ前の

ほとゝぎす哥よむ遊女聞ゆなる

も、母の境遇をなにがしか暗示しているものと見ることが出来る。「耳うとき」がキーワードになっていたように、母では「遊女」がキーワードになっていて、橋本の遊女は哥よむ遊女と同一の人物をイメージしたことになる。標題句の橋本の地名は、句そのものが想念の句

なので、現実の橋本とは関係がない。が、母が一度苦界に身を落としたことを強く示唆しているものと思われる。幼少の頃すでに蕪村の周りに、そのような疑念を抱かせるような風聞があったのかも知れない。

揚《やう》州《しう》の津も見えそめて雲の峯

揚州は、中国江蘇省の商港都市。揚子江より天津に通ずる大運河の西岸に位置し、隋唐以来の中支第一の繁栄都市で、揚子江の名の発祥地でもある。唐の時代に中国南東部の米は、すべてここを経由し運河によって北上したので〈揚一益二〉〈揚が第一で益＝成都が第二〉と呼ばれるほどに栄えた。

「揚州の津も見えそめて」には、揚子江河口から上ってくるのと、上流にある天津の方から下ってくるのとの二通りの解釈がある。下句に「雲の峯」と据えてあるので、天津の方面から下ってきたと見るのが妥当である。

「雲の峰」は、もと漢詩の言葉から連歌の用語となり季語に用いられるようになった。山塊のように盛り上がり、みるみるうちに姿を変容させる雄壮な景観で、見る人の気分を壮快、豪放にさせる。日本では地方によって特徴のある言葉が使われている。「坂東太郎（関東）」「丹波太郎（大阪）」「比古太郎（九州）」ほかに「信濃太郎」「石見太郎」「安達太郎」など。

一一二七年、宋の都が杭州に移ってから揚州の繁栄は次第に衰えていった。一都市の盛衰をふまえて、目を広く世界に向ける蕪村の発想の豊かさには感嘆するばかりだ。

しかし、この句

高麗《こま》船《ぶね》のよらで過《すぎ》行《ゆく》霞かな

と一対一連のものとして味わえば、いっそう幻想詩としてのロマンに広がりができる。日本を出航した船が、ようやく中国大陸の河口を遡上、夢にまで見た憧憬の揚州の津が見えてきたのだ。胸にみなぎる感動にこそ共鳴すべきものがある。

鮒《ふな》ずしや彦根の城に雲かかる

鮒ずしは近江地方の名産。五、六月ごろ鮒の腹をさいて塩漬にし、飯と交互に桶の中にしき並べる。木の蓋をしてその上に重石《おもし》を載せ、数か月ないし一年後に食べる。

安永六年五月十七日付で蕪村は、兵庫移住後の大魯に次のような手紙を送っている。

此句解すべく解すべからざるものに候。とかく聞得《ききう》る人、まれニ候。只几董のみ微笑《みせう》いたし候。いかゞ、御評うけ給りたく候。

この蕪村の思わせぶりな手紙によって、後にいろいろと憶測を生むことになるこの句は、蕪村自身もかなり気に入っていたと思われる自信作である。でなければ几董や大魯にわざわざ評を求めることはしなかっただろう。

鮒ずしの発酵、熟成した独特な苦みのある味と、碧空の中に一片の白雲がかかっている彦根城との取り合せに、蕪村は会心の作を成したと満足していたに違いない。群青《ぐんじょう》の中にそびえる白堊の城は、気高く清朗な情趣を醸し、大いに絵心を触発され、茶店で城を仰ぎながら食する鮒ずしの味に、しみじみとした旅情を覚えたのである。

この句、人によっては単に気分を爽快にさせる絵画的な美しい句と見る人もいれば、複雑な意味が隠されている句と取る人もいるだろう。品格のあるレベルの高い作品だが、それを几董はどう表現してよいか分からなかったので、ただ微笑してごまかしたのである。几董の微笑を拈華《ねんげ》微笑《みしょう》（以心伝心、教外別伝）と解するのは深読みである。蕪村が大魯への手紙に「解すべからざるもの」と書いたのは、どこがよいのか分からないものもいるだろう、ぐらいの意味である。

楠《くす》の根を静《しづか》にぬらすしぐれ哉

時雨は日本人の精神文化と深く結びついてきた季題である。ものわびしい降りみ降らずみの時雨は、万物の凋落期《ちょうらくき》においてひと時の安らぎを覚えさせるものがあり、また生の営みの不連続性と通い合うものがあるのかも知れない。古来より和歌、俳諧に詠まれてきて、時雨によるさまざまな情趣が綾なされてきた。以下に諸家の鑑賞を紹介する。

時雨は連歌以来風狂の雅情の好題材とされ……初冬の空を乱して移りゆく時雨のすみやかな変化が、風雅の心に迎えられたのである。蕪村はそのような時雨の伝統を継承しながらも、これを純粋な感性の世界に転化しようと試みている。

（山下一海「与謝蕪村」『近世俳句俳文集』）

「静かに濡らす」といふ表現の中には、予め用意された美意識の閃きが見られる。

……蕪村としてはやはり一の想化に外ならないのであった。

（潁原退蔵《えばらたいぞう》『潁原退蔵著作集』）

蕪村の句も時雨に濡れた楠の強い香を見落としてはならぬ。森閑たる情景であり……。「物淋しい」のではなく、客観に徹した静寂そのものである。「静かに」と見るところに、作者の主観が存する。それは感傷を超えたより純粋な美意識である。

（清水孝之『与謝蕪村の鑑賞と批評』）

楠の木は多く巨木にまで生長する。その巨木の根が地上にあらわれているのだが、そこに時雨が降って来て、しずかに雨を泌み通らせる。時雨といえばその音に古来情趣を見いだした……南国に多い楠の巨木の生えざまは、やはり地上にあらわれた根のさまを描き出すのが自然である。この句の感覚は新しく、室生犀星が強い共感を示したのはいかにもと思われる。楠の木の高い香りもあたりに匂い立つようだ。

（山本健吉『与謝蕪村』）

かれは自分をもふくめて、天地から余計なものを一切きり捨て、美を形づくるものだけを十七字の世界に凝集させるのである。この意味で蕪村は、子規がくり返し強調したように、まぎれもなく「客観美」の作者であり、絵画的詩人であった。……蕪村が広大な天地から切りとって構成する俳諧の小宇宙の背後に、われわれは美に魅せられたかれの魂を見なければならないのである。

（森本哲郎『詩人与謝蕪村の世界』）

このように見てくると諸家の見解が、一つの核を中心に展開されているのが分かる。「純粋な感性の世界」「美意識の閃き……一の想化」「感傷を超えたより純粋な美意識」「この句の感覚は新しく」「美に魅せられたかれの魂」などからは、蕪村の詩と句に、近代的・西欧的感性を発見した朔太郎の『郷愁の詩人 與謝蕪村』の延長線上に諸家の評価が集中していることが分かる。

さらに付け加えれば、香気高い楠とその根元に音もなく染みていく時雨に、晩成型の蕪村はしみじみと来し方を振り返り、己れの生き様に満足を覚えていたのではないだろうか。時雨に静かに濡れていく楠《くすのき》は、蕪村自身を寓意していたのである。

易《えき》水《すい》に葱《ねぶか》流る、寒《さむさ》哉

「易水」は中国河北省保定と北京の間を流れる川の名前。戦国時代、燕の太子丹のために荊《けい》軻《か》が秦の始皇帝を暗殺しようとして旅立つに際し、易水のほとりで壮行の宴を開き、その時彼が、

風蕭々《しょうしょう》として易水寒し
壮士一たび去って復還《またかえ》らず

とうたった故事に取材したもの。

荊軻は衛（河南省）の人で読書撃剣を好み、燕（河北省）に行き、市中に飲酒歌遊するうち、燕の太子丹の知遇を受けるようになる。やがて、恨みを報じて国難を救うために、始皇帝を刺殺してほしいと頼まれる。荊軻は始皇帝に献ずるために秦の亡将の首と地図を持って出立、太子らはみな喪の正装をして彼を見送った。荊軻は秦の都咸陽に至って秦王に謁《えつ》し、地図の中にかくしていた短剣をとって王を刺したが、失敗して殺されてしまう。

芭蕉に

葱白く洗ひたてたる寒さかな　芭蕉

の佳句がある。洗いたての葱の白さが、まぶしいばかりに心に染み、それがいっそう寒ざむとした外気の厳しさを印象させる。

芭蕉は俳諧を、いま、ここに生きている自己の発現として詠んだ。詩は常に自己の一部であり心の表白であった。自己の表白でも分身でもないならば意味がなかったのである。したがって詩は、常に生の証《あかし》でありつづけなければならなかった。

ところがあれほど芭蕉を尊崇した蕪村は、あたかも閉ざされていた心を開くように、伝統と慣習の埒《らち》外に、俳諧（詩）を解放したのだ。何ものにもとらわれずに、天空のはるか彼方へと飛翔《ひしょう》させたのである。寒さを象徴する同じ葱でも、蕪村のそれは、はるか彼方のロマンへの扉を開ける鍵の役目を果たしている。

人間の文化史の中で、徳目としての義の心が生まれてきたのが、いつごろであったかは分からない。おそらく文化と定義されるものが現れるのと同時に、派生的に生まれてきたのだろう。支配者（権力をもち保護する者）と被支配者（支配され保護される者）との関係が整序されるのにしたがい、義の精神と規範が深化してきたのだろう。はじめは無意識的な黙契として群れの中に自然派生した感情が、次第に秩序化して定着してきたものと思われる。だから己れを空しくして義を行う営為は、根が深く普遍的であるために、いつの時代でもどこの国でも、心を動かされるのである。

一つの言葉が生かされることは至難の技である。葱を取り合わせたのは蕪村の手柄だ。たぶん蕪村は、いつもこのような物語り的場面を心に思い描いていて、記憶のエリアにたたみ込まれているおびただしいマチェール（素材）の中から、もっともふさわしい言葉を掬《すく》い上げて表徴としたのである。

この雄大で浪漫的な詠史には、蕪村が知る由もなかったある事実が隠されている。それは中国の古典『山海経《せんがいきょう》』に「蓋国は鉅燕《きょえん》の南、倭の北にあり、倭は燕に属す」と書かれていることである。『魏志倭人伝《ぎしわじんでん》』の訳者石原道博は、後漢の『論衡《ろんこう》』などを挙げて「西暦紀元前後に、中国人の倭にかんするほぼたしかな記事があらわれたとみるべきであろう」と書いている。蓋国がどこの国を指すのかは分からない。鉅燕の鉅は大と同じ意味。倭は紀元前後の頃、燕の実状を探ろうとしていたのだろう。河北・遼寧などを領有していた燕は、四十三代続いた後、始皇帝に滅ぼされてしまう。

根深の流れるさまを象徴として雄大なドラマの中核に据えたのは、蕪村の感性が群を抜いて鮮烈であった証左である。

夕風や水青鷺《あをさぎ》の脛《はぎ》をうつ

蕪村には川や流れを単に水と記す趣向がある。本来、水の方が抽象的な表現だけれど、水を用いるのは蕪村の感性ないし好みであろう。この句の場合も水と記すと、かえって具象的で生なましく新鮮に感じられるから不思議だ。

青鷺は鷺のなかでも一番大きな鳥で、後頭に二本の青黒色の長い毛があるのが特色。普通鳥の脚のことを脛とは呼ばず、脛と擬人化したところに蕪村の工夫がある。イメージとしてはいかにも人が素足で川の中に入り、脛を濡《ぬ》らして水を楽しんでいる姿などが浮かぶ。

おそらく絵に描きたかった景趣の一つであったと思われるが、絵になれば一層形象は鮮明になっただろう。この句は『誹諧品彙《はいかいひんい》』に「加茂川」の前書がある。夕風に吹かれて真昼の炎暑もおさまり、涼しさに心を和ませる気分を描いた佳品。

夏河を越すうれしさよ手に草履《ざうり》

丹波の加悦《かや》といふ所にて

丹波の加悦――丹波は丹後の誤り。丹後与謝郡（京都府）加悦町。どの著書にも誤りを訂正する文が載っている（現京都府与謝郡与謝野町）。

この句の成った経緯について、潁原退蔵は『潁原退蔵著作集』（第十三巻）に次のように記している。

池田、稲束氏の蔵する蕪村の真蹟に、

白道上人《びやくだう》のかりにやどり給ひける草屋を訪ひ侍りて、日くる、までものがたりしてかへるさに申侍る

蟬も寝る頃や衣の袖畳

前に細川のありて潺湲《せんくわん》と流れければ

夏川を越すうれしさよ手に草履

と書いたものがある。――丹後在住当時の筆蹟と思はれる。――白道上人は丹波国氷上

郡幸世村帰命寺の住職で、延享二年刊『梅之紀行』等にその句が見える。夏川の句は『蕪村句集』によれば加悦《かや》での吟だといふから、その頃白道和尚はこゝに留錫《りうしやく》して居たのであらう。蕪村はその草室を訪ねて日暮れるまでも風談に時を過したりした。かうして蕪村の与謝に於ける生活は、少しも淋しいことはなかつた。都の知友とすらも殆ど音信を絶つて淹留《えんりう》三年に及んだのである。

白道上人については、高橋庄次氏が『蕪村伝記考説』に次のように記している。

白道《びやくどう》上人は与謝宮津の寺町《てらまち》小川町にあった浄土宗の西方寺《さいほうじ》住職であったが、このころは与謝の加悦《かや》にいたようである。……第一句の詞書に「仮に宿り給ひける草屋を訪ひ侍りて」とあるから、白道上人は宮津の西方寺ではなく加悦の草庵に仮住まいしていたことがわかる。宮津藩領の与謝郡加悦町の草庵にすでに隠退して寺の住持の僧職から自由の身になっていたのである。……ここには『孟子《もうし》』の「可以濯我足」（以《もつ》て我が足を濯《あら》うべし）という俗塵を洗い流す清浄感があふれている。蕪村が「濯足万里流」の詩句を賛として添えた「高士濯足図《こうしたくそく》」を描いているのも同じ感じ取り方だろう。

蕪村には計り知れない心の淵《ふち》から、わずかに姿を垣間見させるような秀作もあれば、このように陰りも錯雑さも見られない童心のような明るい秀作もある。いずれも同じ蕪村の詩心《うたごころ》から生まれてくる作品で、掲出句は、芭蕉の「俳諧は三尺の童《わらは》にさせよ」(三冊子)の箴言《しんげん》を地でいくような、天心爛漫《らんまん》としたおおらかな作品である。時は流れても真の秀作はいつまでも残る。

みじか夜や浅井に柿の花を汲《くむ》

蕪村は取材する領域の広い人である。遥かな高みから日本列島を俯瞰《ふかん》するような壮大な句もあれば、蚊の鳴き声とか蟹の泡のような、普通は句材にならないような、小さく、かすかなものにも彼のまなざしはそそがれるのである。ただ注がれるばかりではなく、そこには、いつも暖かくて柔らかな情趣が生まれたゆたっているのだ。蕪村は、どんな小さな自然界のそよぎにも心を動かされ、詠わずにはいられなくなる希有な詩人であった。おそらく記紀・万葉の時代から現代に至るまで、彼ほど詩の対象を広い世界から取りあげた詩人は見当たらないと思う。

「短夜」を『蕪村全集』で見ると、同じ意味の「明やすき」の季語を含め五十三句にも及ぶ。
それがことごとく捨てがたい風趣を醸している句なのだから驚くばかりだ。

みじか夜や暁しろき町はづれ
みじか夜や浅瀬にのこる月一片
みじか夜や足跡浅き由井の浜
みじか夜や芦間流るゝ蟹の泡
みじか夜や吾妻の人の嵯峨泊り
みじか夜や天《あま》満《みつ》る月の影残る
みじか夜やいとま給《たまは》る白《しら》拍《びやう》子《し》
みじか夜やおもひがけなき夢の告
みじか夜や葛《かづら》城《き》山の朝曇
みじか夜や金も落さぬ狐つき
みじか夜やかり着の衣身に軽き
みじか夜や浪うちぎはの捨篝《すてかがり》
みじか夜や伏見の戸ぼそ淀の窓

みじか夜や枕にちかき銀屛風
みじか夜の闇より出《いで》て大ゐ川
みじか夜の夜の間に咲《さけ》るぼたん哉

芳賀徹氏が蕪村を「短夜の詩人」と称し、短夜の句について「清冽《せいれつ》な情感を日本人の心の中に定着させた人」（『與謝蕪村の小さな世界』）と言ったのは、まさに正鵠《せいこく》を得たものである。

ふと夜中に目を覚まし、もうひと眠りできると思いながら窓を開けると、東の空はすでに白じらと明けかかっている。なんとなく寝ているのが、もったいないような気がして起きてしまうことがある。

江戸期の人も、この短夜を身に染みて体験していたのだろう。標題句は浅い井戸から汲み上げた桶に柿の花の一つが浮いており、そのちょっとした発見の驚きと嬉しさを詩化したもの。故郷でも同じように、梅や杏《あんず》のような花を汲みあげたことを思い出していたのかも知れない。

秋《しゅう》風《ふう》や酒《しゅ》肆《し》に詩うたふ漁《ぎょ》者《しゃ》樵《せう》者《しゃ》

上五に「秋風」や置いたので、つづく「酒肆（居酒屋）」にも侘《わび》しく鄙《ひな》びた気配が感じられる。一日の作業を終えた漁師と木こりが、地酒を飲みながら地歌をうたっているのだ。しかし句は漢詩風に整えられているので、それとなく格調高い風趣を醸しだしている。

嵐雪に

はぜつるや水村山郭酒旗ノ風　嵐雪

があり、蕪村の秋風の句が晩唐の詩人杜牧の「江南の春」をふまえていることは明らかである。

千里　鶯啼《な》いて　緑　紅《くれない》に映ず
水村　山郭　酒旗の風
南朝　四百八十寺《はっしんじ》
多少の楼台　烟雨の中《うち》

蕪村の句に戻る。蕪村の生地毛馬は純農村であり、用水路が村の中を横切る水郷でもあった。蕪村に、父と子と思われる二人が、舟にのって漁をしている絵がある。
小舟の少し上手には、中から暖かな灯がほのかにこぼれる農家風の家が描かれている。さらに毛馬は淀川に面していたので、農を正業とする傍ら漁をする人も少なくなかっただろう。

親法師子法師《こぼし》も稲を担《にな》ひゆく

の句のある蕪村である。父（養父）と蕪村は、村の小さな居酒屋に立ち寄るようなことがあったかも知れない。その折りの経験を昇華させて詠んだのではないだろうか。

かの東皐《とうかう》にのぼれば

花茨故郷の路《みち》に似たるかな

「かの東皐にのぼれば」の前書は陶淵明（三六五〜四二七）の「帰去来兮辞」

富貴ハ吾ガ願ニ非ズ
帝郷ハ期ス可カラズ

良辰《りやうしん》（よい日）ヲ懐ウテ以テ孤往シ
或ハ杖ヲ植テ耘子《うんし》（農耕）ス
東皐ニ登ツテ舒《おもむろ》ニ嘯《うそぶ》キ
清流ニ臨ンデ詩ヲ賦ス

によるもの。

蕪村は陶淵明の辞《ことば》を借りて、故郷への憶《おも》いを詠んだのである。ただし陶淵明の東皐は、彼が家族と再会して、幸福感を味わいながら登った岡だが、蕪村は再び故郷へ帰ることを断念した東皐であった。春色清和の日には、よく友だちと遊んだ小さな野茨の咲く回想の堤であった。心の深奥には幼い時に亡くなってしまった母への強い思慕がある。生涯充足されることのないこの飢餓感覚が、画俳二道の原動力になっていたのだった。

安永六年と思われる几董宛（推定）の蕪村書簡に、連句の発句の候補として、この句と共に次の句が記されている。

ましらげの米一升や鮓《すし》のめし
兄弟のさつを仲よき火《ほ》串《ぐし》哉
落合ひて音なくなれる清水哉

山蟻のあからさま也白牡丹
浅河の西し東す若葉哉
草の戸によき蚊屋たる、法師哉
朝風の吹きさましたる鵜河哉

右之内花いばらの句、然るべく候。うき哉の様なれども、少しも苦しからず候。句もたけ高く、ひろ〲と然るべく候。右之句ニワキ御案じなさるべく候。

右の句のどれよりも「花いばら」が連句の発句にふさわしく、結句の「かな」は、昔は句調が弱いとしてきらわれたものだが、この句の場合、一向にさしつかえない。句も長高《たけ》く、ひろびろとした感じがあって、この句がいいと思うから、この句に脇をお考え下さい。

と蕪村は言う。ただし几董の脇はいま残っていない。

花茨の句は、本人も大いに気に入っていた会心の作で、現在でも

なの花や月は東に日は西に
春の海終日《ひめもす》のたり〳〵かな

と共に、蕪村の代表作の一つとして高く評価されている。

愁ひつゝ岡にのぼれば花いばら

この句は〈花茨故郷の路に似たるかな〉の詩趣と似ていて、何かと評の多い句でもある。まず朔太郎は、次のように記す。

「愁ひつつ」といふ言葉に、無限の詩情がふくまれて居る。無論現実的の憂愁ではなく、青空に漂ふ雲のやうな、または何かの旅愁のやうな、遠い眺望への視野を持つた、心の茫漠とした愁である。そして野道の丘に咲いた、花茨の白く可憐な野生の姿が、主観の情愁に対照されてる。西洋詩に見るやうな詩境である。気宇が大きく、しかも無限の抒情味に溢れて居る。

(『郷愁の詩人 與謝蕪村』)

朔太郎は西欧近代的な詩人だ。伝統的な捉《とら》え方を度外視して、自分の感性と近代的美術観によってのみ、十八世紀の詩人蕪村を評価する。この句ばかりでなく、蕪村の他の句についても、その近代感覚に光を当てたのは、朔太郎の詩歌鑑賞の魅力であり功績であった。しかし、あまりにも近代という立場に立ち過ぎ、論も抽象的に過ぎるという気がしないでもない。
清水孝之氏は、『与謝蕪村の鑑賞と批評』の中で次のように記している。

「愁ひつゝ」の心の彷徨《ほうこう》は、続く「岡にのぼれば花いばら」と重ねたたまれて行くリズムによって、歩みも重々しく白日夢の世界に引込まれて行く姿を思わせるであろう。しかも暗さではなくて明るい影を引いているのが、蕪村的なロマンチシズムの本質である。このような彼のリリシズムが、早くも近代色豊かな感覚美の世界をきりひらいた点は、近世俳諧史上注目すべきことだ。彼ほどはっきりと愁いの詩を意識して発想した俳人は、中興期には他に類をみない。

両氏とも「愁ひつゝ」を抽象的詩語として把握するだけで、内容については連想を及ぼそうとしてはいない。「愁ひつゝ」の中には、案外具体的な事柄が含まれているのではないかと思う。現実としての家庭問題、病弱な娘くのの心配やら、夜半亭を継いだ後の内輪の不協和音など、何らかの問題があって「愁ひつゝ」の言葉が生まれ、それが回帰不能な帰巣感覚へと脈絡、現実的事柄を捨象して抽象的永遠性にまで詩歌を高めたところに、蕪村の詩人としての卓越した独創性を認めない訳にはいかなくなる。

「愁ひつゝ」の句は『蕪村句集』に、

花茨故郷の路に似たるかな　（安永三）

路絶て香にせまり咲く茨かな　（自筆句帳）

の次に書かれているもので、故郷回帰を断念した三句一連の創作望郷詩と見ることもできる。蕪村の出郷の経緯はすでに記したが、いま一つ負の系譜ともいえるものが薄い影のようにまつわりついている。その信憑性《しんぴょう》はかなりひくいと思われるが、田宮仲宣の『嗚呼矣草《おこたりぐさ》』に書かれている。

それ、蕪村は父祖の家産を破敗し、……名を沽《う》りて俗を引く逸民《いつみん》なり。

いま一つが正木瓜村の『蕪村と毛馬』の中の、酒をあびるほど飲み、生活が次第に苦しくなり、妻子が饑《うえ》を告げる……という文脈である。蕪村は毛馬で妻帯し、子まで儲《もう》けていたのである。すると

身にしむやなき妻のくしを閨《ねや》に踏《ふむ》

の句も、まったく想像の句とは言えなくなる。蕪村につきまとう負の系譜も完全には払拭《ふっしょく》し

きれないものが多少は残るということについては、向後の研究にゆだねるしかないだろう。

埋火《うづみび》やありとは見えて母の側《そば》

埋火は冬期、囲炉裏や火燵《こたつ》に灰をかぶせて火種を保存しておく炭火のこと。もう六十年以上も前のことで記憶も定かでないが、疎開先が山地であったので、秋早くから翌年の初夏に至るまで火燵を使っていたような記憶がある。山地では、夏に入ってからも朝夕かなり冷えることが多い。弁当を持っていき、一日中の農作業を終えて家に帰り、囲炉裏の側に胡座《あぐら》をかき、火種を取り出して枯枝をくべ、吹竹で吹けば、すぐに薄い煙を巻きながら赤い火がおきる。

年数を経た壁の染みや、天井から下がっている黒くすすけた魚形の鉤とか、当時は全く気にもしていなかった日常生活の細かな一場面を、何かの時にふと思い出すことがある。蕪村の脳裏では、それらがすべて母につながっているのだ。蕪村には、

うづみ火や終には煮る鍋のもの

の佳作もあるが、掲出句は、母への思いを埋火をかりて表したもので、切なく深い詩韻が滲《にじ》み出ている。蕪村は埋火の追憶に導かれて母の許へと帰っていくのである。「ありとは見えて」の描写が、他のいかなる表現をも寄せつけないほど素晴らしい。表には見えないが、灰の中にそっとうずくまっている小さな埋火は、優しい母の情愛を象徴しているのである。何ものにも代えることの出来ない母への愛慕が、蕪村の作品の源泉であった。

坂上是則に次のような歌がある。

園原や伏屋に生ふる帚木《ははきぎ》のありとは見えて逢はぬ君かな　『新古今集』巻十一

蚊屋《かや》の内にほたるはなしてアヽ楽や

蕪村は明和三年讃岐に赴き、翌年の四月に京に帰る。五月、大来堂で三菓社句会を再開し、十二月十四日まで十九回にわたって句会に参加。明和六年には正月十日より十月五日まで十四回にわたって三菓社句会を開く。明和七年に入ると六月から九月二十六日まで五回句会を開き、十月一日「三菓社中」を「夜半亭社中」と改めて会を継続、この間、画業にも追われて多忙を極めていた。
明和六年の作であるこの句の初案は、

蚊屋の内螢はなしぬあら楽や

であったが、その後掲句のように改めた。「蚊屋の内」で切れていたのを、「内に」と助詞を加えて中句につながりよくし、さらに「はなしぬ」の文語を「はなして」の口語に直し、「あら」を「ア、」の俗語にして、日常の庶民感覚のままに句を推敲《すいこう》した。

その日は、遅れていた注文の絵を、やっとの思いで仕上げたのだろう。どっと疲れがでてしまったのだ。女衆が螢狩りをして籠に入れてきた螢を、萌黄の蚊屋の内に放すと、七つ八つのほのかに点滅する青い光が何ともいえないほど美しい。体の中から力が抜けていくように、たまりにたまっていた疲れが解消して幸福感に浸ることが出来た、というのである。蕪村には他にも口語で作った

酒を煮る家の女房ちよとほれた
かはほり《こうもり》やむかひの女房こちを見る

などがあるが、全体の比から言えば、口語調の句はきわめて少ない。口語俳句をしきりに作

った惟然《いぜん》のような先蹤《せんしょう》があるが、蕪村はそれに倣《なら》おうとした訳ではない。蕪村の感性がとらえた世界を、いかに作品として心に醸す情趣のままに表すことが出来るかがすべてであったのだ。蕪村には螢の句が二十一句あり、その中より数句を拾う。

狩ぎぬの袖の裏這ふほたる哉
摑《つか》みとりて心の闇《やみ》のほたる哉
洪水《おほみづ》を見てかへるさのほたるかな
水底の草にこがるゝほたる哉
ほたる飛ぶや家路にかへる蜆うり
手習ひの顔にくれ行くほたる哉
淀舟の棹《さを》の雫《しづく》もほたるかな

大磯義雄『与謝蕪村』によれば、一九六〇年、ハロルド・スチュアートが日本俳句を翻訳して出版した、そのタイトルは、「螢の蚊屋」（A NET OF FIREFLIES）で、この句からの命名であった、という。

五月雨や滄海《アオ》を衝《ツク》濁水《にごりみづ》

毛馬は淀川に縁どられた村で、雨が幾日か降りつづき淀川が増水すると、村の人たちは穏やかでいられなくなる。川の水嵩《かさ》が高くなるにつれて、不安も色濃くなり恐怖感へと変わっていく。

淀川の濁水は荒れ狂うように勢いを増して河口へと迸《ほとばし》り、一気に蒼《あお》く暗い大海へ流れ込む。一村の命運がかかっている濁流奔騰する光景である。

「滄海を衝」の強い語調によって、句全体が引き締まり躍動感を漲《みなぎ》らせるのである。「その内的リズムは緊迫を欠き、……やはり静的・平面的構図を出ない」とする『日本古典文学全集42』の評には、堤の決壊を恐れる人たちの恐怖心にまで思いが及んでいないので、私はこの評には与《くみ》しない。

蕪村は「川」「雨」「波」などの言葉を含む上位概念である「水」の語をよく使う。水という言葉が単に好きだからかも知れないが、蕪村が使うと「川」や「雨」や「波」よりもこの抽象的な言葉が、命あるもののように具象化してくるから不思議だ。もっとも詩の世界では、使われる言葉が如何に生かされるかだけが問題であって、語義とか文法とか通念とかは、あまり気にされることはない。

二《ふた》もとのむめに遅速を愛す哉

草庵《さうあん》

「東岸西岸之柳、遅速不同。南枝北枝之梅、開落已《スデニ》異《ナリ》」（慶滋保胤《よししげのやすたね》『和漢朗詠集』）は、諸家の等しく挙げるもの。

蕪村の借家には二本の梅の木があり、毎年言い合わせたように、ほぼ決まった間合いをおいて咲く。それが実に不思議で興趣をそそる。今年もいつもの年と変わらずに開いた早咲きと遅咲きの、その違いの面白さを素直に表そうとして、蕪村らしからぬ「愛す哉」という凡庸な言葉が、ごく自然に口から出てしまったのだ。

開花の落差を詠むこの句に、だれもが寓意の気配があることを嗅ぎとるのではないかと思われるが、事実次のようなことがあった。

樗良《ちよら》の春興帖『甲午仲春むめの吟』にある樗良宛の蕪村の書簡によると、「蕪村は樗良がはいかいを嘲《あざけり》、樗良は蕪村が俳諧を笑ふ」と、「あとなき流言」が行われていたことを報じ、「貴子も我等も陰ごとを申様《まうす》に沙汰せられ候事古人に恥ずべき事に候故《ゆゑ》筆の序《ついで》に申し入れおき候」と記されている。

蕪村がひどく心を痛めていることを思いやって樗良は、「紫狐庵より文のはしに人の口のさがなきをいきどほりてかく聞えければ、梅の句にうぐひすを添て柳のいとの長き交りをあらはす」として

蝶鳥の羽に風うつりつつ　樗良

と脇句をつけた。

磊落《らいらく》な蕪村でも細やかに神経を使うところがあった。樗良も蕪村の心を察して、脇句でやんわりと応えたのは、彼のおおらかな人柄によるものであろう。

梅の花にも遅速があるように、人にも個性があって、他者に遅れることを気にかけることもなく、立派な作品を完成させる人もいる、などと説明するのは、言わでもがなのことかも知れないが、蕪村は早熟な天才ではなく、大器晩成型の絵師で俳諧師であったのである。

藪《やぶ》入《いり》の夢や小豆のにへ（え）る中《うち》

藪入は初め正月十六日の年一度の里帰りであったが、江戸中期の頃より七月十六日を加えて年二度になった。普通は年季奉公として商家などに雇われたものが親許に帰ることだが、結婚したものが生家へ帰ることも含まれる。その日、奉公人は主人から衣類、小遣などをもらい親許に帰るか、あるいは遊楽に一日を過ごしてしまう者もいた。「春風馬堤曲」の中の娘は、三年ほど家に帰らなかったようだが、小僧・小女・丁稚などと呼ばれる年少者たちは、母の許へ帰るのが一番の楽しみであり、また心安らぐ保養でもあった。

昔、中国で盧生という青年が邯鄲《かんたん》の旅館で、道士呂翁から借りた枕でうたたねをしたところ、栄華を極めた一生のことを夢に見たが、目が覚めてみると、それは宿の主人が黄粱《こうりやん》の飯を炊いている短い間の夢であったという故事を思い出す。標題の句は黄粱を小豆にかえて俳諧化した作品。何の気兼ねもない親許で、小豆の煮える短い時間に、少年少女らはどんな夢を見るのだろうか。

日本でも高度成長時代のころまでは、多少のゆとりのある家でも、行儀見習を兼ねて娘を奉公に出すことがあった。いずれ嫁《とつ》がせるのだから、一家の嫁としての心構えをつけさせるという親心もあったのだ。だがたいていの家では苦しい家計を支えるために、やむなく子供らを奉公に出させたのである。親の手を離れて奉公に行った少年少女たちは、生まれて初めて他家の厳しい環境にさらされるわけで、隠れて泣くようなこともしばしばあったに違いない。藪入りは彼らにとっては、待ちに待った最大の解放、安逸をむさぼる日であったのである。母親の方でも、帰ってくる子供らにもまして楽しみにしていた待ちどおしい日であったろう。母親は年に一度か二度のご馳走《ちそう》を作ろうとして、いそしんでいるうちに、子供は何の気兼ねもない母親の傍らで、いつの間にか寝入ってしまっているのである。

春雨や人住ミてけぶり壁を洩る

西の京にばけもの栖《すみ》て久しく荒《あれ》はてたる家ありけり。今はそのさたなくて

西の京は京都の千本通りより西の辺り。いかにも化け物が住んでいそうな、大きな廃屋である。政争に敗れ遠方に流されたか、処刑され後嗣を絶ったかした公家などの邸跡《やしき》であったかも知れない。その邸に足を踏み入れると怨霊《おんりょう》に取りつかれる、などの噂《うわさ》もあって人々に恐れられていた気味の悪い建物であった。それがある日、暖かな春雨に濡れてその辺りを通り過ぎようとすると、奥まった所にあるその屋敷から煙が洩れているのだ。

誰か住みついていて生活をしているのである。その人は、怨霊や化け物なども気にとめない、貧しいけれど教養も徳もある人間味の豊かな人のように思われる。それは春雨の中、静

かに漂う煙で、それとなく人柄までも分かるような気がするのだ。
朔太郎は、「蔦《つた》かづらの纏《まと》ふ廃屋の中から、壁を伝つて煙が洩れてゐる。……その煙は空に融け合ひ、霏々《ひひ》として降る春雨の中で、夢のやうに白く霞んで居るのである。廃屋と、煙と、春雨と、好個の三画題を取り合せて、真に縹渺《へうべう》たる詩情を描き出してゐる。蕪村名句中の一名句である」と『郷愁の詩人 與謝蕪村』の中に記している。

御手打の夫婦《めをと》なりしを更衣

芝居好きの蕪村の、いかにも作りそうな想像句である。江戸中期、徳川幕府は近代への黎《れい》明《めい》を孕みつつ爛熟《らんじゆく》した文化の飽和点を迎えようとしていた。武士道も名目だけのものとなり、不義はお家の御法度《ごはつと》と言っても、殿様の側室に手を出さない限り、恋に落ちた二人は、武家屋敷からさっさと追い出されてしまうのである。

この句の背景には近松門左衛門の「丹波与作待夜のこむろぶし《たんばよさくまつよ》」があるとされている。与作はもと丹波の一城主由留木家の奥小姓で、妻の滋野井も由留木家の奉公人であったが、二人は愛し合う仲となり、その恋文を小姓目付に拾われて、定法通りお手討と決まったが、奥方の命ごいで罪を許され、晴れて夫婦《めおと》になった、という筋書である。
生活の保証はなくなったけれど、困苦をのり越えて新たな世界に生きようとする心意気には、さわやかな更衣の季感と相まって、「しっかりと幸せな生活をして下さい」と声援をおくりたくなるような佳句である。

身にしむやなき妻のくしを閨《ねや》に踏《ふむ》

髪は女の命と言われている。その髪を櫛《くし》で象徴している句が他にもある。蕪村の母をイメージしたと思われる『新花摘』の

早乙女やつげのおぐし(を)はさゝで来し

である。

けふはとて娵《よめ》も出《いで》立つ田植哉
泊りがけの伯母もむれつゝ田うゑ哉

は、蕪村が幼少期に実際に見ている農村の祭事である。男衆の笛や太鼓に合わせて女衆が苗を植えていく村総出の田植に、櫛をさすいとまもなく参加した早乙女の句をはじめに、この三句は農村の行事を彷彿させる活気のある明るい句だ。

すでに妻帯していた蕪村は、うら若いその亡き妻の櫛を暗い閨の片隅に踏んでしまったのだ。背筋をぞっとさせるような感触が伝わってくる。

蕪村の妻のともは、彼より三十年余も長生きしているので、この句がフィクションであることは疑う余地がない。しかし、一抹の疑念がないわけではない。原文は再録しないが、『蕪翁句集拾遺』に載る飯人の「謝蕪村伝」に、生計が次第に苦しくなって、妻子が「告饑」（うえを告げる）と書いてあるところである。蕪村が東《あずま》に下ったのが享保末年から元文初年頃とされているので、二十《はたち》前後の頃である。一度妻帯していたとしてもおかしくはない。が、蕪村が残した書簡や句文にも、標記の句以外には妻帯を示唆するものは何もない。標題句は蕪村の得意とする想像句には違いないと思うけれど、家系について何一つ書き残していないことと合わせて、いまのところ、断定し切れないものがあるのも事実である。

蚊の声すにんどうの花の散ルたびに

初夏、忍冬《にんどう》は低木や垣根にからまり、細長い白または淡紅色の小花を開き芳香を漂わせる。花弁は日が経つにつれて黄色に変わり、新旧の白と黄が映発しあい趣が深い。子供が花の蜜を吸うので、スイカズラとも言い、干した葉は漢方薬になる。忍冬の名は、冬をしのぐところから名づけられたもの。

四辺物音のしない静寂な黄昏時、忍冬の花が散るたびに細やかな蚊の鳴き声がする。あるかないかに繰り返されるこの隠微な世界のドラマは、大方の人が見過ごしてしまう自然界の息づかいであり、一瞬のなかに永遠性を内包する摂理でもある。

小世界のかすかな動きを、これほど見ごとに描くことが出来るのは、蕪村の特異な感性の証《あかし》で他に例を見ない。

牛部屋に蚊の声闇《くら》き残暑哉　芭蕉

蚊柱や棗《なつめ》の花の散るあたり　暁台

と比べて見ても、自然界の小さな移ろいをとらえる蕪村の感覚の細やかさと優美さにおいては、かなりのへだたりがあるように見える。

春の海終日《ひめもす》のたり〳〵かな

友人の三宅嘯山が『俳諧古選』に「平淡にして逸」と評価、さらに『俳諧百家仙』の巻首にこの句を題した画像がのったため、蕪村は中興俳人の第一人者と目され、「春の海」の句は蕪村の代表作と考えられるようになった。「蕪村句集講義」（『子規全集』第十七巻）以来、句の評価が問題とされてきたが、清水孝之氏が『与謝蕪村の鑑賞と批評』のなかで、各氏評を簡潔に紹介している。

碧梧桐は「抽象観念に終始してゐるのみならず、〈のたり〳〵哉〉で、春の海らしい、其の特性を抽出したと言った機智——手柄——の方が目につく」（評釈）と否定し、最近の秋桜子も「実につまらぬ句」とおとした。肯定する評家は、「船の一艘を点ずるのでもなく、渚の一部を描き添へるのでもなく、たゞぼうばくとした海だけを出した手法はめづらしいが、此句は風景的に味はせる句ではなくて、のたり〳〵といふ音感から味はせるもの」（井泉水）とする音律的観点に立つ（米次郎・朔太郎・吐天）。「長閑かな稚醇な心境」（吐天）、「どこかおほどかで、日本人共通の童心に通じた喜ばしさがある。非常に幼い時、人の背の上に上つて初めて眺めた海の印象」（草田男）と解するのに同感される。

人の性質や感性には先天的なものもあれば、教育や環境から形成されてくるものもあるであろうから、秋桜子が「実につまらぬ句」と高踏的なスタンスからこの句をけなしても、別に異を唱える積りはない。が、この句は時空を超えた蕪村の代表的な秀句の一つであることは間違いない。

泰然と波うつ自然界の広くてのどかな景観を見ていると、人間社会の競合や軋轢《あつれき》などもろもろの煩悩は、どうでもいいように思えてくる。このゆったりとした春の海は、生まれながらの心を閉じ込めていた重い扉を開け放ち、狭隘《きょうあい》で暗く陰湿な場所から、広くて伸びやかな明るい場所へと導いて、万人の心を癒してくれる効果があるのである。もちろん蕪村が、このようなことを意識して作った訳ではない。作品は一度発表されてしまうと、作者の人格や教養から掛け離れて独り歩きをする、というのが私の持論である。「春の海」の句は、その典型的なものであると思っている。

稲づまや浪《なみ》もてゆへる秋津しま

「稲妻」を『新日本大歳時記』（講談社）で引くと「古くから稲は雷光と交わって実を孕《はら》むと伝えられてきた……。〈稲妻〉〈稲の妻〉〈稲の殿〉〈稲の夫〉または〈稲つるみ〉などと呼ばれているのも、この言い伝えによる。稲妻の多く走る年は豊作だともいう」（宇多喜代子）と書かれているところがある。このことは古くから稲妻が農事に係わっていたことを意味し、〈稲の妻〉〈稲の夫〉〈稲つるみ〉などの語から、すこやかな男女の媾合《こうごう》が、豊作と結びつく原始宗教的な営為と考えられた時代があったことをしのばせる。

万葉から中世の頃には、このような古い時代の豊作祈念の影はすっかり消えてしまい、

秋の田の穂のうへを照らすいなづまの光の間にも我や忘るる　読人知らず『古今和歌集』

稲妻の光に行かむ天の原はるかに渡せ雲のかけはし　『狭衣物語』

あの雲は稲妻を待つたより哉　芭蕉

稲妻のかきまぜて行く闇夜かな　去来

と、ひたすら優美的な詩として詠まれるようになったのである。
掲出句は、

わたつ海《み》のかざしにさせる白妙《しろたへ》の浪もてゆへる淡路島山《あはぢしまやま》　読人知らず『古今和歌集』

に拠ったものとされているが、さらに天上のはるかな高みからでなければ詠えない、視野の雄大な想像力を働かせることが出来たのは、蕪村が詩歌の伝統や慣習から自由であったからに他ならない。それは彼が、すでに近代という薄明の中に生きていた証であった。

稲づまや浪もてゆへる秋津しま
いな妻や秋津しまねのかゝり舟

芳賀徹氏は、蕪村のこの二句を挙げて『與謝蕪村の小さな世界』の中に次のように記している。

右の二句の作られたのは……明治維新のちょうど百年前、前野蘭化（良沢）や杉田玄白が『ターヘル・アナトミア』（『解体新書』）の訳業にとりかかる三年前のことである。まさに始まろうとする西洋発見＝日本再考の知的運動を予感するかのように、その胎動を伝える道しるべでもあるかのように、右の句はかすかな不安のふるえをおびて徳川文化史の一角に立っている。

宿かさぬ燈《ほ》影《かげ》や雪の家つゞき

奥羽放浪の体験を詠んだもの。おそらく蕪村は、江戸に入る前から浄土宗最下層の僧籍にあったと思われる。結城出立の際には多少の餞《はなむけ》はあったであろうが、長途の旅のはじめ頃には使い果たしていただろう。

旅の途次の宿は、浄土宗その他の寺社を頼りにしたと思われるが、寺社が見つからなければ農家や町家に宿を乞わなければならない。快く泊めてくれる家は少なく、年老いた病人がいるとか、乳飲み子が泣くからとか、断られることの方が多かったに違いない。

その困苦の様子を、蕪村は『から檜葉』(「夜半翁終焉記」几董編)の中に次のように漏らしている。

来しかたをおもふに、野総・奥羽の辺鄙《へんぴ》にありては途に煩ひ、ある時は飢《うゑ》もし、寒暑になやみ、うき旅の数々、命つれなくからきめ見しもあまた、びなりし……。

蕪村も人の子である。幼い頃稚児として寺に預けられるまでは、無邪気に遊び、我がままを言って叱《しか》られるなど、普通の子供と同じ時を過ごしていたはずだが、仏道の心の世界に浸り、さらに江戸に出て宋阿の内弟子となって、高邁《こうまい》な人格の感化を受けてからは、人を恨む心は消えてしまっていたと思われる。人間である以上、そんなことはあり得る筈がない、と信じない人もいるだろうが、些事《さじ》にこだわる気持は自然と薄らぎ、彼は絵と俳の世界にひたすら打ち込むようになっていたのだ。蕪村の人格形成には磊落《らいらく》な養父と宋阿の影響が大きかったと思う。

だから奥羽放浪の途次、宿を断られて、辻堂や人の家の軒下に寝るようなことがあっても、人を恨み羨《うらや》む気持はいささかもおこらなかったのだ。

雪道を苦しみ歩いてきても、振り返れば軒を連ねるほのかな火影がひたすら美しかったのである。家々に灯る小さな暖かそうな火影は、幼い日の楽しかった家族の団欒《だんらん》を回想させ、またそれが、終生蕪村の生きる心の目標になっていたのだ。

なの花や月は東に日は西に

よく引合いに出されるものに、中野南山編の丹後民謡『山家鳥虫歌』にのる「月は東に昴《すばる》は西に、いとし殿御《とのご》は真中に」がある。また其角の

稲妻やきのふは東けふは西　其角

の句が念頭にあったと言われている。さらに陶淵明の「雑詩」（其の二）の初めの二句が引用されることが多い。しかし蕪村の心の竪琴《たてごと》を響かせたのは、三句目以下、とくに終わりの四句であったのではないだろうか。

「雑詩」（其二）　陶淵明（訳　一海知義）

白日　西の阿《くま》に淪み
素月　東の嶺《みね》に出づ
遙かに遙かに　万里に輝き
蕩《みなぎ》り蕩《みなぎ》る　空中の景《ひかり》
風来たりて　房の戸より入り

夜中　枕も席《しとね》も冷ゆ
気変じて　時の易《かわ》れるを悟り
眠らずして　夕《よる》の永きを知る
言《かた》らんと欲するも　予《われ》に和《こた》うるものなく
杯を揮《さ》して　孤《わ》が影に勧《すすむ》
日月は　人を擲《す》てて走りゆき
志あるも　騁《の》ばすを獲《え》ず
此れを念《おも》えば　悲しみと悽《いたま》しさを懐《むね》に
暁《あかつき》に終《いた》るまで　静かなること能《あた》わず

蕪村が標題句を作ったのが、宋阿三十三回忌に当たる安永三年の三月二十三日である。画俳共に充実していた頃だが、「雑詩」（其二）にある「日月は　人を擲《す》てて走りゆき」以下結句までの四句は、蕪村の深奥に鬱々《うつうつ》としてあるそのものではなかったかと思う。

蕪村の句は、「なの花」「月」「日」の色彩鮮やかな、いたってシンプルな構成になっている。農家とか道とか水車とか、遙かに見える山並とか、すべてを捨象した抽象的な構造は、菜の花の雌黄《しこう》の広がりと、いままさに東の空に昇ろうとする黄味を帯びた白銀の月と、西の山塊に沈もうとする橙紅《とうこう》の日の三素材による三字切《きれ》の単純な構造であるために、一層人の心の定型的な快感原則と呼応して印象鮮明な句になったのである。

しかし、それだけではない。一面の菜の花も昇る月も沈む日も、みな故郷で見たものの幻影であり、狂おしくやる方ない思いを表白した望郷の詩であったのだ。

子規は無窮大の野心について語ったが、蕪村は胸の奥深くに秘めたものについては一切語っていない。子規は蕪村の中に、自分と同質なものと、全く正反対のものを見てとったのである。彼が蕪村に傾倒し、その顕彰に多くの労力を惜しまなかったことは、高く評価されなければならない。（参考　拙著『子規と近代の俳人たち』「蕪村発見」角川書店）

目にうれし恋君の扇真白《ましろ》なる

「恋君」には二説あって、『日本古典文学大系』と大磯義雄の『与謝蕪村』では、この恋君は女性であると解説している。『日本古典文学全集』あたりから、蕪村派では男性から女性の恋人をさす場合には「妹《いも》」という語を常用するので、この「恋君」は男性である、と説明。以後男性として鑑賞されるようになった。

「目にうれし」と直截《ちょくせつ》的表現で恋しい気持を表すところから見れば、対象としての恋君は男性である方がふさわしい。白には「無垢《むく》」「清高」「潔さ」などのイメージを描くことが出来る。広間での何かの祝いの席で、思う人を目でさがすと、その人は端然としてすわり、隣の人と談笑しながらゆったりと真っ白な扇を使っている。一段と頼もしく見えて、恋心を掻きたてられるのである。

恋わたる鎌倉武士のあふぎ哉

と共に気品のあるさわやかな佳品。

水にちりて花なくなりぬ岸の梅

蕪村は安永六年一月晦日、但馬国出石《いずし》の門人霞夫に次のような手紙を出している。

(長い書簡なので抜粋した箇所の訳のみを載せる)

あなたの父の有橘《ゆうきつ》君が亡くなった由、早春に知り驚きました。……私はこの春

に春帖を出しました。あなたの句は除く積りでしたが、あなたの名がないのは甚《はなは》だ
さびしいので、やはり名を載せ（代作）ておきました。……御愁いの中にも発句は時折成されるべきです。詩歌ともに愁いの中で作るものが多いようです。杜甫の妙句も多くは愁いのうちに作られています。……春帖『夜半楽』は近いうちに出しお送りする積りです。

これは陶淵明が「悲しみと悽《いたま》しさを懐《むね》に」と詠んだように、秀句はすべて愁いの中にこそ生まれるものであることを、蕪村は霞夫に伝えたかったのである。この後、自句を載せ次のように記している。

水にちりて花なくなりぬ岸の梅

この句、打見ニはおもしろからぬ様に候。梅と云《いふ》梅ニ落花いたさぬはなく候。されども樹下ニ落花のちり舗《しき》たる光景は、いまだ春色も過行《すぎゆか》ざる心地せられ、恋々の情有レ之候。しかるに此江頭の梅は水ニ臨み、花が一片ちれば其まゝ流水が奪《うばひ》て、流れ去《さり》〳〵て一片の落花も木の下ニは見えぬ、扨《さて》も他の梅とは替りてあわれ成有さま、すご〳〵と江頭ニ立るたゝずまゐ、とくと御尋思《ごじんし》候へば、うまみ

出《い》候《で》。御嚙《おんかみし》メ可レ被レ成候。

落花流失の句は蕪村の自信作であり、ずい分気に入っていたようだ。説得されれば、なるほどと分かるものはある。しかし一つの芸術作品としては、何かもの足りないものがあるのも事実だ。自信作が句会などでは全く点が入らないことがあるのは、実作者であればみな経験していることだ。この蕪村の自信作も、佳品として評価する人は少ない。が、秀句と言われるものが、人知れぬ「悲しみと悽しさ」のなかから生まれてくるのも事実であろう。

花の香や嵯《さ》峨《が》の燈《とも》火《し》《び》きゆる時

「花の香や」と蕪村は詠み出しているけれど、桜の花には匂いがないので、伝統的に詩歌の対象として扱われ清雅な趣のある梅に対比して、感覚的に香を添えることによって桜の情趣を醸しだそうとしたのだろう。花の香は晩春の季語。「花といふは桜の事ながら、都而《すべて》春花をいふ」と『三冊子』にある。

当時の人が、いつ頃の時刻に寝たかは分からない。夕餉をすませて、すぐ寝ることもないだろうから、おおよそ現在の九時頃とすれば戸外はすでに暗闇の世界である。嵯峨から蕪村の住居（仏光寺烏丸西へ入ル町）までは、おおよそ四、五キロであるから、提灯をさげて帰れないことはないが、この句、実際に嵯峨を通り過ぎようとしているのではなく、一つ一つ明かりが消えていく、桜で名高いおくゆかしい嵯峨の静もりの中を、歩いている気分になって作った想像の句のような気がする。

あるいは実際に嵯峨を振り返っての属目の吟か。

華麗で情趣の深いこの句が評判になり、〈虫の音や燈籠の燈の沈む時〉（作者不明）のような追随する句が多く作られたらしい。

この掲出句は、嵐山をひかえる静かな嵯峨の古風な佇まいが、花の香のただよう闇の中に、ほのかに薄墨で描かれているような気品の高い名吟である。

高麗《こま》船《ぶね》のよらで過《すぎ》行《ゆく》霞かな

高麗には、古代高句麗《こうくり》と高麗《こうらい》との二国がある。高句麗はツングース系の王国で、領土は滾《りょう》河《が》以東、朝鮮半島の中部まで及んだが、六六八年に唐と新羅の連合軍によって滅ぼされた。

高麗は九一八年王建が建国、翌年の今の開城に都を定めた。九三五年新羅を併合し、九三六年には百済《くだら》を滅ぼして全半島を統一したが、一三九二年李成桂に滅ぼされた。

高句麗は奈良朝時代にしばしば日本に朝貢し、日本からも大使小使を派遣した。六一〇年に彩色及び紙墨の法が日本に伝えられている。諸家いずれも、古代高句麗と見なして鑑賞しているので、それに従う。しかし、掲句は蕪村のロマンチックな幻想詩なので、どちらにしても問題はない。

江戸中期、庶民の倦怠感が飽和点に近づくにつれて、近代をまさぐる動きが随所に現れ始めていた。蕪村は画・俳、とくに俳詩の中で、自分では気づかぬうちに伝統と慣習の古色を脱皮して、自由で新たな方法を求め、実践した。この句は、その蕪村の心の中に自然と湧きおこる希求と憧憬、期待感が一八〇度反転して過去のロマンへと遡《さかのぼ》った幻想詩である。鮮やかな色彩でいろどられた高麗船は、蕪村の期待感を裏切って立ち寄ることもなく、春霞の中へ消えてしまう。それは故郷へ帰ろうとして辿《たど》っていた道が、いつの間にか草むらの中に消えてしまう望郷の精神構造のパターンと軌を一にしたものである。この非充足感が、蕪村のすべての作品の源になっている、と私は考えている。

春の水山なき国を流れけり

　蕪村にはほの暗いわずかな空間での、小さなもの音にも細かな神経を働かせる希有な感性がある反面、田・畠・人・家・木・花など、そこに存在するもろもろのものをすべて捨象し、大景だけをさらにクローズアップさせて見せる大きくて、おおらかな想像力があるのも、彼の優れた資質だ。このような特異な詩幅は、努力して得られるものでないので、生まれつきの天分としか言いようがない。

　この山なき国を流れる川は、毛馬堤から淀川を見ての回想か、関東流寓時代の利根川の思い出か、また京都近くの実景か、いずれとも知るよしがないが、どこと推定する必要もないだろう。山なき国は、広々とした平野のことを裏返して言っただけで、句に詠まれている表象は、豊かでいままさに自らの命の躍動を謳歌しつつ流れている春の水だけである。

　その豊かな水量の春の流れを見るだけで、人の心も豊かになるのである。

　　春の海終日《ひめもす》のたり〳〵かな

の句と同じように、人の心の中の雑念、妄想を消去し、ゆったりとした気分にさせる癒しの効果がある。大づかみな句であるが、それ故に、味わいのある名句として認める人も少なくない。

橋なくて日くれんとする春の水

この春の水が流れる川は、

夏河を越すうれしさよ手に草履

のような浅い川ではない。とは言え、四条五条の大きな橋が架かるほどの川でもない。野辺を流れる川で、春色を楽しみながらゆったりと野道を歩いていく。やがて日は傾いてきて西空が茜《あかね》色に染まりはじめるころ、気がつくとどこにも橋が架かっていない。別に渡る必要もないので、そのまま歩きつづける。

蕪村の心の深奥には、ある特別なわだかまりがあり、それを橋のない川に仮託して表そうとしたのではないかと思う。蕪村自身意識していたかどうかは分からないが。

それは草むらの中に消えてしまう小道と同じで、橋がないのは、故郷へ帰る方途が閉ざされていることを意味しているのではないだろうか。

「百尺竿頭一歩を進む」(『無門関』)の禅語を日常語の中に使う蕪村だから、「扶《たす》けては断橋の水を過ぎ伴《ともな》っては無月の村に帰る」の同じ『無門関』の中の言葉も、修行僧であった蕪村は当然知っていたはずである。

一杖があれば橋のない川でも渡れるし、暗夜の村へも帰ることが出来ると言うのである。しかし、故郷《ふるさと》に対する満たされることのない切なくやり場のない思いがあるにしても、この句、いままさに暮れようとする黄昏の中を、橋をさがしながら、別に焦る様子もなく、春の流れを楽しむかのように川べりを徘徊《はいかい》する一老人の心の中にこそ思いを馳せるべきだろう。

蕪村には橋のない川を渡り故郷へ帰る一杖がなかったのだ。それでも蕪村は遠い昔を思い浮かべながら、暮れなずむたゆたいの中に心を溶け込ませ、なるがままに行く末を任せていたのである。エグザイル(故国喪失者)である彼を支えたものは、絵と詩以外には何もなかったのだ。

門を出《いづ》れば我も行《ゆく》人《ひと》秋のくれ

この句について蕪村は、安永三年九月十日付、柳女・賀瑞宛の手紙に

門を出《いで》て故人に逢《あひ》ぬ秋の暮

の、もう一句を挙げて「いづれ然るべくや」と意見を求めている。これは芭蕉の

人声や此道かへる秋の暮　芭蕉

此道や行人なしに秋の暮　〃

の二句を門弟に示し、「此の二句のうちいづれをか」と言ったことを踏襲したものである。「月日は百代の過客にして行かふ年も又旅人也」と言った芭蕉は、俗世間の中にあって生きることを好まず、旅の非日常の中に生きることを人生の本義としたのだった。

蕪村は絵師として生活の糧《かて》をかせぎ、家族を養うために俗世間の裏貧居に住み、自作の絵を高めるようなことを書いた手紙や、画料の督促をしたり生活の窮状を訴える書簡を出したりして、絵の販売活動に労力を費やさなければならなかった。

だけど蕪村は一歩門を出れば「私も旅人であって、野の骸《むくろ》になる覚悟は出来ているのですよ」と言いたかったのである。

ゆふがほのそれは髑髏《どくろ》か鉢《はち》たゝき

さみだれや大《たい》河《が》を前に家二軒

この句、蕪村が渡りなれている四条・五条の大橋の架かる鴨川での属目ではなく、京都から大阪へ舟下りした時の景致を思い出して作ったのではないかという気がする。

安永六年五月二十四日、正名・春作宛の手紙に、この句と共に

涼しさや鐘を離るゝ鐘の声

の句を載せて、「右は当時流行の調《しらべ》にてはこれなく候」として、さらに同じ日付の、也好宛の手紙には、

雨後の月誰《た》そや夜ぶりの脛《すね》白き

を加えて三句とし、

右いづれもをかしからぬ句なれど、折から仕り候故書付け御なぐさみに呈し候。

当時流行の句調とはいささか違ひ申し候。流行のぬめりもいとはしき心地仕り候。

と記している。

句会などの席で、だれもが好んで作るような句ではなく、面白さも味わいも少ない句だけれど、このような句も作らない訳にはいかないので……という気持を表したのである。

蕪村は数詞を的確に使うことに長《た》けていた。

小原女の五人揃うてあはせかな
葉ざくらや南良《なら》に二日の泊り客
笋《たけのこ》を五本くれたる翁かな

「大河を前に家二軒」の二軒は、実にところを得た数詞である。一軒では、あまりに孤絶感が過ぎ、三軒以上であれば大河を前にした不安感は散漫になる。

大河に接している毛馬の人たちは、氾濫《はんらん》に対する恐怖心が、代々遺伝子の中に組み込まれていて、ことの他に大きかったに違いない。堤上の二軒の家は、肩を抱き合うように大河の増水にじっと耐えているのである。

二軒の数詞のなかに、何故か私は蕪村の心の暖かさを感じるのだ。寄り添うように建っている二軒の家は、互いに労り合うような趣すら感じられる。「からき目」にもあった奥羽放浪の行脚でも、人に心を通わせようとする、その暖かさは終生消えることがなかった。

宿かさぬ燈影や雪の家つゞき

逆説的に見れば、その暖かさは孤独の淋しさから強められてきたものである。幼少期に母を亡くした蕪村は、独りで世間を渡らなければならなかった。心がいじけて暗くなってしまうのではなく、蕪村は生涯人間らしい暖かさを求めつづけたのである。それは父（養父）の人となりに負うものが大きかった、と私は思っている。

心太《ところてん》さかしまに銀河三千尺

ところてんはテングサなどの紅藻類を煮てその上澄みを凍結して作った季節の食品。奈良時代からあったもので、冷味をそそるため夏になると好んで食べられた。後年、山口誓子の愛読書でもあった『嬉遊笑覧』（庶民の生活全般にわたって、その来歴・意義を解説したもの）には、「よき人の食品ではなかった」と書かれていると言うから、庶民的食品であったことが分かる。

「さかしまに銀河三千尺」は、天の川を逆さになって飲み込んでしまう、という気宇壮大な諧謔である。李白に「廬山《ろざん》の瀑布《ばくふ》を望む」と題する二首があり、その二首目を記す。

日は香炉を照らして　紫煙を生じ
遙かに看る　瀑布の長川《ちやうせん》を挂くるを
飛流　直下　三千尺
疑うらくは是れ　銀河の九天より落つるかと

「香炉」は、江西省九江の南にあるいくつもの峰を連ねる山で、『枕草子』にも見える香炉峰のこと。太陽が香炉峰を照らすと、紫の霞が立つ。はるかに見える瀑布は、長い川を垂らしたようである。飛び散る流れは、まっすぐに大空のてっぺんから、天の川が落ちてきたのかと疑った。

三千尺（約千メートル）は、白髪三千丈の中国風の誇張的な表現で、実際の長さとは関係ない。李白の詩をかりて豪快でさわやかな滑稽感を出した、胸のすくような発句である。この句を口誦しながらところてんをすすり込むのも一興。

恋さまざま願《ねがひ》の糸も白きより

七夕《たなばた》は五節句の一つで、陰暦七月七日の夜に天の川の東岸にある牽牛星《けんぎゅう》（アルタイル）と西岸にある織女星《しょくじょ》（ヴェガ）との年に一度の逢瀬を祭る行事。古くは『詩経』に見られるが、この二星を恋人に見立てることは、後漢時代（二世紀）の古詩にはじまり、二星の逢瀬を楽しむという話は、六朝の『擬天門』や『風土記』にはじめてあらわれる。

少女らが裁縫の上達を祈って五色の糸を竿に掛け、二星に手向けるロマンチックな催しだが、少女ばかりでなく老若男女が、それぞれに願いをかけてこの一夜を祝った。

白楽天（白居易）に次の詩句がある。

憶い得たり少年にして長く乞巧《きつかう》（二星の祭）せしことを

竹竿の頭上に願糸多し

『和漢朗詠集』

乙字の『蕪村発句解』には、「墨子に白き糸の潔《いさぎよ》きもいろいろに染《そめ》なすに順《より》て色を変ず。人の心ももと白く尊き物なれども、いろいろの邪にふれて本然の気質を失ふといためることあり」と記されている。

「墨子の故事」とは、「子墨子、糸を染むる者を見て嘆じて曰く、蒼に染むれば則ち蒼となる、黄に染むれば則ち黄となる。入る所の者変ずれば、其の色も亦《また》変ず。五入すれば五色と為る。故に染は慎まざる可からざる也。独り染糸のみ然るに非ざる也」の「墨子泣糸」とも「墨子悲染」とも言われているものである。

蕪村は、おそらくこれらの故事を念頭にして、この句を作ったと思われるが、「恋さま〲」のニュアンスから、白き糸からさまざまな色の糸に染めあげられていく、幸せな恋の出逢いと成就を願う清純な乙女心を詠んだことは間違いない。「五入すれば五色と為る。故に染は慎まざる可からざる也」のように教訓的に解するのは、決してロマンチスト蕪村の本意である筈がない。

梅咲いて帯買《かふ》室の遊女かな

安永七年十二月二十七日付、雨遠・玄沖宛の書簡に、

うめちるや螺《ら》鈿《でん》こぼるゝ卓《しょく》の上

と共にでている句。

室は、室の津・室の戸とも言われる播磨室津《はりまむろつ》の港町。奈良時代から瀬戸内海屈指の港として栄え、船の出入りが多く、ここの遊女町は全国的に名が知られていて、室君《むろぎみ》はここの遊女から出た言葉だと言う。

梅の咲く早春、陽も明るくなり室の港町も次第に活気づいてくる。姫路方面から来た行商を取りかこんで、室の遊女たちが賑《にぎ》やかに言葉を交わしながら、新しい帯の品定めに夢中になる。遊女のまことほど当てにならないものはないと言われているが、春めいてくると遊女の心もうきうきとしてくるのだ。時には、恋しい人と命がけで足抜けをする遊女もいたが、それほどではなくても、好《す》いた人の一人か二人ぐらいいるのは当たり前のことであったろう。たとい好いた人がいなくとも、帯を買う時には、無理にでも恋しい人を頭に描いて、他に負けじと品定めに夢中になるのである。悲しい陰りを胸に深く秘めた、恋情詩の華やかな一場面である。

春雨や暮《くれ》なんとしてけふも有《あり》

「けふも有」は、蕪村のやるせなく空しい心の暗がりから生まれてくる言葉で、充たされない気分が漂っている。昨日も一昨日《おととい》も同じように無為に過ごしてしまった、という悔恨も含まれているだろう。句作も出来ず、催促の手紙をもらいながら、画業の方もまだ手をつけられないでいる。書かなければならない手紙も出していない。彼はぽつねんとして春雨に濡れる庭の草花を見ているだけである。いたずらに流れる時間の中に充ちてくるアンニュイに、ただ身を任せているだけなのだ。だが、蕪村の心の深い暗がりを、もっとよく覗いて見れば、この倦怠感は何ものにも替えがたい至福の時であったかも知れない。

この虚ろなアンニュイに身を任せている蕪村の心は、いつの間にか故郷に帰っていき、母の傍らで何も思い煩うこともなく過ごしている幻を見ているのである。

俗世間に溶け込み必死に糊口をしのいでいた蕪村は、心を高きにおいて、点滅する感性の灯に導かれるままに、既存の美意識とは異なる倦怠の美意識を、ダダ（虚無）の自己分析から痴情の奈落《ならく》へと堕《お》ちていくアルベルト・モラヴィアの『倦怠』に先がける、およそ百年も前に体験（倦怠と芸妓との痴情）していたのである。

遅き日や谺聞ゆる京の隅
ゆく春やおもたき琵琶の抱心
春雨やもの書ぬ身のあはれなる
うた、寝のさむれば春の日くれたり
等閑《なほざり》に香焚《た》く春の夕哉
さしぬきを足でぬぐ夜や朧月

凧《いかのぼり》きのふの空の有《あ》り所《どころ》

河東碧梧桐（一八七三〜一九三七）が『蕪村句集講義／蕪村遺稿講義』（大正五）で、

凧よりも、ひろ〴〵とした大きな空を感ずる心持が強い。そこに或る悠久な、永遠を感ずるやうな、捕捉《ほそく》し難い茫漠たる気分が漾《ただよ》うてゐる。

と言っているのを読んだ時、『郷愁の詩人 與謝蕪村』朔太郎（一八八六〜一九四二）の文脈と同じではないかと驚いたことを覚えている。

朔太郎は、その著書の中で次のように記している。

蕪村らしい郷愁とロマネスクが現はれて居る。「きのふの空の有りどころ」といふ言葉の深い情感に、すべての詩的内容が含まれて居ることに注意せよ。「きのふの空」は既に「けふの空」ではない。しかもそのちがつた空に、いつも一つの同じ凧が揚つて居る。即ち言へば、常に変化する空間、経過する時間の中で、ただ一つの凧（追憶へのイメーヂ）だけが、不断に悲しく寂しげに、穹窿《きゆうりゆう》の上に実在して居るのである。かうした見方からして、この句は蕪村俳句のモチーフを表出した哲学的標句として、芭蕉の有名な「古池や」と対立すべきものであらう。尚「きのふの空の有りどころ」といふ如き語法が、全く近代西洋の詩と共通するシンボリズムの技巧であつて、過去の日本文学に例のない異色のものであることに注意せよ。蕪村の不思議は、外国と交通のない江戸時代の日本に生れて、今日の詩人と同じやうな欧風抒情詩の手法を持つて居たといふことにある。

朔太郎特有の情感に訴える刺激的な文脈であるが、「全く近代西洋の詩と共通する……」以下は、その通りだと思う。

「きのふの空」は、一日一日と過去へさかのぼっていき、毛馬堤で幼な友だちと凧揚げをした日へとたどりつく。いくつも揚っていたであろう凧は、みな捨象されて、一つの凧だけが揚がっているのだ。澄んだ碧空の中にはその凧を介して、炉辺のほのかな赤い火や母の膝《ひざ》や懐が、薄い影絵のように浮かび上がってくるのである。

花に舞ハで帰るさにくし白拍子《しらびやうし》

白拍子は平安時代末期に起った歌舞の一種で、のちにはそれを演ずる遊女のことを言った。本来は鼓を主伴奏楽器とする今様《いまよう》風の歌謡であったが、これに舞を伴うことが流行し、男舞といって遊女が男装して舞うようになった。はじめは水干《すいかん》、立烏帽子《たてえぼし》に白鞘巻《しろさやまき》をして舞ったが、のちには水干、はかまだけになる。平安末に雑芸《ぞうげい》の一部として民間に起こり、貴族の間にも愛好されるようになった。室町時代には〈歩き白拍子〉という一種の門付《かどつけ》芸人となって次第に衰えていった（水干は昔の白い衣装）。

しかしこの句を見ると、江戸中期頃にはまだ遊興の芸事として流行っていたことが分かる。白拍子で、たいていの人がすぐに頭に浮かべるのは義経の妾、静御前《しずかごぜん》だろう。

文治元年、頼朝と不和になった義経は、京都の六条堀川で、その当時舞曲で名高かった白拍子の静と親しんだ。土佐坊昌俊が堀川亭を襲ったとき、静は義経をたすけ、彼の大物浜、吉野逃避にも従った。が、義経と別れ京に帰る途中で吉野の衆徒に捕えられ、翌年の三月鎌倉に送られる。頼朝から義経の所在を尋問されたが終始知らないと申し切り、四月八日鶴岡八幡宮の回廊で、義経を慕う舞を舞う。七月になって静は義経の男子を産みおとし、頼朝はこの子を由比浦に棄てさせてしまう。九月許されて京都に帰ったが、その後の消息は不明。

蕪村は、白拍子と言えば、だれでもこの有名な説話を連想することを前提に「花に舞ハで」の句を詠んだのである。

花の舞い散るこんなよい日に、舞いの一つも舞わないで帰るのは心憎いことである。しかし、静御前よ、あなたも普段の心労を癒し、降りしきる花を楽しんで帰るのだろうから、残念だけど、まあ許してあげましょう。と、蕪村は、心の中ではつぶやいていたかもしれない。

茨《いばら》老《おい》すゝき痩《やせ》萩《はぎ》おぼつかな

蕪村の家庭の一時期を寓意したとするのが大方の見方である。茨は老残の身をしみじみと見つめている蕪村自身であり、花をつけるにはまだ早いすすきは、前よりは一段と細身になった妻ともであり、萩は腕の痛みの持病をかかえたまま、結婚を控えた一人娘くのの頼りない姿である。

安永五年と思われる六月二十八日の霞夫宛の書簡に、

愚老儀、去年中より当春へかけ長病《ながわづらひ》、既ニ黄泉《くわうせん》之客と存じ候ふ程の仕合せにて、当春へ至り候ひても一向画業打捨て置き候故、家内物入り、其の外生涯之困窮御察し可レ被レ下候。

としたためていることから、生活はかなり苦しい情況に追い込まれていたことが分かる。

蕪村の生活は、夜半亭を離れて以来、関東放浪、奥羽行乞行脚、そして京へと、その時まかせの身を生きるしかなかったのが実情である。不安と困苦は常に暗い影のようにつきまとっていたのだ。

画業が多忙で、さらに思いがけない報酬を得られた時などは、家族を芝居に連れていき帰りには料亭にあがってみたり、いつもなら手の届かない高額な着物を妻子に買い与えるなどして、散財してしまっていたであろうから、いったん収入が跡絶えると、生活は惨たんたるものになってしまうのである。蕪村の家庭の生活の有り様は、この繰り返しだった。

日は斜《ななめ》関屋の鎗《やり》にとんぼかな

関屋は関守の住む家、関所の番小屋のことだが、関所そのものと見て差し支えないだろう。街道の要所にはどこでも関所が置かれていて、旅をする者は必ず関所を通らなければならない。いかめしげな役人の前に出て関所手形を見せる時には、なんのやましい所がなくても、おのずと緊張感が走る。役人は役人で、いつ悪逆非道の輩や手配中の不審な人物が通るか分からないので、常に緊張を強いられている。

鎗は、その不測の事態に備えて置かれているもの。

やがて日が傾き、通行する者がまばらになると、張り詰めていたものがほぐれてくる。鎗に止まるトンボは、そんな人間の心理情況とは係わりないが、一日の仕事が終わろうとする役人らの安堵《あんど》感と、薄暮に漂う寂寥感とを象徴しているのだ。永遠の流れの時間の中から切り取ってきたこの一幅には、蕪村の詩心の並みでない高さを窺《うかが》わせるものがある。傑出した作品の一つであると私は思っている。

こがらしや何に世わたる家五軒

まわりに田畑や菜畑などがあれば、その家に住む人の職業はおのずから見当がつく。農家でなければこの五軒は、町の通りに面した家か、その通りからさらに狭い路地に入った借家であろう。どの家も強風に備えて堅く戸を閉ざしているが、凩《こがらし》が時折激しく吹きつけ、鉢や桶《おけ》や木の枝などをたたきつける。

そんな強い風の吹く日に蕪村が出歩くとは思われないので、この句は想像で詠んだ句だろう。あるいは奥羽放浪時代に目にした貧しそうな家並みの印象が強く心の中に残っていて、それを思い出して詠んだものかも知れない。五軒は微妙な数詞である。四軒でも六軒でもよさそうだが、素数の五を用いたところに、寄り添うようにひと塊にまとまっている感じがある。軒も戸も風雨にさらされ、半ば壊れかけているような家を属目した臨場感がある。

蕪村にかんこ鳥を詠んだ次の句がある。

何喰て居るかもしらじかんこ鳥
金《こがね》掘る山本遠し閑古鳥
親もなく子もなき声やかんこどり

流浪の旅の途次では、日に一、二度食事を抜くようなことが何度もあっただろう。二句目は豊かさとは無縁な境遇を嚙みしめ、三句目は、寄る辺のない身を世間の風に苛まれて、親も子もないかんこどりに心を通わせ哀れんだのである。このかんこ鳥は、蕪村を寓意した彼の化身でもあるのだ。

飢饉《ききん》がおこる度に路上に乞食《こつじき》をする非人が多くなる。戸を閉ざしている五軒のなかには、何人かの非人に身を落とした人がいたかも知れない。その頃の農村は、流通する商品を多量生産して潤う地主、土地を持ち自作する中農、土地がなく小作する貧農に分かれ、下層農民は窮乏のあげく一家離散して浮浪化していったものが少なくなかった。

蕪村に次の句がある。

辻堂に死せる人あり麦の秋

辻堂の仏にともす螢かな

時鳥《ほととぎす》柩《ひつぎ》をつかむ雲間より

時鳥は鶯などの巣に卵を産む習性がある。また鳴き声が山野に鋭く響きわたるので、その思いつめた胸をえぐるような鳴き声と、托卵の習性などから、死出《しで》の山路を越えてくるという伝説が生まれた。

死出の山越えて来つらんほととぎす恋しき人の上語らなん　『拾遺集』

死出の山を越えてきたであろうホトトギスよ、あの恋しい人のことを語ってほしい、と平安歌人はうたっている。

現在でも地方にはいろいろな民話が残っている。ホトトギスの鳴き声を、岩手地方では「包丁《ほうちょう》立てた」と聞き、長野の方では「弟腹、突《つ》った」と聞いている。

この柩をつかむの句からは、羅生門の鬼が、渡辺綱《わたなべのつな》に切り落とされた片腕を取り返しにくる説話を連想してしまう人は少なくないだろう。渡辺綱は源頼光の郎党で、坂田公時・平貞道・平季武らと共に四天王の一人。多分に伝説的な人物で、酒天童子や鬼同丸を退治、一条戻橋の付近で鬼婆の腕を切った語り伝えなどは、往時よく知られた説話で、鬼婆が時鳥に化身して、切り落とされた腕を取り戻しにきた図が連想される。

『新日本大歳時記』（講談社）には次のような句が挙げられている。

野を横に馬牽《ひき》むけよほと、ぎす　芭蕉
水晶を夜切る谷や時鳥　鏡花
滝落つる天の破れやほと、ぎす　東洋城

標題句には、これらの句とは違った並み外れた蕪村の想像力の豊かさ、たくましさが横溢《おういつ》していて驚くばかりだ。

古井戸や蚊に飛ぶ魚の音くらし

蕪村の借家の隣なのだろうか。商家の別墅《べっしょ》らしい家から、人がいなくなってから数年が経つが、いまだに借り手がつかない。その空き家の古井戸の底で魚の跳ねる音がする。夏の昼下がりの一日、家の者も出払って物音一つしない暑さに耐えかね、ひと休みして隣の空地をぶらついている時であった。一瞬の間の小さな音であったが、その音はたしかに魚が飛び跳ねた音である。産卵のために暗い井戸の底へ降りていった蚊を食べるために魚がとびあがったのだ。昔は小さな生きものを食べさせて水をきれいにするために、井戸の中に鮒《ふな》などを放していたのである。
「魚の音くらし」の措辞は、音を聴覚ではなく視角でとらえようとしたもの。井戸の底は暗くて何も見えないが、わずかに波紋の跡が見えたような気がする。このような感覚の転換は蕪村がはじめてではない。芭蕉に次の句がある。

海暮れて鴨の声ほのかに白し　芭蕉

芭蕉の句が日常の中に溶け込んでいる風物であるのに対して、蕪村の句は、普段は気がつかないような特異な素材を扱っているものが少なくない。

みじか夜や芦間流るゝ蟹の泡
蚊の声すにんどうの花の散ルたびに

の類である。前にも記したが、この対象世界の広さは、天稟《てんぴん》の感性としか言いようのないものである。

年守《もる》や乾《から》鮭《ざけ》の太《た》刀《ち》鱈《たら》の棒

蕪村は明和七年十二月二十二日付の几董宛の書簡に次のように書いている。

御互に月迫《げつぱく》いたし候てこゝ、閙時節《さわがしき》、然ば大阪士川子（灘大石の酒造家）の宿の名所御書附可レ被レ下候。杉月より湖柳子届物、貴子より御たのみ申入候。きのふ正巳子より金弐百疋（金一両）画料御恵贈被レ下、辱《かたじけなく》、御挨拶可レ被レ下《くださるべく》候。

とし守や乾鮭の太刀鱈の棒

此の棒にて懸鳥《かけとり》どもを追回し、あるいは白眼《にら》み凌可レ申《しのぎまうすべく》と存候。（掛取りを鳥に見立てた）

借金取りの押し寄せるこの年の瀬をどうやって凌《しの》いだらよいものか。ご心配ご無用。それには格好の乾鮭の太刀と干鱈《ひだら》の棒で追い返してしまうから大丈夫だ、というのである。

蕪村の諧謔《かいぎやく》の句で、懸鳥を実際に追い返すようなことはなかっただろう。ジョークが言えるのはゆとりがあるからで、また一両ほどの画料とその他の画料も入っていたであろうから、支払いは滞りなくすませることが出来たはずだ。

「乾鮭の太刀」については、増賀聖《ぞうかひじり》の奇行が伝えられている。増賀は十歳の時、比叡山に登り良源の室に入って稚児となり、その俊敏なことが評判になった。出家受戒の後十二年間の籠山《ろうざん》を遂げたが、母の訓戒によって名利を捨てて諸方を遊行した。しかし、なお増長慢心を克服出来ず、とかく狂態を演じることが多かった、と言われている。

蕪村も幼少の一時期、寺に預けられたが、稚児として比叡山に入った確証はない。

『発心集』（鴨長明）に次のようなことが書かれている。

師の僧正悦《よろこ》び申し給ひける時、前駆の数に入つて、からざけと言ふ物を太刀にはきて、骨の限なる女牛のあさましげなるに乗って、やかたくちに打つ。人驚て様々に諫《いさめ》けれど、更に用ヒズ、我こそをさなきよりの御弟子なれば、誰か今日のやかた口仕《つかまつ》らむ、とて、おもしろくねりまはりければ、見物あやしみ驚かぬはなかりけり。かくて、「名聞《みやうもん》（名誉）こそくるしかりけれ、かたゐ（こじき）のみぞたのしかり」とうたひて、打離れにける。僧正も凡人ならねば、彼の「我こそ、やかたくち、うため」と宣《のたま》ふ音の、僧正の耳には、「悲しき哉、我が師悪道に入りなむとす」と聞こえければ車の内にて、「此も利生の為なり」となむ答へ給ひける。

狐火《きつねび》の燃つくばかり枯尾花

一見怪奇趣味的な題材を流麗に仕上げたように思われる作品だが、根はもっと深いところにあるような気がする。例えば、心のよどんだ暗い淵《ふち》に燃える青白い炎のような執着、恋する人への止み難い思いであったか、俳諧への深い執着であったか分からないが、已れの寄る年波と合わせて、いまだ見果てぬ思いを、「燃つくばかり」と詠まずにはいられなかったのだろう。

『もゝすもゝ』に載る

女 狐 の 深 き 恨 を 見 返 り て

は、この句と同想に近く、この句の一バージョンである。

安永三年九月二十三日付大魯宛書簡に、蕪村は次のように記している。

水 落 て 細 脛 高 き 案 山 子 哉

枯尾花野守が鬢《びん》に障りけり

白髪相憐之意ニ候

(つづいて掲出句を示し)

狐火の燃つくばかり枯尾花

是ハ塩からき様なれども、いたさねバならぬ事ニて候。御鑒察可レ被レ下《ごかんさつくださるべく》候。

几董会　当座　時雨

老が恋わすれんとすればしぐれかな

しぐれの句。世上皆景気のミ案《あんじ》候故、引違《ちがひ》候而《て》いたし見申候。真葛《まくず》がハラの時雨とハ、いさゝか意匠違ひ候。

村松友次氏は右の文について『蕪村集』(鑑賞日本の古典)の中に次のように記している。

「塩からき」とは……「主観、主情的」「直接的心情表現」「通俗的、寓意的」と言ったような意であるらしい。この句の自解として蕪村自身が「塩からき様」だ、と言っていることを考えると、どうしてもこれを客観写生句だと考えることはできない。……〈枯尾花野守が鬢に障りけり〉の句で、その句の「枯尾花」は実は五十九歳の蕪村自身のことのようである。してみるとこの句の「かれ尾花」もまた蕪村自身――白頭翁である己自身――と見てほぼ誤りではあるまい。狐火とは何か。老いの心に回春の炎を燃え立たせる妖しき一個の対象である。振り払おうとはするのであるが、そうすればするほど、ともすれば老いの心に燃えつきそうになる恋情なのである。それはことばを変えれば〈老が恋わすれんとすればしぐれかな〉なのである。

海《う》手《みて》より日は照《てり》つけて山ざくら

「日は照つけて」の力強い描写がこの句の眼目である。昇る太陽から照りつける強烈な光が、薄くれないの山桜に、漲《みなぎ》るような生気をあたえ生命の律動を激しく鼓吹する。碧くまぶしくきらめく海と、山桜の色彩が映発しあい、近代西欧絵画に見られるような光の交響が鮮烈である。

中村草田男は「含蓄・余情・余韻などを一切顧慮せず、青年の如く単純に光の歓喜に酔っている」（『蕪村集』）と評したが、伝統や既成の観念に一切束縛されない芸術のための芸術を成した典型的な作品だ、と私もまた思う。

清水孝之氏は「それは俳諧史上における〈青春〉の発見であると共に、表現性の強い印象主義の確立でもあった」（『与謝蕪村の鑑賞と批評』）と述べている。

蕪村の句に、よく勢いのある語（日は午に迫る・滄海を衝く）が使われているのは、彼の精神の深奥に常にたぎるものがあるからに他ならない。これらの言葉が用法において凡庸・卑浅にならないのは、彼の目が常に高いものを見ている証だ。

また、精神的に強靱《きょうじん》な、めくるめくような作品が生まれてくるのは、故郷への回帰を断念したことに根元的な起因があるのだと思う。

宗任《むねたふ》に水仙見せよ神無月《かんなづき》

安倍宗任《あべのむねとう》は、平安後期陸奥の豪族的武士。安倍頼時の子、貞任の弟。兄貞任と共に前九年の役を戦い、鳥海の柵を守ったが康平五年厨川《くりやがわ》の合戦に敗れ、貞任が戦死すると弟家任とともに源頼義に降り、京都に送られ獄につながれる。京《みやこ》の貴人らは、陸奥（青森県）の豪族と

は言え、教養のない野蛮な人間であろうと見くびり、梅の一枝を見せて、からかい半分にこれは何かと聞いた。ところが、

わが国の梅の花とは見たれども大宮人はいかがいふらん　宗任

と歌にして応えたので、東夷《あずまえびす》とさげすんでいた大宮人たちは、俘囚《ふしゅう》である宗任に恥をかかされたと言う。本州の最果ての地陸奥にも、京の大宮人にも劣らない教養と気概のある武人がいたことは、都《みやこ》の人たちには大きな驚きであった。

その後、宗任と家任は、陸奥に逃亡のおそれがあったため治暦三年大宰府に移された。のち出家して筑紫に移り住んだが、水軍として名高い松浦《まつら》党は彼の子孫である、と言い伝えられている。

わが帰る路《みち》いく筋ぞ春の草

蕪村は安永七年（一七七八）三月九日、几董とともに舟で伏見から大阪に下り、十四日兵庫に大魯を見舞い歌仙を興した。翌十五日に和田岬の隣松院に遊び、この句を作った。前書

と句を書き、その下に五人の人物が座っている絵を描いた半折が残っていて、画賛には次のように記されている。

諸子とわたのみさきの隣松院に会す。題を探《さぐり》て偶《たまたま》春草を得たり、余不堪感慨《かんがいにたへず》しきりにおもふ。王孫万里今なをいつちにありや。故郷の春色誰《たが》ためにか去来す。王孫ヽヽ君が遠遊に倣《なら》ふべからず。君が無情を学《まなぶ》べからず。我帰る路いく筋ぞ春の艸《くさ》

春草の題を得ただけで感慨にたえなくなる蕪村は、かなり多感な人であった。漢詩には王孫を詠み入れた詩がいくつか見られるが、ここでは蕪村が最も好んだと思われる王維の詩を挙げる。

山中送別

山中相送罷
日暮掩柴扉
春草明年緑
王孫帰不帰

山中相送るを罷《や》みて
日暮　柴扉《さいひ》を掩《おお》う
春草　明年　緑ならんも
王孫　帰るや　帰らざるや

「王孫」と、第三句の「春草」は、『楚辞』招隠士に「王孫旅にでて帰らず、春草生じて萋萋《しげ》れり」とあることから、旅に出て帰らぬ人にまつわる縁語と解されている。

王孫（貴公子）は遠い異郷をさまよっていて、いつまでも故郷に帰ってこない。春になると、故郷はこんなに美しいのに、そして明年も美しい春が来るというのに、王孫よ、あなたはいつまでも遊び暮らしていて、明年も帰ってくるのかどうかは分からない。いったい故郷の春はだれのためにあるのだろう。王孫よ、王孫よ、私はあなたの遠い旅をまねるようなことはしないし、あなたのような無情を倣うことも決してすることはない。

実際、昔中国では王孫ならずとも、遠い他国に憧憬《あこがれ》て旅立って行く人が少なからずいたと思われる。その土地で妻を娶《めと》り子を作り、住みついてしまう人もいただろう。だが多くは生活に困窮し、あるいは病《やまい》を得、夢破れて空しく屍《しかばね》を草莽《そうもう》にさらす者が少なくなかったと思われる。

それに比べれば、と蕪村は思う。「私には懐かしい故里に帰る道は幾筋もあるではないか」と己れの仕合せを噛みしめるのである。蕪村のこの句は、古代中国を舞台に、自分の心とは裏腹な幸せをうたった、強がりのそして悲愁の詩である。蕪村は一度も故郷に帰らなかった、というより帰れなかったのだ。

薫風《くんぷう》やともし立《たて》かねついつくしま

厳島神社では例年夏に大祭が行なわれる。創建は社伝に推古天皇元年とあるが、隆盛に赴いたのは平家の全盛時代になってからである。蕪村が実際に安芸の宮島へ行ったかどうかは、この句以外に資料がないので分からないが、松島と天の橋立も見ているので、三景のうちの一つである厳島を訪れた可能性はないとは言えない。が、実際は想像によって作った句だと思う。大祭の日は、社殿はもとより全島に燈籠をつけることになっていてその燈籠の灯とする解説もあるが、社殿の回廊の灯りと限った方が、印象が鮮やかになり、おもむきも深まると思う。

「ともし立かねつ」の描写が素晴らしい。巫女が何度も何度も回廊の燭台《しょくだい》に灯をともそうとするのだが、からだには心地よい感触の薫風が、その灯をすぐに吹き消してしまうのである。風の弱まるのを見計らって手にした火種を移そうとするけれど、なかなかうまく火が移らない。無垢な乙女らの真剣ないとなみを、からかい楽しむかのように海風の精が吹き消してしまうのだ。やがて回廊の燭台に一つずつ灯が点っていき、漆黒の中からやしろが荘厳な姿を現してくる。

人間が生きていく上で直面する多くのことは、不確かなことばかりだ。人の心は、いつもロウソクの灯のようにゆらめきうごく。未知を照らす心の灯は、常に点滅を繰り返している。人間の忍耐強い静かな営みを、美しく象徴的に描いた佳品。

去られたる身を踏《ふん》込《ごん》で田植哉

「去られたる」は『落日庵句集』に「さられたる」と仮名書にしてある。「去状《さりじょう》」「去文《さりぶみ》」の「去られた」と同じで「離縁された」の意味。

『全集』をはじめ多くの解には、離縁された身ではあるが、田植は村の共同作業であるので、もとの夫の田植にも参加しない訳にはいかない。つらくもあり、恥ずかしくもあり、怨めしくもあって何度も思い悩んだが、遂に意を決して泥田の中に足を踏み入れた、のように書かれている。

大磯義雄は『与謝蕪村』に「実家に出戻りした女が、世間から冷たい目で見られながらも、実家の泥田に深く踏み込んで苗を植え付けるその悲しい思い、恨めしさを忘れようとして、力強く踏み込んで働くけれども、憂いを忘れることは到底できない（要約）」との見方を示している。他にも大磯説と同様の解が見られるが、「踏込《ふんごん》で」の語調の強さから、前夫の家の田植説の方が、ドラマ性の点では勝るだろう。

〈宿かせと刀投出す雪吹哉〉と同じに、芝居の大向うを意識したような句で、「俳諧は俗語を用て俗を離るるを尚ぶ。俗を離れて俗を用ゆ」の理念とは程遠い。「宿かせと……」の句は、刀を投げ出すしか武士としての面目を保てない極貧の男とすれば、それなりの滑稽《こっけい》味も出てくるのだが、「去られたる」の句の方はどうなのだろうか。

よく考えて見れば、封建制度下の農村では、男尊女卑の慣習の中で、このような悲劇が実際におこっていたものと考えられる。歯を食いしばってでも前夫の田に足を踏込んでいかなければ、女性は生きていけなかったのだ。農村女性の悲しい定めであったが、たくましく生きようとする、うら若い女たちの心意気でもあったのである。

木のはしの坊主《ばうず》のはしや鉢たたき

鉢叩は空也忌《くうや》の十一月十三日より大晦日までの四十八日間、夜、鉦《かね》や瓢《ひさご》をたたきながら唱名念仏して洛中洛外を回る行事のこと。この鉢叩については、小西愛之助氏の『俳諧師蕪村』に詳しく引用している箇所があるのでその一部を引く。

鉢叩きは門付の念仏芸のほかに、日常は竹細工をやり、とくに茶筅を作ってこれを売り歩き、生活の支えとしていた。……鉢叩き、鉢屋、茶筅《ちゃせん》、簓《ささら》などと呼び名が異なってはいても、みな同類であって、妻帯有髪の俗法師で、門付の念仏踊や勧進、埋葬や火葬の隠亡《おんぼう》を勤め、他面では、竹細工をする手工業者でもあった。室町時代には関東地方から西の各地にひろく分布し、社会的には底辺の身分に位置づけられていた。京にいた鉢叩きは……なかばまで剃った頭で法衣をつけ、日中も笠をかぶらなかった。……厳寒の夜半に、洛中洛外の墓所葬場を巡って瓢を叩き、鉦をならして無常頌《しょう》や念仏を高声で唱え、回向《えこう》することを、年中行事としていた。

（盛田嘉徳「鉢叩き」『歴史公論』第六巻六号）

蕪村に、自画像と思われる「鉢たゝきの図」があり、それに次のような画賛の句が記されている。

乾鮭も空やの痩も寒の内　翁（芭蕉）
長嘯の墓もめくるか鉢たゝき　翁（〃）
箒《はうき》こせまねても見せむ鉢叩　去来
傘のやふれ後光や鉢たゝき　百川
ゆふかほのそれハ髑髏かはちたたき
木のはしの坊主のはしやはちたたき　此二句蕪村

他にも九句ほどの「鉢叩」の句があるが、この二句は蕪村の自信の作であったようだ。「木のはし」は「木端《こっぱ》」で、木の削りくずのことである。焚《た》き付けにするしか役にたたないもので、半僧半俗の最下層の僧も木端と同じようなものだと言うのである。

蕪村も鉢叩きをしていたのではないかと推測されるが、絵と俳諧に心を労する彼にそのゆとりはなかったと思う。竹細工や茶筅を作って売り歩き、埋葬の隠亡を勤めるような暇はなかった筈だ。

親法師子法師も稲を担ひゆく

と詠む蕪村である。最下層の僧籍の身分にあることを自覚していた彼は、己れの境遇に近い鉢叩に、同病相あわれむような親近感を覚えていたのだろう。たとい、野にされこうべとなって朽ち果てても本望である、という覚悟と矜持を蕪村は持ちつづけていたのであった。

菜の花や油乏《とも》しき小《こ》家《いへ》がち

蕪村が生まれた享保の頃から、農村に商品経済が浸透しはじめ、大阪周辺の農村地帯に大きな影響を及ぼすようになった。棉《わた》や繭や菜種や煙草や麻などが商品として生産されはじめ、ことに摂津、河内などで菜種の生産が急増するようになる。その反動として村民の食糧である麦の生産高が減少していく。

寛永の頃には法令により田畑に菜種を作ることが禁止されていたが、大飢饉に見舞われた享保になって菜種生産が奨励されるようになったのは、商業資本が蓄積されると共に商品経済の発展が、大飢饉にもかかわらず大きなうねりとなって農村地帯に浸透してきたからである。各村は新しく台頭してきた地主たちの支配下におかれ、商品経済の仕組に適応できなかった古い地主たちは没落を余儀なくされていった。

この大きな経済の大変動の中で、飢饉が重なり、村から逃散する無高（小作）農民があとをたたなくなる。逃散する農民は宗門改帳（戸籍）から抹消されてしまうので人口の増減が極端に大きくなる。餓死者をふくめて享保十七年から寛延三年にかけ、百万余の名前が戸籍から削除された。

『日本社会経済史通論』（本庄栄治郎）によれば、その頃の武士の扶持《ふち》（禄米）は、「半知宛行」と言われ、半減されることが常態化されていたし、農民にいたっては、「色々の変に逢ふては、ややもすれば身帯を潰《つぶ》し、妻子を売る輩《ともがら》、年々歳々に其限りなし。惣《すべ》て斯様《かやう》に段々耕作のこやし、百姓の逼《せま》る事、農事に膏《かう》（膏血＝苦労をして得たわずかな利）をしぼる事を能々弁《よくよくわきま》へて、士たる人朝夕心とし給へかし」（民間省要）のような有様であった。

東から白銀の月が昇り、西空を茜色に染めて日が沈み、周りには鮮やかな黄一色の菜の花が広がる中で、逃散も餓死もせずに生き残った家々でも、思いきり油を節約しなければならない時代だったのだ。

旅芝居穂麦がもとの鏡たて

初夏の昼下り、旅芸人が穂麦に囲まれている空地で熱演をしている。農民にとっては、やがて実の入った麦を刈り、田を耕し肥料を施し田植をする多忙な農耕期のつかの間の逸楽である。正月やその他の祭日を除いて、旅芝居は農民の待遠しい最高の楽しみの一つであった。待ちうけていた農民の気持に応えようと役者たちの演技にも熱が入る。しかし、この旅芸人たちも京や大阪、あるいは江戸の常設のシアターで、上演することはほとんどなかっただろう。旅芸人の中には、やがて門付芸人として乞食同然の放浪者に身を落としてしまうものもいた。

舞台の熱演とは対照的に、役目を終えた鏡たてが蕭然《しょうぜん》と穂麦の中の空地に立てかけられている。その鏡たては、乾坤《けんこん》の時々刻々と変化して止まない諸相と、万物の有情と無情を映し記憶しているのだ。明と暗、富と貧、狂騒と倦怠、栄華と没落、と鏡が映し出さないものはない。しかし、蕪村はこのような二元的な世界とか、盛者必滅の理《ことわり》とか、天地の摂理や無常感を意識していた訳ではないだろう。

蕪村は、ただ表舞台の賑《にぎ》やかさをよそに、綿雲と潤むような青空が映るひっそりと佇む鏡たてに、楽しかった幼少期の毛馬での生活を思い出し、あるいは行末のことを思いやって、そこはかとない哀愁に浸っていただけなのかも知れない。

峨嵋露頂図巻と春風馬堤曲の構造

蕪村の代表的水墨画の一つに〈峨嵋露頂図巻《がびろちょうずかん》〉（紙本墨画淡彩）がある。峨嵋山は李白の「峨眉山月半輪秋」の詩から日本でもよく知られるようになった。複数の山頂を尖《とが》らせ、中国の絵に多く見られる山容の特徴を際だたせている。山あいに白雪の遠山をのぞかせ、夜空には上弦の月を白くぬり残し、その三日月は右肩を右上向きに鋭くはね上げて、蒼然とした夜空とともに、激しく波うつ情感の高揚感を描きだしている。

この筆あらわな右上方へ跳ね上げた非現実的な形象に、見るたびごとに私は蕪村の心のうちに在る何ものかを憶測する。この半弦の月は、峨嵋露頂に呼応させるために半ば意識的に、ないしは無意識にキャンバスを塗りのこしたものに、蕪村は満足して奇形なままにそれ以上に手を入れなかったのだろうか、という思いと、あるいははじめから緻密《ちみつ》に非写実的な形をイメージして、意識的に塗り残して画いたものなのだろうかという疑問である。見るたびごとに謎は深まるばかりだったが、何度目かに、いままであまり気にもとめなかったあることに気づいた。それは月の一部《かけら》が飛び散ったような右上の塗り残した二つの切片である。その切片は半意識的、ないしは無意識的に描出できるものではない。このことに気づくと謎は霧が晴れたように消えてしまった。蕪村の心の深層には、ある意味では西欧の世紀末芸術思潮の流れと同質のものが胚胎《はいたい》していたと言うことが出来ると思う。

なお、蕪村の心の中の美的領域には、常人では及びもつかない、両極的なエネルギーが混在していたと思われる。この二つの相反する情感は、それぞれの時を得て、表層に生まれてくるのである。

句で対照的な例を示すと、

稲づまや浪もてゆへる秋津しま
うづみ火や我がかくれやも雪の中
五月雨や滄《アオ》海を衝《ツク》濁《にごり》水《みづ》
古井戸や蚊に飛ぶ魚の音くらし

絵では〔峨嵋露頂図巻〕（紙本墨画淡彩）に対して〔闇夜漁舟図《あんやぎょしゅうず》〕（絹本墨画淡彩）などが格好なものだろう。

〔闇夜漁舟図〕は、縦長の画幅の最下位に柳の樹があり、そのすぐ上、画幅の上から四分の三ほどの所に小舟が描かれている。舟の中ほどにかがりがあり、その煙が白く明るく樹木の中にとけ込み、舟のへさきに立って一人の男が網をひいている。舟のともではその漁夫の子と思われる十四、五歳の男が川に竿《さお》をさし入れている。樹木の上方、上から三分の一ほどの所の藁葺《わらぶき》の家からは夕餉《ゆうげ》の仕度と思われる明りと煙が外へにじみ出ている。絵には描かれていないが、家事にいそしんでいるのは、漁《いさり》する男の妻で、竿さす子の母であると想像される。蕪村は毛馬での家族の団欒《だんらん》の日々を回想して〔闇夜漁舟図〕を画いたのだ。

しかし、蕪村が十四、五歳の頃には、母はすでに亡くなっていた可能性が高い。ただ蕪村には、このような家族の生活が、あり得べき理想の姿として心に根深く刻まれていたのだ。

毛馬は淀川の分流が流れる水郷であった。この用水路の両側の家は、川と家との間に空地（作業場や畑）を広く取り、収穫した作物を舟で運びこみ、干したり脱穀したり、また用水路は村の道がわりに小舟で往来、利用していたのだ。蕪村には〔峨嵋露頂図巻〕のように激しく燃えあがる情感と、〔闇夜漁舟図〕によって象徴される、ありふれた平凡で安逸な生活にあこがれる思いが、どちらに比重が傾くこともなく混在していたのである。

話を戻す。蕪村の精神の内面を表したものと感得される露頂図で、右上方へ飛び散った上弦の二つの切片から、私には「春風馬堤曲」の構造について思い至るものがあった。「春風馬堤曲」の中に、娘が蕪村の思いを述べている箇所がある。

⑤ 一軒の茶見世の柳老にけり
⑬ むかしむかししきりにおもふ慈母の恩
⑰ 戸に倚る白髪の人弟を抱き我を
　待ツ春又春

蕪村と娘の主体が入れ替わっているところである。問題は⑰の文脈で、人格ばかりでなく時間までが複雑に操作されているのだ。馬堤曲のモチーフが蕪村の望郷と母恋しさのあまりうめきでた詩曲であることを考慮すれば、次のように解釈することができる。「容姿嬋娟《せんけん》。癡情《ちじやう》憐ム可」き娘は、蕪村が作りだした幻影で、母の若かった日の映像である。戸に倚る白髪の人は、書簡に「愚老懐旧のやるかたなきよりうめき出たる実情」とあることから、蕪村の母親でなければ意味がない。蕪村の想念の中では、母はいまなお生きつづけて、蕪村の帰りを待ちわびているのである。

「白髪の人弟を抱き」の弟は、春風に吹かれながら長堤をてくてくと帰ってくる、浪花橋辺財主の家に奉公にあがっている娘（母）を待ちうけている幼い日の蕪村である。（弟は弟長の弟で、ここでは若い母が子を指す言葉として使われている）。

より簡明化すると次のようになる。

イ　祖母に抱かれている幼い蕪村が、藪入で帰る母を待ち受けている。

ロ　白髪の母が、遠い記憶の中の幼い蕪村を抱いて、画・俳で名を成した蕪村を待ち受けている。

このように措定すれば、時間は連続性を喪失、あるいは逆流して、二つのストーリーが同時進行の形をとって展開、伝統的合理精神や写実主義を超えた日本版シュールレアリスム（超現実主義）が誕生した、「春風馬堤曲」は記念すべき作品であったのである。

あとがき

本著の執筆に当たっては、芳賀徹先生のご著書に負うものが多くあった。ご自身では俳句を作られないようだが、先生はかなりの俳句愛好者である。平成二十七年年頭の掲載作品は「夢はへだてず 海山を こえてもみゆる 夜な〳〵に」の隆達小歌の一首である。

ここにいたるまでに、多くの皆様よりご著書をご恵贈いただいた。

島居清《しますえきよし》先生からは『芭蕉連句全註解』を、平井照敏先生からは『虚子入門』『かな書きの詩――蕪村と現代俳句』他に評論集、句集、俳句誌「槇」を終わりまでお贈りいただいた。

山下一海先生からは、蕪村関係のご著書の他に『子規新古』『おくのほそ道をゆく』など。

また、ご令室の槍田朝雨《うつぎたちょうう》先生（現・昭和女子大学教授）の銀座鳩居堂でのご書展の折りに、夫君の一海先生をご紹介いただき、真向いのサッポロビヤホールで、成城大学名誉教授の松尾勝郎先生を交えて歓談できたこと、さらに町田市市民文学館で、近世俳句講座を各二時間二回にわたって聴講させていただいたことも、いまでは懐かしい思い出になってしまった。

岡山県立大学の柴田奈美先生からは『正岡子規と俳句分類』をお贈りいただき、小誌「蒼茫」の発行のたびごとにご感想を賜り、大いに勇気づけられた。

なお多くの先生方より、貴重なご著書をお贈りいただいたことは望外なことであった。恐惶深謝。

「蒼茫」の後半は年二回の発行になったが、ご出句をつづけられ、また後援していただいた客員の皆様には、心より厚く御礼申し上げる。

何ごとも自分独りでは出来ないものである。独りでしている積もりでも、見えないところで、仕事を支えてくれている大きな力があることを、この年になってようやく気づかされたような気がした。

出版にあたり、姜琪東社長及び寺田敬子様・編集スタッフの皆様には、心ならずもお手数をおかけしてしまった。記して御礼申し上げる。

平成二十七年八月

稲垣麦男

主要参考文献（一）

正木瓜村『蕪村と毛馬』輝文館、昭和十四年
潁原退蔵『蕪村』創元社、昭和十八年
暉峻康隆・川島つゆ校注『蕪村集・一茶集』（日本古典文学大系）岩波書店、昭和三十四年
安東次男『澱河歌の周辺』未来社、昭和三十七年
大磯義雄『与謝蕪村』（俳句シリーズ）桜楓社、昭和四十一年
安東次男『与謝蕪村』筑摩書房、昭和四十五年
栗山理一・山下一海他校注『近世俳句俳文集』（日本古典文学全集）小学館、昭和四十七年
大谷篤蔵・岡田利兵衛・島居清校注『蕪村集』（古典俳文学大系）集英社、昭和四十七年
岡田利兵衛『俳画の美』豊書房、昭和四十八年
尾形仂『蕪村自筆句帳』筑摩書房、昭和四十九年
正岡子規『俳人蕪村』他（子規全集第四巻）講談社、昭和五十一年

清水孝之他編『蕪村・一茶』（鑑賞日本古典文学）角川書店、昭和五十一年
高階秀爾・芳賀徹『芸術の精神史 蕪村から藤島武二まで』淡交社、昭和五十一年
岡田利兵衛『俳人の書画美術』集英社、昭和五十三年
潁原退蔵『潁原退蔵著作集』（第十三巻）中央公論社、昭和五十四年
清水孝之校注『與謝蕪村集』（新潮日本古典集成）新潮社、昭和五十四年
村松友次『蕪村集』（鑑賞日本の古典）尚学図書、昭和五十六年
山下一海『蕪村の世界』有斐閣、昭和五十七年
谷口謙『蕪村の丹後時代』人間の科学社、昭和五十七年
清水孝之『与謝蕪村の鑑賞と批評』明治書院、昭和五十八年
谷口謙『与謝蕪村覚書』人間の科学社、昭和五十九年
中村草田男『芭蕉・蕪村』（中村草田男全集）みすず書房、昭和六十年
山下一海『戯遊の俳人与謝蕪村』新典社、昭和六十一年
平井照敏『かな書きの詩――蕪村と現代俳句』明治書院、昭和六十二年
萩原朔太郎『郷愁の詩人 與謝蕪村』（萩原朔太郎全集）筑摩書房、昭和六十二年
小西愛之助『俳諧師蕪村』明石書店、昭和六十二年
山本健吉『与謝蕪村』講談社、昭和六十二年

芳賀徹『與謝蕪村の小さな世界』中央公論社、昭和六十三年
芳賀徹『みだれ髪の系譜』講談社、昭和六十三年
谷地快一編『与謝蕪村』ぺりかん社、平成二年
尾形仂『蕪村の世界』岩波書店、平成五年
高橋庄次『月に泣く蕪村』春秋社、平成六年
大谷晃一『与謝蕪村』河出書房新社、平成八年
森本哲郎『詩人与謝蕪村の世界』講談社、平成八年
田中善信『与謝蕪村』吉川弘文館、平成八年
岡田利兵衛『蕪村と俳画』(岡田利兵衛著作集)八木書店、平成九年
高橋庄次『蕪村伝記考説』春秋社、平成十二年
藤田真一・清登典子編『蕪村全句集』おうふう、平成十二年
藤田真一『蕪村』岩波書店、平成十二年
山下一海『名句物語』朝日新聞社、平成十四年
山下一海『古句新響』みやび出版、平成二十年
山下一海『白の詩人――蕪村新論』ふらんす堂、平成二十一年
藤田真一『蕪村余響』岩波書店、平成二十三年

主要参考文献（二）

暉峻康隆・尾形仂・安岡章太郎・沢木欣一「俳句とエッセイ」（特集　蕪村座談会）牧羊社、昭和四十九年五月

芳賀徹『江戸の比較文化史』（NHK市民大学講座）日本放送出版協会、昭和五十八年四月

芳賀徹『燈のともる家　與謝蕪村の詩と絵から』「新潮」新潮社、昭和六十一年四月

揖斐高「春風馬堤曲の構造」（「文学」四巻一号）平成五年・冬

飯島勇・鈴木進『大雅・蕪村』（水墨美術大系　十二巻）講談社、昭和五十二年十二月一日

小林忠・辻惟雄・山川武『若冲・蕭白・蘆雪』（水墨美術大系　十四巻）講談社、昭和五十二年十二月二十三日

芳賀徹・早川聞多『蕪村』（水墨画の巨匠　十二巻）講談社、平成六年十月二十日

尾形仂・山下一海他校注『蕪村全集』（一～九巻）講談社、平成四年五月～二十一年九月

著者略歴

稲垣麦男（いながき・むぎお）

昭和六年　東京生まれ
昭和五十七年五月　鎌倉で個人誌「蒼茫」を創刊
昭和六十一年一月　上田都史の勧めで「蒼茫」の後継誌として同人誌「第一波」を発行
平成五年二月　「蒼茫」を復活
平成二十四年十一月　「蒼茫」通巻八十六号。この間「大正俳狂伝」「三鬼とその時代」等を連載
以後本著執筆のため休刊

著　書
『子規と近代の俳人たち』（角川書店、平成八年十一月）

執　筆
「俳句とエッセイ」（牧羊社）俳人伝シリーズ掲載

「人間、山口誓子の軌跡」（6・6）「漂泊の俳人・尾崎放哉」（6・7）「漱石、その俳句と人生」（6・8）「蒟たけた詩人・橋本多佳子」（6・9）「西東三鬼の天国と地獄」（6・10）「夢に舞う能役者・たかし」（6・11）

「俳句」（角川書店）掲載

「夢の狩人　正岡子規」（8・6）「河東碧梧桐の栄光と挫折」（8・7）「宮沢賢治の生涯」（8・8）「山頭火　旅と句と酒と」（8・9）「蒼き流星　芥川龍之介」（8・10）「風狂の俳人　石川桂郎」（8・11）「原石鼎　青春の彷徨」（8・12）「昇る旭日　水原秋桜子」（9・1）「万太郎　修羅の人間模様」（9・2）「俳句一路の人生　石田波郷」（9・3）「瀧井孝作　飛騨の春」（9・4）「茅舎露燦爛」（9・5）「暁鐘をついた日野草城」（9・6）「行住坐臥俳諧の東洋城」（9・7）「雲よ飛べ　荻原井泉水」（9・8）「下町っ子　長谷川かな女」（9・9）「前田普羅　試練の山河」（9・10）「尾崎放哉　変転する舞台」（9・12）「孤高の女流　三橋鷹女」（10・1）「一条の光芒　富田木歩」（10・2）「浪華の詠み人　後藤夜半」（10・4）「数奇な出自　室生犀星」（10・5）「壮絶な終章　藤野古白」（10・6）「花鳥の夢　渡辺水巴」（10・7）

著者住所　一九四-〇二〇四　町田市小山田桜台二-九-八

＊本書における引用文および引用句の表記は参照した文献に拠った。収録にあたり一部漢字の旧字体を新字体に改めた。旧仮名遣いの引用文・引用句のルビは旧仮名遣いに、現代仮名遣いの引用文のルビは現代仮名遣いとした。

蕪村

——俳と絵に燃えつきた生涯——

発　行　平成二十七年十一月八日
著　者　稲垣麦男
発行者　大山基利
発行所　株式会社　文學の森
〒一六九-〇〇七五
東京都新宿区高田馬場二-一-二　田島ビル八階
tel 03-5292-9188　fax 03-5292-9199
e-mail　mori@bungak.com
ホームページ　http://www.bungak.com
印刷・製本　竹田　登

ISBN978-4-86438-390-5　C0095